# 屈原年表

| | | | |
|---|---|---|---|
| 屈原生平大事（採劉師培說） | | | 為左徒、三閭大夫 |
| 屈原年歲 | 1 | 13 | |
| 中國紀年 | 楚宣王 27 年 | 楚威王 10 年 | 王 6 年 |
| 西元紀年 | 343 BC | 330 BC | BC |
| 西方大事 | ・阿基米德故鄉敘拉古（Syracuse）著名僭主狄奧尼西烏斯二世（Dionysius II）卒。他在世時，柏拉圖曾兩次赴敘拉古為這位君王講學，希望能讓他成為柏拉圖心中的「哲學家皇帝」。<br>・波斯的阿基曼尼王朝（Achaemenid）併滅埃及第一王朝。<br>・第一次撒姆尼戰爭（Samnite）爆發，為羅馬共和國積極向外擴張的第一步。 | ・波斯阿基曼尼王朝君主大流士三世在被亞歷山大擊敗後，遭下屬貝索斯（Bessus）所弒。半年後，波斯被馬其頓帝國（即為亞歷山大帝國）滅亡。 | 歷山大卒。亞歷山大部屬托勒密被任命為埃及總督，開啟埃及托勒密王朝的序幕。「埃及豔后」即托勒密王朝的末代君王。<br>雅典聯合盟友，組織反馬其頓的行動，揭開「拉米亞戰爭」（Lamian War）序幕。<br>犬儒學派代表人物古希臘哲學家狄奧吉尼斯（Diogenes）卒。 |

秦聯合齊、韓、魏伐楚，殺楚將唐昧。

42

**楚懷王 28 年**

**301 BC**

- 安提哥諾斯在伊皮薩斯（Ipsus）之役中敗亡，亞歷山大帝國至此正式分裂為四部分，包括最著名的塞流卡斯王朝與托勒密王朝。

秦昭王即位，懷王欲赴秦迎娶，屈原強諫，被放漢北。作〔抽思〕。

38

**楚懷王 24 年**

**305 BC**

- 卡山德正式建立馬其頓的安提帕特（Antipatrid）王朝。
- 繼業者之一的塞流卡斯，在兩河流域、波斯等領土上，建立塞流卡斯王朝。
- 孔雀王朝與塞流卡斯王朝爆發戰爭。
- 羅馬在與塞穆奈特人的博維阿納姆（Bovianum）戰役中取得決定性戰果，第二次塞穆奈特戰爭結束。

秦惠王崩，子武王繼位，張儀與之意見不合，出走魏國。

33

**楚懷王 19 年**

**310 BC**

- 羅馬與伊特拉斯坎爆發瓦第莫湖（Lake Vadimo）之役，戰敗的伊特拉斯坎再也無法恢復昔日盛容。
- 最早提出「太陽中心說」的「天文學之父」亞里斯他科斯（Aristarchus of Samos）出生。
- 最早提出「永晝」、「月亮影響潮汐」等說法的希臘探險家皮西亞斯（Pytheas）卒。

屈原

再現人文精粹，傳承經典價值

王德威 總召集

柯慶明 總策劃

「人與經典」○○二

# 經典○屈原楚辭

傅錫壬 編著

麥田出版

# 「人與經典」總序

王德威

「人與經典」是麥田出版公司創業二十周年所推出的一項人文出版計畫。這項計畫介紹廣義的中國經典作品，以期喚起新一世代讀者接觸人文世界的興趣。取材的方向主要來自文學、歷史、思想方面，介紹的方法則是以淺近的敘述、解析為主，並輔以精華篇章導讀。類似的出版形式過去也許已有先例，但「人與經典」強調以下三項特色：

• 我們不只介紹經典，更強調「人」作為思考、建構，以及閱讀、反思經典的關鍵因素。因為有了「人」的介入，才能激發經典豐富多元的活力。

- 我們不僅介紹約定俗成的經典，同時也試圖將經典的版圖擴大到近現代的重要作品。以此，我們強調經典承先啟後、日新又新的意義。
- 我們更將「人」與「經典」交會的現場定位在當代臺灣。我們的撰稿人不論國內國外，都與臺灣淵源深厚，也都對臺灣的人文未來有共同的信念。

經典意味著文明精粹的呈現，具有強烈傳承價值，甚至不乏「原道」、「宗經」的神聖暗示。現代社會以告別傳統為出發點，但是經典的影響依然不絕如縷。此無他，在時間的長河裡我們畢竟不能，也沒有必要，忽視智慧的積累，切割古今的關聯。

但是經典豈真是一成不變、「萬古流芳」的鐵板一塊？我們記得陶淵明、杜甫的詩才並不能見重於當時，他們的盛名都來自身後多年——或多個世紀。元代的雜劇和明清的小說曾經被視為誨淫誨盜，成為經典只是近代的事。晚明顧炎武、黃宗羲的政治論述到了晚清才真正受到重視，而像連橫、賴和的地位則與臺灣在地的歷史經驗息息相關。至於像《詩經》的詮釋從聖德教化到純任自然，更說明就算是著毋庸議的經典，它的意義也是與時俱變的。

談論、學習經典因此不只是人云亦云而已。我們反而應該強調經典之所以能夠可長可久，正因為其豐富的文本及語境每每成為辯論、詮釋、批評的焦點，引起一代又一代的對話與反思。只有懷抱這樣對形式與情境的自覺，我們才能體認所謂經典，包括了人文典律的轉換，文化場域的變遷，政治信念、道德信條、審美技巧的取捨，還有更重要的，認識論上對知識和權力，真理和虛構的持續思考辯難。

以批判「東方學」（Orientalism）知名的批評家愛德華・薩依德（Edward Said, 1935-2003）一生不為任何主義或意識形態背書，他唯一不斷思考的「主義」是人文主義。對薩依德而言，人文之為「主義」恰恰在於它的不能完成性和不斷嘗試性。以這樣的姿態來看待文明傳承，薩依德指出經典的可貴不在於放諸四海而皆準的標竿價值，而在於經典入世的，以人為本、日新又新的巨大能量。

薩依德的對話對象是基督教和伊斯蘭教文明，各有其神聖不可侵犯的宗教基礎。相形之下，中國的人文精神，不論儒道根源，反而顯得順理成章得多。我們的經典早早就發出對「人之所以為人」的大哉問。屈原徘徊江邊的浩歎，王羲之蘭亭歡聚中的警醒，李清照亂離之際的感傷，張岱國破家亡後的追悔，魯迅禮教吃人的控訴，千百年來的聲音回盪我們四周，不斷顯示人面對不同境遇——生與死、信仰與背離、承擔與隱逸、大我與小我、愛慾與超越……——的選擇和無從選擇。

另一方面，學者早已指出「文」的傳統語源極其豐富，可以指文飾符號、文章學問、文化氣質，或是文明傳承。「『文』學」一詞在漢代已經出現，歷經演變，對知識論、世界觀、倫理學、修辭學和審美品味等各個層次都有所觸及，比起來，現代「純文學」的定義反而顯得謹小慎微了。

從《詩經》、《楚辭》到《左傳》、《史記》，從〈桃花源記〉到〈病梅館記〉，從李白到曹雪芹，將近三千年的傳統雖然只能點到為止，已經在在顯示古典歷久彌新的道理。《詩經》質樸的世界彷彿天長地久，《世說新語》裡的人物到了今天也算夠「酷」，《紅樓夢》的款款深情仍然讓我們悠然神往；而荀子的〈勸學〉、顧炎武的〈廉恥〉、鄭用錫的〈勸和論〉與我們目前的社會、政治豈不有驚人關聯性？

「郁郁乎文哉」：人文最終的目的不僅是審美想像或是啟蒙革命，也可以是「興、觀、群、怨」、或「心齋」、「坐忘」、或「多識草木鳥獸蟲魚之名」，以至「觀乎人文，以化成天下」。人與文是我們生活或生命的一部分。傳統理想的文人應該是文質彬彬，然後君子。轉換成今天的語境，或許該說文學能培養我們如何在社會裡作個通情達理、進退有節的知識人。

「人與經典」系列從構思、選題、到邀稿，主要得力柯慶明教授的大力支持。柯教授是臺灣人文學界的指標性人物，不僅治學嚴謹，對臺灣人文教育的關注尤其令人敬佩。此一系列由柯教授擔任總策劃，是麥田出版公司最大的榮幸。參與寫作的專家學者，都是臺灣學界的一流人選。他們不僅為所選擇書寫的經典作出最新詮釋；他們本身的學養已經是臺灣多年來人文教育成果的最佳見證。

# 「人與經典」總導讀

柯慶明

一鄉之善士，斯友一鄉之善士。一國之善士，斯友一國之善士。天下之善士，斯友天下之善士。以友天下之善士為未足，又尚論古之人。頌其詩，讀其書，不知其人可乎？是以論其世也，是尚友也。

上述孟子謂萬章（萬章是孟子喜愛的高足弟子）的一段話，或許最能詮釋孔子所謂：「無友不如己者」之義，因為這裡的「如」或「不如」，就孔子而言是從「主忠信」一點立論，而就孟子而言，則從其秉性或作為是否足稱「善士」，而更作「一鄉」、「一國」、「天下」之區別，以見其心量與貢獻之大小，充分反映的就是一種「同明相照，同氣相求」的渴望。這種不謀其利而僅只出於「善善同其清」的道義相感，或許就是所謂「交友」最根本的意義：靈魂尋求他們相感相應的伴侶，「知己」因而是個無限溫馨而珍貴的詞語。

但是「善士」們，不論是「一鄉」、「一國」或「天下」之層級，在這高度繁複流動的現代世界裡，大家未必皆有機緣相識相交而相友，於是「尚論古之人」的「尚友」就更加重要了。因為透過「頌其詩，讀其書」：我們就可以發現精神相契相合的同伴；當我們更進一步「論其世」，不僅「聽（閱）其言」，而進一步跨越時空、歷史的距離，「觀其行」時，我們就因「知其人」，而可以有「尚友」的事實與效應了。

我們因為這些「古之人」的存在，而不再覺得孤單。雖然我們或許只能像陶淵明一樣，深感「黃（帝）唐（堯）莫逮」，未能及時生存於那光輝偉大的時代，而「慨獨在余」，而深具時代錯位的生不逢時之感；但卻也因此而無礙於他以「無懷氏之民」或「葛天氏之民」為一己的認同；在他以五柳先生為其寓託中，找到自己有異於俗流的生存方式與實現生命價值的途徑。

雖然未必皆得像陶淵明或文天祥那麼戲劇性；「風簷展書讀」之際，時時發現足資崇仰共鳴的「典型在宿昔」，甚至生發「敢有歌吟動地哀」的悲憫同情，卻是許多人共有的經驗：這使我們不僅生存在同代的人們之間，更同時生活在歷代的聖賢豪傑、才子佳人，以至雖出以寓託而不改其精神真實的種種人物與人格之間，終究他們所形成的正是一種，足以寄託與安頓我們生命的，特殊的「精神社會」：或許這也正是人文文化的真義。

當這些精神人格所寄寓的著作，能夠達到卓超光輝，足以照耀群倫：個別而言，恍如屹立於海濤洶湧彼岸的燈塔；整體而言，猶若閃爍於無窮暗夜的漫天星斗，燦爛不盡……這正是我們不僅「尚友」古人，更是面對「經典」的經驗寫照。

在各大文明中，許多才士偉人心血凝聚，亦各有鉅著，因而成其「經典」；終至相沿承襲，而自成其文化「傳統」，足以輝映古今，這自然皆是人類所當珍惜取法的瑰寶。至於中華文化的經典，一方面我們尊崇它們的作者，如劉勰《文心雕龍．徵聖》所宣稱的：「作者曰聖，述者曰明；陶鑄性情，功在上哲」；但是對於此類「上哲」的形成與「經典」的產生，歷來的賢哲們，更多有一種「殷憂啟聖」的深切認知。這種體認最清晰的表述，就賢哲人格的陶鑄而言，首見於《孟子．告子》：

舜發於畎畝之中，傅說舉於版築之間，膠鬲舉於魚鹽之中，管夷吾舉於士，孫叔敖舉於海，百里奚舉於市：故天將降大任於斯人也，必先苦其心志，勞其筋骨，餓其體膚，空乏其身，行拂亂其所為，所以動心忍性，曾益其所不能。人恆過，然後能改。困於心，衡於慮，而後作。徵於色，發於聲，而後喻。入則無法家拂士，出則無敵國外患者，國恆亡。然後知生於憂患而死於安樂也。

這一段話，不僅指出眾多賢哲的早歲困頓的歲月，其實正是為他們日後的大有作為，提供了經驗知識的準備，更重要的是陶鑄力堪大任的人格特質。一方面是人類的精神能力必須接受挫折和困頓的開發：「所以動心忍性，曾益其所不能」；另一方面則是處世謀事要恰如其分，肇造成功，永遠需要以「試誤」的歷程來達臻完善：「人恆過，然後能改」；創意的產生來自困難的挑戰，也來自堅持解決的意志與內在反覆檢討圖謀的深思熟慮：「困於心，衡於慮，而後作」；而任何執行的成功，更是需要深入體察人心的動向，回應眾人的企盼與要求：「徵於色，發於聲，而後喻」。簡而言之，智慧自歷鍊來，志意因自勝強，執業由克己行，成功在眾志全……孟子所勾勒的其實是與人格養成不可分割的，一種另類的「個人的知識」（Personal Knowledge）。因此當他們將此類「個人的知識」，轉成話語，形諸著述，反映的仍然寓涵了他們「生於憂患」的經驗，以及超拔於憂患之上的精神的強健與超越、通達的智慧。

對於中國「經典」的這種特質，最早作出了觀察與描述的，或許是司馬遷，他在〈報任少卿書〉說：

> 古者，富貴而名摩滅，不可勝記，唯倜儻非常之人稱焉。蓋文王拘而演《周易》；仲尼厄而作《春秋》；屈原放逐，乃賦《離騷》；左丘失明，厥有《國語》；孫子臏腳，《兵法》

脩列；不韋遷蜀，世傳《呂覽》；韓非囚秦，〈說難〉、〈孤憤〉；《詩》三百篇，大抵聖賢發憤之所為作也。此人皆意有鬱結，不得通其道，故述往事，思來者。乃如左丘無目，孫子斷足，終不可用，退而論書策，以舒其憤，思垂空文以自見。

司馬遷在《史記．太史公自序》中亦作了類似的表述，只是文前強調了：「夫《詩》、《書》隱約者，欲遂其志之思也。」就上文的論列而言，首先這些「經典」的作者都是「倜儻非常之人」，足以承擔或拘囚、或遷逐、或遭厄、或殘廢等等的重大憂患，但皆仍不放棄他們的「欲遂其志之思」，而皆能「發憤」，以「退而論書策」，「思垂空文以自見」來從事著述。

其中的關鍵，固不僅在「不得通其道」之事與願違的存在困境中，「意有鬱結」而於「恨私心有所不盡，鄙陋沒世，而文采不表於後世也」的存在焦慮下，欲「以舒其憤」之際，選擇了「思垂空文以自見」的自我實現的方式；而更重要的，是他們皆能夠跳出一己之成敗毀譽，採「退而論書策」，以訴諸集體經驗，反省傳統智慧的方式，來「述往事，思來者」。就在這種跳脫個人得失，以繼往開來為念之際，他們皆以其深刻而獨特的存在體驗，對傳統的經驗與累積的智慧，作了創造性轉化的嶄新詮釋。於是個別的具體事例，不僅只是陳年舊事的記錄，它們卻更進一步的彰顯了某些普遍的理則，成為足以指引未來世代的智慧之表徵，這正是一種「入道見志」的表現；這也正是「個人的知識」與「傳統的智慧」的結合與交相輝映。

因而「經典」雖然創作於古代，所述的卻不止是僅存陳跡的古人古事，若未能掌握其中「思來者」的寫作真意，則好學的讀者即使「載籍極博」，亦不過是一場場持續的「買櫝還珠」之遊戲而已。因而這種透過個人體驗所作的創造性轉化與詮釋，不僅是一切「經典」所以產生與創造的真義；更是「經典」所以能夠生生不息的與時俱新之契機；我們亦唯有以個人體驗對其作創造性的轉化與詮釋，才能真正掌握這些「經典」中，「大抵聖賢發憤之所為作」的艱苦用心，而領會其高卓精神與廣大視野，激盪而成我們一己志意之昇華與心靈境界之開拓。這不僅是真正的「尚友」之義，亦是我們透過研讀「經典」，而能導致文化傳統與人文精神，得以永續的層層提升與光大發揚的關鍵。

基於上述理念，王德威院士和我，決定為麥田出版策劃一套以中華文化為範疇的「人與經典」叢書，一方面選擇經、史、子的文化「經典」；一方面挑選中國文學具代表性的辭、賦、詩、詞、戲曲、小說，以及臺灣文史的名家名作，邀請當代閱歷有得的專家，既精選精注其原文；亦就這些偉大作者的其人其事，作深入淺出的闡發，以期讀者個別閱讀則為「尚友」賢哲；綜覽則為體認文化「傳統」：既足以豐富生命的內涵；亦能貞定精神上繼開的位列，因而得以有方向、有意義的追求自我的實現。

於國立臺灣大學澄思樓三〇八室

# 自序／流放者的悲歌

傅錫壬

在中國文學史上，至今沒有一個文人的影響層面能超過屈原，在政治上，他忠君愛國的情操，成為漢朝興邦，「楚雖三戶，亡秦必楚」的民族號召；在文學上，他以鋪排、怨悱的寫作風格促成了漢代賦體的大盛；在民俗上，至今全球華人社會中，每到五月五日的端節，還盛行著「龍舟競渡」和「包粽子」等紀念他的活動。

屈原的文學作品收錄於《楚辭》一書，它是西漢時劉向輯錄的戰國時期南方楚地詩歌的總集。傳統的目錄學都把它列為「集部」之首，所以它也是中國文人具名創作的第一部文學作品，與較早代表北方的詩歌總集《詩經》，合稱「南北雙璧」。

《世說新語．任誕》篇：「王孝伯言：『名士不必須奇才，但使常得無事，痛飲酒，熟讀離騷，便可稱名士。』」雖然語帶諷刺的意味，卻也透露出熟讀屈原作品，已經成為魏晉名士的必備修養。

屈原究竟有那些膾炙人口的文學作品？它具有那些震撼人心的魅力？二千多年後的今天，我們要怎麼讀這些作品？當我要執筆寫這本書時，這一連串的問題一直縈繞著我的思緒。我與麥田出版編輯部林秀梅小姐聯繫，答案出奇的簡單：「寫一本人人都能讀得懂，讀得完的書。」其實，這真是最嚴苛的要求。畢竟屈原所處的時代，已經離我們那麼的久遠，語言、文字的解讀，難免產生一些隔閡。再三思考後，我決定採用了以下的方式和步驟：

第一、首先介紹屈原的生平。既然「文學作品是文人生命的體認」，讀作品之前，又怎能不先了解其人！不了解屈原忠而被讒，二度放逐的心境，是很難掌握作品的深層底蘊。

第二、介紹《楚辭》的特色和《楚辭》這本書。

第三、作品的賞析部分，採漸進的方式：從巫楚文化的解讀進而到屈原A型性格的特質；從人神淒迷的戀情反襯出屈原放逐的怨懟。所以先讀〈九歌〉再讀〈離騷〉和〈九章〉等，最後則是〈招魂〉和〈大招〉。我們既然疼惜屈原，又怎麼忍心讓他孤寂的「自招」其魂，且伴他一掬同情的眼淚吧！

每篇作品均先有導讀，介紹創作背景與特色。

為了便於詩篇內容的賞析，採原文與語體（譯）詩並列對照的方式。既可以一目了然，又省去許多注解的篇幅。

收錄屈原的作品有：
九歌十一篇：沅、湘流域的祭神歌
離騷一篇：自傳式的告白
九章九篇：流放者的行吟之歌
天問一篇：神話傳說的淵藪
遠遊一篇：遊仙思想的濫觴
卜居一篇：何去何從的徬徨與抉擇
漁父一篇：遊於江潭，行吟澤畔
招魂一篇：魂兮歸來哀江南
大招一篇：魂兮歸來尚三王

基本上，該書除了引用《楚辭》的原文，或不得不引用的少數典籍外，其他引用古籍中的任何資料，都經語體文的翻譯，讀者若想一睹原典，就只有叨勞各位依書名或篇名，自行去翻查了。

我的第五本有關屈原的書即將問世，謝謝慶明兄，居然還記得我這個多年未見的朋友。如果不是他的推介，我是無緣寫這本書的。

# 壹

# 屈原的故事

# 一、汨羅江畔弔屈魂

一彎清澈的溪流，叫汨水，它發源於江西省修水縣的黃龍山梨樹堝的崇山峻嶺之中，往西南方向潺潺而流，經過了迢迢千里，來到了湖南省湘陰縣的東北；又有一道溪流叫羅水，發源於山西省的岳陽縣，河水往西而行，奔瀉百里，也流進了湖南省湘陰縣的東北，於是南北二水，匯聚成江，水勢暴漲，激盪起澎湃的浪花，滾滾的濁流，向著湘水呼嘯而去。當地百姓就合二水之名，稱之為「汨羅江」。

汨羅江流到了湖南湖北兩省交界處的平江縣，大灘廟附近的沉沙港，河水趨於平緩，在江心中形成了一個深不見底的寒潭。據說：戰國時代，家喻戶曉的愛國詩人——屈原，就葬身在此，所以後人也就稱此地叫「屈潭」。

自從屈原沉冤汨羅江之後，歷代的騷人墨客，只要經過此地的，無不感物傷情，吟詩哀悼。如唐代韓愈的〈湘中〉：

猿愁魚躍水翻波，自古流傳是汨羅。

蘋藻滿盤無處奠，空聞漁父扣舷歌。

韓愈來到傳說中的汨羅時，覺得連山中猿猴的叫聲；水中躍動的游魚，也都帶著哀愁。他想以滿盤的蘋藻奠祭屈原，但畢竟自己離屈原的時代已經太遙遠，空留下漁父扣舷的歌聲而已……

不知何時，後人為了紀念屈原，更在沉沙港的土阜上，搭建一座「屈夫子廟」，古厝三、四間，正堂上供奉著屈原神位，屋前搭了座戲臺，廟後蓋了座庭園，遍植修竹，無一雜樹，來此憑弔的騷人墨客，看到這種淒涼情狀，無不黯然神傷。廟前約二十里處即汨羅山，也叫秭歸山、烈女嶺。此處萬山重疊，嶺崖差互，朝暉夕陰，氣象萬千。

據當地人傳說，屈原投江死後，屍體久久沒有浮出水面；先是發現一只鞋子，就挖個墓穴埋了，不久，又尋覓到一帕方巾、一頂帽冠……最後才發現屍體，就這樣先先後後的挖成了二十四個墓塚。其中最大的一個墓塚上，還立了一個石碑，上面寫著「楚故三閭大夫之墓」，與唐代杜佑《通典》上的「楚故臣屈大夫之碑」，文字已經不同，大概是清朝末年時立的。屈原墓的附近，原來有一座「招屈亭」，在清高祖乾隆二十二年（一七五七），搬遷到了湖南的玉笥山。改稱「屈子祠」，也叫「三閭祠」或「屈原廟」。玉笥山高約五十公尺，方圓僅兩里，「屈子祠」是一座三進式的建築，坐落在山的中央。

屈原的死，傳說是在農曆的五月五日。農曆的五月，古人稱之為惡月，悶熱的空氣，使人有一種窒息的感覺。屈原來到汨羅江畔時，已經是一位體態清癯瘦弱，面目憔悴的老人，頭上戴著一頂高高的帽子，楚人稱它為「切雲冠」，腰間佩著一把長長的寶劍，楚人稱它為「陸離劍」。他徘徊在汨羅江畔，忽而呢喃自語，忽而低聲吟唱。

這時，霧色朦朧的江面上，盪來一葉扁舟，船上的漁父，對著岸邊的老人，端視片刻，好像看穿了他的身分，訝異的問：

老丈，您莫非三閭大夫嗎？怎麼會來到這裡？

這「三閭大夫」四個字，像一把利刃，穿透了屈原的心，更傷了他的自尊。因為在戰國時期的楚國，「三閭大夫」的職責是主持貴族中屈、景、昭三家大姓的宗廟祭祀工作，本應該長期留守在國都郢都（今湖北省江陵縣），如今卻出現在這窮鄉僻壤的小鎮，無怪乎漁父會驚訝。

屈原臉上的表情極度痛苦，長吁了一口氣，低沉的說：

舉世的人都被污染了，只有我純淨，

眾多的人都喝醉了，只有我清醒，
所以我被流放。

漁父隨即又勸說屈原，在亂世中，處世最好的態度是與世推移，與眾人隨俗相處。其實，漁父若是一位真正的隱士，他何嘗不知道，像屈原這樣性格耿介執著的人，是絕對不會隨波上下的。於是漁父莞爾一笑，盪起雙槳，小船漸漸遠去；水雲間，隱隱約約傳來微弱的歌聲……

滄浪之水清呀，可以洗濯我的帽纓，
滄浪之水濁呀，可以洗濯我的髒腳！

屈原凝視著翻騰的江心，一如他內心思潮的洶湧起伏；漁父畢竟是一位隱居世外的高士，他的歌聲中，一定蘊藏著某些道理，不！不！他是一個殺人於無形的殘酷殺手，短短的幾句話，已經讓屈原心碎。仕宦生涯竟像一場噩夢，一時悔恨交集，屈原心想，他原不該走上這條坎坷的道路。他體力漸感不支，撐扶著江畔的一塊巍峨巨石。突然他奮身而起，躍入江中，他感到呼吸愈來愈困難，心臟像壓著一塊巨石，不斷的往下沉，往下沉……

汨羅江上，一片人聲嘈雜，萬船攢動，焦急的鄉民，眼中噙著淚水，手上拿著長篙，在激起的浪花中，不停打撈。當夜幕漸漸低垂，而他們敬愛的屈大夫，依然遍尋無著，有如石沉大海。楚地的鄉民，都心知肚明，屈原的遭到放逐是十分冤枉的，是朝廷小人的讒言誹謗，是君王的昏聵無能，可是他們畢竟是力量微薄的小老百姓，為了救不了屈大夫的性命而愧疚、啜泣。

從此，每年陰曆的五月五日，楚地鄉民，在悲傷之餘，家家戶戶用竹筒中貯米，投進汨羅江中，祭奠屈原。

這個習俗，據傳說，是在漢光武帝建武年間（二五—五六），湖南長沙有位叫歐回的人，在大白天居然看見了屈原的鬼魂，訴說竹筒中的米飯，都被江中的魚蝦給吃了，希望百姓以後祭奠他時，應該改用樹葉塞在上面，再用五色的彩繩捆綁起來，魚蝦就不敢吃了。後來又經過種種改良，就成了今天所見的「粽子」，也成了「端午節」家家戶戶包粽子的風俗。

# 二、屈原的身世和故里

屈原名平，字原。後人為了尊敬他，都以他的字來相稱。他在〈離騷〉中自敘身世：

我是高陽帝的後裔，先父的字號叫伯庸。
太歲在寅年的正月，庚寅日我誕生。
先父看著我不凡的器宇，就賜給我相應的美名。
替我取名叫正則；替我取字稱靈均。

據《史記》的說法：「高陽」是顓頊擁有天下時的稱號，顓頊娶騰隍氏女而生老僮，是為楚的祖先。他的後人熊繹事奉周成王，於是被封為楚子。傳國到楚武王熊通，求尊爵於周室不成，就自僭稱王。屈、景、昭三姓的氏族都是楚國的貴族，王室的同宗。楚國的國姓原本是「羋」姓，當楚武王的兒子瑕，被分封到屈地作為采邑以後，就以采地為姓[1]。屈氏家族就是這樣一代代傳承下來。所以屈原自稱是高陽帝的苗裔（後代）。他的父親的字號叫

「伯庸」，如果依「伯、仲、叔、季」的排行，應該是兄長，是什麼名字？可惜，至今找不到確切的資料。父親對他的期許當然很深，所以他出生時，他的父親仔細端詳了許久，才為他取名字。「正則」就是「平」；「靈均」就是「原」。在字義上「高平曰原」，所以古人所取的名和字，字義上往往是相關的。

《離騷》中說屈原的生辰是：「攝提貞於孟陬兮，唯庚寅吾以降。」這是目前唯一探索屈原生辰的資料。照東漢王逸的說法，「攝提」就是「攝提格」，是代表寅年，當攝提貞於孟（始）陬（角）時，又是寅月（正月），而「庚寅」則是屈原的生日，那麼屈原是生在寅年、寅月、寅日。

若照鄒叔績、陳暘、劉申叔諸人的考證，屈原當生於楚宣王二十七年（周顯王二十六年，西元前三四三年，戊寅年一月二十一日）。若以陸侃如《屈原生卒年考》所述，屈原當生於楚威王五年（前三三五年，丙戌年一月七日）。林庚補充說，庚寅日當為人日，就是正月初七，在楚俗上是個重要的日子。不過，還有其他的說法，但都不如鄒叔績、陳暘、劉申叔諸人的說法，較被多數人接受。

楚國是信仰「虎圖騰」的氏族，所以屈原對自己寅年、寅月、寅日的生辰一直感到很驕傲且自負。他在《離騷》中強調「紛吾既有此內美兮，又重之以修能」，自己既有紛盛的內在美，又有多重的長才遠能。他尤其喜歡用香草來比喻自己的稟賦之美，曾說：

我既孳養了九畹的蘭花，又栽植了蕙草百畝。
分區種了留夷和揭車外，更夾雜了杜蘅與芳芷。
期待它們的枝葉峻茂，挑個時辰就有好的收割。

可見他的天性是多麼的喜愛潔淨與修美。至今江陵地區的兒童，還喜歡以菱荷葉做成衣裳的童玩，就是受屈原傳說的影響。

事實上，屈原在少年時期，就已顯現出卓越的才華。他寫過一首詩，叫〈橘頌〉，用橘樹的重土輕遷，踰淮為枳的習性，以表現他對鄉國之愛；用「團團的圓果，尖銳的棘刺」，以象徵自己內圓外方的性格。

他的父親伯庸格外疼愛他，他的姊姊女嬃也特別關心他。當屈原仕途上遇到挫折時，就會向姊姊去訴苦。有一次，姊姊竟硬起心腸，既疼惜又嚴厲的責備屈原說：

鯀因為耿直而亡身，終然被殛死在羽山的郊野，
你為何博識忠貞又好修潔，獨具紛然眾盛的美節？

女嬃的這番話，無非在規勸屈原；在混亂的時局中，像夏代的鯀一樣，太過剛直，是很容易遭禍的，而獨善其身的盛美節操，更可能會遭人嫉妒。

果然不出女嬃所料，個性耿介的屈原終於被疏遠，竟而被放逐了。屈原的姊姊已經三年沒見過屈原了，內心焦急萬分，立刻趕緊回到故里，等待弟弟歸鄉的好消息。所以後人就把屈原的故里稱為「秭歸」。

秭歸是湖北省千山萬水叢中的一個小縣城，又叫「古歸州」，在周代時屬於夔國，荒僻蕭條。如今此地還有一間屈原故宅，屋基皆用石板塊鋪成，後人稱它為「樂平里」。傳說中還有座「女嬃廟」和宋玉（傳說是屈原的學生）的故宅等遺跡，可惜現在都已湮沒在荒煙蔓草之中。

秭歸附近有個渡口，叫「屈原渡」，南岸有座山阜叫「楚臺山」，其上有片高地稱「楚王臺」。宋朝詩人陸游曾到此憑弔，題了一首詩，大意是說：

江山荒蕪，猿鳥悲啼，隔江還有一座屈原祠。
一千五百年前的往事，只有灘聲依稀如舊時[2]。

據《長沙府志》記載：屈原有子，有女，但都不知道名字。傳說中屈原的女兒十分孝順，為了埋葬父親的遺體，她急迫的用雙手扒地，羅裙盛土，堆積了一座墳墓，卻把地上挖出了一個大池塘，她在四周遍植了她父親最喜歡的荷花和菱芰。如今空留這一切，也只能供遊人憑弔歔欷而已。

屈原的故里是否在「秭歸」？一九八九年，中國湖北省地方志辦公室發表了他們的看法，認為屈原的故里應該在楚國的都城「郢」，即今湖北江陵紀南城。理由有三：一、屈原是楚國世襲的貴族，王室重臣，理應隨楚王居住於國都。從楚文王遷都到郢，一直到頃襄王時，郢都為秦所破滅（前二七八），歷時四百一十一年。屈原生於楚宣王二十七年（前三四三），屈原應當在此誕生。二、屈原在〈哀郢〉中說「發郢都而去閭兮」，「閭」就是「里門」，自然故里在郢，又說「去終古之所居」，「終古之所居」當也指故里。三、東方朔〈七諫〉說「平（屈原名平）生於國兮」，「國」也當指國都——郢。

# 三、初放漢北

屈原在二十幾歲時，已經展現出他的政治才華，加上他的知識廣博，記性又強，不僅善於策略的規畫和執行，又擅長於外交事務的折衝斡旋。所以很受到楚懷王的寵信，他身兼左徒和三閭大夫之職；左徒是朝廷命官，相當於左尹，地位僅次於令尹，有掌管及制定律令的責任，相當於現在的行政院副院長。而三閭大夫則是負責楚國貴族屈、景、昭三大姓的宗廟祭祀。

當楚懷王十一年（前三一八），屈原二十五歲左右，楚懷王為「縱約長」；戰國時期，諸國間的外交關係，大別為二：一是「合縱」（聯合六國的力量以抗秦），以蘇秦的主張為主；一為「連橫」（聯合六國的力量以事秦），以張儀的主張為主。而「縱約長」就是六國聯軍的統帥。

當時，楚國的外交政策與屈原的看法是一致的，即如《史記．屈原列傳》所說：

屈原在朝時能與君王圖議國家大事，並且發號施令；出國時又能接待賓客，應對諸侯，懷王對他十分信任。

這段時間應該是屈原在仕途上最為平順的時期。

楚懷王十二年（前三一七），秦國擴張勢力，意圖吞併天下，此時屈原正奉命出使齊國，締結共同防禦協定，完成了一次成功的外交任務。顯然，屈原的才華與顯赫的功勞，引起了朝廷中一些同事，像上官大夫和靳尚等人的猜忌。

有一回，屈原奉懷王之命草擬憲令，連草稿都還沒寫好，上官大夫就搶著要看內容，屈原當然不會同意。於是上官大夫老羞成怒，就跑到懷王面前，說屈原的壞話，惡毒地造謠：

懷王使屈原起草憲令，這是朝臣皆知的事。每有一章法令提出，屈原總是自誇是他的功勞。說：「除了屈原，誰有如此功力！」

懷王聽了十分惱怒，就開始漸漸疏遠屈原，屈原雖然一再辯白，還寫了一篇〈惜誦〉以表明心跡，前兩句的大意是說：

只因貪圖忠諫而招致斥責，總想發洩悲憤且抒散心情。

倘若我說的話不由忠信，我願指蒼天作為平正。

可是懷王對他的誤解已深，故意裝聾不聞。這件事大概發生在楚懷王十四年（前三一五）左右，屈原才二十八歲。

屈原被疏遠後，心情苦悶，時時徘徊在先王宗廟及祖先祠堂中散步，看著牆壁上畫的一幅幅天地山川間的神靈故事，以及古代聖賢的傳說，反而更引起他胸中的怨憤不平，天道豈真無常！他難以抑止激動的情緒，一連串問了一百七十多個問題，差不多都不是一般人能夠解釋的。這就完成了他作品中，最為詭譎神祕的詩篇〈天問〉。

秦惠王目睹楚國朝廷中，「親齊派」的勢力已日漸薄弱，於是又萌生了對六國的覬覦之心，以當時的情勢而言，秦惠王心裡明白，只要齊楚聯盟，是很難撼動六國的。所以首要之計，就是挑撥離間齊楚之間的感情。

當楚懷王十六年（前三一三），秦國的宰相張儀，假意離開秦國，帶了豐厚的禮物，進獻給楚懷王。也帶來了密函，內容大致說：

秦國最憎恨齊國，然而齊楚之間卻過從甚密，楚國若能和齊國斷交，秦國願意獻出商、於（今陝西商縣附近）二縣的土地六百里。

楚懷王個性本貪圖小利，竟然相信張儀的詭計，真的與齊國斷交了。楚國與齊國斷交後，以為從此可以得到秦國的友善對待，群臣們紛紛向懷王道賀，當時屈原被疏遠了，朝廷上只有陳軫一人抗顏直諫，認為齊楚的斷交，反而將更助長秦國的野心。可惜勢單力孤，懷王終究不為所動。

楚懷王派了使者到秦國去接收六百里的土地，張儀卻佯裝墜馬受傷，不見使者，整整拖了三個月不上朝。楚懷王心焦如焚，以為一定是自己與齊國斷交的態度不夠強硬，於是就再派了勇士宋遺，北上齊國羞辱齊王，齊王忍無可忍，折斷了齊楚締約的符節，改而與秦國結盟。

張儀一看計策已經成功，於是才接見楚國使者，說：「張儀和楚王的約定是六里，不是六百里。」楚國使者交涉不得要領，只得回報懷王。懷王聽後大怒，大肆興兵，準備攻打秦國。雖然陳軫再三勸阻，不可倉促用兵，可是懷王盛怒之下，已經失去理智，派大將屈匄率領十幾萬大軍攻伐秦國。

秦國早有準備，兩軍在丹、淅二水（丹陽，今歧江故城）附近展開激烈的肉搏戰，結果楚軍大敗，楚國的大將屈匄也被俘，士卒傷亡八萬多人，血流漂杵，極為慘烈。秦軍就此占領了楚國的漢中郡（今湖北西北部及陝西南部）。懷王孤注一擲，再次大舉兵力深入攻秦，又在藍田（今陝西藍田）潰不成軍。韓、魏二國乘虛偷襲楚國，兵臨鄧縣，迫使楚國倉皇撤軍。齊國當然也袖手旁觀，楚軍大困。這些事都發生在楚懷王十七年（前三一二）間。

到了楚懷王十八年（前三一一），秦國的外交政策，突然有了很大的轉變，主動提議歸還漢中地，並擬與楚國重修舊好。此時懷王怒氣未消，堅持說：

我不要秦國歸還土地，只想抓到張儀才甘心！

張儀聽到楚懷王的要脅時，竟然對秦王說：

能以區區一介張儀換得漢中地，臣請求前往楚國。

其實，張儀早已在暗中賄賂楚國的老臣靳尚，並藉靳尚的關係，在懷王的寵姬鄭袖的耳裡，說了許多挑撥離間的話。大意是說：懷王一定會非常重視張儀，因為張儀要把上庸之地的六個州縣用來賄賂楚國，又要以秦國宮中擅歌舞的美女送給懷王，如此鄭袖必然失寵。所以上上之策是趕快遣送張儀回秦國。鄭袖果然中計，力勸懷王把已經擒到手裡的狡兔張儀給放了。

此時，屈原已被懷王疏遠，轉而出使到齊國，不在朝廷上，所以沒有參與意見。當屈原聽到張儀已經到了楚國的消息時，兼程趕回，進言懷王說：「何不殺了張儀？」懷王也有悔意，就派人追趕張儀，佯言說：「懷王有寶馬相贈，請速回取馬！」張儀豈是等閒之輩，渡船既然已經到了江中，就揮揮手，頭也不回的揚長而去。

楚懷王十九年（前三一〇），秦惠王駕崩，兒子武王繼位。張儀和武王政見不合，就忿而出走到魏國，「連橫」之策略也因而解散，於是六國又紛紛組織起來對抗秦國，可是秦國的勢力已經鞏固，蚍蜉豈能撼大樹！

從此之後，楚國的外交政策一直是搖擺不定，時而親秦，時而親齊。

楚懷王二十四年（前三〇五），秦國由昭王即位，再度以厚重的錢幣賄賂楚國，並請懷王到秦國迎娶，締結姻親聯盟。懷王又有些心動，此時屈原不顧一切直言強諫，得罪了懷王，被放逐到漢北（漢水以北之地）。

屈原離開郢都時，已是深秋，夜長日短，並且已經失眠多日，精神恍惚。沿著長江匆忙的往南走，看著江邊磊磊的巨石，都化作一張張小人猙獰的嘴臉。屈原痛心極了，想到懷王的喜怒無常，裝聾作啞的態度，竟覺得自己是一隻失群的孤雁，獨自南翔。他已身在漢北，卻夜夜魂縈故國。他用滴血的心，沉重的筆觸，寫下了詩篇〈抽思〉。在詩篇的結尾上，屈原刻意運用「亂曰」、「少歌曰」及「唱曰」，三種音樂上的節奏，反覆三次的吟詠。正營造出了漢代司馬遷在《史記·屈原列傳》中所謂屈原的作品，有「迴腸盪氣，一唱三歎」的效果。

# 四、再放江南

楚懷王二十八年（前三〇一）的春天，秦國聯合了齊、韓、魏等國大舉攻伐楚國，殺了楚國大將唐昧；二十九年（前三〇〇），秦國再次攻打楚國，殲滅了楚軍二萬多人，楚將景缺也在此役中殉職。懷王大為恐慌，把太子橫送到齊國當人質，以謀求締結盟約，想藉此穩定民心士氣。此時楚國的外交政策也轉而親齊，朝廷上親齊派的勢力又趨活躍，想必屈原此時已被召回朝廷任職。

楚懷王三十年（前二九九），秦昭王想藉姻親關係再與楚國結盟，假意請楚懷王親自到武關（今陝西商縣東之關名）迎娶，懷王怦然心動。這時屈原和昭睢二人都極力勸止。屈原曾說：

> 秦是虎狼般凶殘的國家，他們的話不可信，不如不要去。

昭睢更認為秦國必定有詐，反而應動員兵力嚴加戒備，慎防秦軍的偷襲。可是懷王的幼子子蘭卻極力主張懷王應該接受秦國的婚約，並說：

怎麼能拒絕秦國的好心呢！

結果懷王聽了子蘭的話，前往秦國，車駕剛進入武關。秦兵早有埋伏，切斷了懷王的退路，強擄懷王到了秦的國都咸陽。秦國藉此要脅楚國割讓巫和黔中郡（今四川巫山以東，湖南、貴州等地）。

當此之際，楚國已群龍無首，國家不能一日無君，朝廷上暗潮洶湧，終於爆發了王位繼承的爭端；有人主張，既然懷王和太子橫都不在國內，應該另立庶子為國君，而昭睢極力反對。他主張應該從齊國把太子橫迎接回朝，立為新君。當時齊國也有不同意見；一派主張把太子橫留滯齊國，乘機以要脅楚國割讓淮北的土地；另一派則以為，楚國若此立了新君，留下太子橫就毫無利用價值了，反而讓天下人嘲笑齊國人不講道義，不如趕快把他送回楚國，作個順水人情。齊國朝廷中經過一番激烈爭辯後，終於決定把太子橫送回楚國，繼位後也就是頃襄王。

秦國要脅之計未能得逞，秦昭王大怒，又舉兵攻打楚國，殺了楚軍五萬人，占據了楚國析（今河南內鄉縣西北）等鄰近十五個城市。這一連串喪權辱國的戰爭，已經造成楚國民生凋敝，百姓離鄉背井的殘破景象。

楚國的頃襄王繼位已經二年（前二九七），懷王留置在秦國，已毫無要脅的價值。秦國對懷王的監禁也顯得鬆懈不少，懷王決意逃亡，不料消息洩漏，通往楚國的道路已被封閉，懷王驚恐萬分，從小道逃到趙國；趙國的國君惠王剛繼承王位，不敢接納懷王，懷王正準備再往魏國，卻被秦兵追上，押解回到咸陽。讓人不解的是，如此大事，楚國境內竟然毫無動靜。懷王在經過這一番顛沛、折磨，就不幸病倒了。

楚頃襄王三年（前二九六），懷王病逝在秦，秦國才將懷王大體送回郢都，楚國的百姓夾道痛哭，哀嚎之聲震天。諸侯各國都看不起秦國的粗暴行為，秦楚之間從此邦交益趨惡化。

秦國仗著國勢強大，更加肆無忌憚。在楚頃襄王六年（前二九三），由大將白起率大軍攻掠韓國的伊闕（今河南洛陽南），殺了韓軍二十四萬人，並藉機威脅楚頃襄王，決一死戰。頃襄王大為恐慌，再度與秦國謀和。翌年，頃襄王親往秦迎娶新婦，兩國表面上又恢復和平，實際上，楚國一直仰人鼻息，討好秦國。頃襄王這種不顧君父之仇的行為，很令楚國人失望。而且，頃襄王在即位之初，就重用了弟弟子蘭為令尹，引起楚國百姓更大的反感。誰都知道，力勸懷王入秦，以致懷王客死在秦的人，就是子蘭；犯了如此大的錯誤，反而被重用。這是百姓難以理解的。當然百姓在責罵子蘭之餘，總會想起屈原的遠見，而讚美他幾句。沒想到這些話傳到子蘭耳裡，竟遷怒到屈原身上。子蘭暗中叫上官大夫在頃襄王面前說屈原的壞話。

頃襄王也早就覺得屈原知道朝中的事太多了，加之，此時朝廷的外交政策又正轉向親秦，而親齊派失勢。屈原被再次流放到江南一帶。時間大約是頃襄王十二年（前二八七）左右。屈原這時應該已經五十六歲左右，他在江南流放的時間應該相當長。

# 五、嘔心瀝血之旅

就〈哀郢〉篇看，屈原踏出了第二次的放逐之旅，是在陰曆二月仲春，他從郢都出發，沿著長江，夏水，一路往東行，經過了夏浦（夏水邊的地名），穿過了洞庭，來到陵陽。去國日遠，鄉愁日深，他在雲夢大澤一帶流浪的時間已超過九年以上，情緒也更為憂鬱，正在心境最黯淡的時刻，郢都輾轉傳來了不幸的消息：大約在頃襄王十九年（前二八〇），秦已發動攻勢，楚軍戰敗，割讓上庸、漢北之地予秦。次年（前二七九）秦兵分兩路攻楚，一路由秦將白起率軍攻陷楚之鄢、鄧（今湖北宜城東南）；另一路由張若率水陸之師東下，攻占楚國的巫郡及江南之地。據酈道元《水經注．卷二八．沔水》大意是說：

昔日白起攻打楚國，引西山長谷水淹城，指的就是這條水。舊的隄堰離城百餘里，水從城西，灌向城東，入注後形為淵藪，就是今日的熨斗陂。水潰城在東北角，百姓隨水流亡死於城東的，多達數十萬，城東一片腐臭，於是名熨斗陂為臭池。

顯然這場戰役非常劇烈。

楚頃襄王二十一年（前二七八），秦國更接連打敗了韓、趙、楚等國的聯軍，使楚國喪失了湖北及湖南二省西部地區，而且郢都也淪陷，楚國先王的陵墓「夷陵」，也被夷為平地，楚國軍心士氣已全盤崩潰。頃襄王往東北方逃竄，到了陳城（今河南淮陽）。

屈原這時已經六十五歲，在動亂中，目睹百姓流離失所，災難重重，而國勢又日益阽危。回憶起自己離開郢都時，走的是水路，在舟船規律的搖擺中，不時回首遠眺，祖墳旁手植的長楸樹，已亭亭如蓋。當他想到，此次的遠離，恐怕再也見不到君王時，他的歎息頓時化作了淚水。

當船從夏水航向西行，卻看不見郢都的東城龍門的剎那間，屈原的身體有些微微的顫抖。絕沒想到，如今，大廈般巍峨的兩東門，竟在一夕之間化為丘墟。於是屈原以悲痛又懷念的心情，寫下了〈哀郢〉的詩篇。結尾上說：

鳥都懂得飛回返故鄉呀，
狐狸死時都會把頭枕上高丘。

連飛禽走獸對舊巢都有一份眷念，正流露出屈原對故土的沉重思念。對那些不愛鄉土故國的人，真是一種莫大的諷刺。

不久，屈原從陵陽折向西南行，當他登上鄂渚（今湖北武昌），不禁為未來茫茫然的前程感到徬徨，連原本一絲絲回都還鄉的念頭也蕩然無存。他想再往前走就是洞庭湖，渡過洞庭，沿沅水而下，應抵達的該是辰水的北岸，隨後就會進入漵水的澤畔。而漵水一帶，被當時人視為不很開化的「南夷」之地；崇山峻嶺，終年雲霧瀰漫，冬季時更是霰雪紛飛，本是猿猴棲息的地方。

事實上，屈原並未真的到達漵水，他渡過洞庭湖後，就朝向長沙。他涉渡長江時，心情十分沮喪，他意識到為楚國推行美政的願景已完全破滅。於是把胸中一連串的忿忿不平，抒發成詩篇〈涉江〉。在詩篇中，他借用一個個悲劇性的人物以比喻自己的下場，大意是說：

接輿裝傻把頭髮剃光，桑扈裝瘋把衣服脫光。
忠良不一定會被重用，賢能也不一定會繁昌。
伍子遭逢禍殃；比干被剁成了肉醬。
既然舉世而皆然，我又何怨乎當今皇上？

在屈原走向長沙的途中，思潮起伏不定，血脈沸騰。他想到已死的懷王時，忍不住熱淚盈眶。他以「美人」比喻懷王，寫下了〈思美人〉。在篇首就直呼：

思念著妳呀美人，我擦拭著涕淚久久佇睨，
媒人斷絕道路阻隔，言語已無法傳遞。
忠貞而造成的種種冤屈，沉滯得無法抒發，
想整夜的紓解衷情，心志卻沉積得沒法表達。
但願能寄語浮雲，雖遇見了豐隆卻不肯傳話，
藉歸鳥帶箇口信，卻迅速高飛而無法碰上。

在在顯露出他對懷王的思念和怨懟。在詩篇的結尾上，已隱然浮現出死亡的念頭。他說：

處幽既是命定，我也疲憊極了，趁著日色還不太暗；
我孤零零的走向南方，只想著彭咸的下場。

彭咸是殷朝的一位賢大夫，勸君不聽，投江而死。屈原創作此詩篇時，已意識到死亡，

猶像走上一條黑暗的漫漫長路，是一個聽不到，看不見，沒有觸覺，沒有回響的虛空世界。卻只能感覺得到自己生命的脈動，就像海潮般的變化莫測，忽而寧靜沉寂，忽而洶湧澎湃，有時遼闊無際，有時左右漂浮，似在冥冥中伴隨著潮汐。於是屈原將生命的體認，吟哦成一首〈悲回風〉的詩篇。以「回旋之風」象徵生命中一連串的逆境。

省思死亡之後，屈原的內心反而漸趨平靜，他一會兒回憶起往日被懷王寵信時的喜悅，一下子又失落在被懷王誤解時的悽苦之中。於是他又執筆寫下了〈惜往日〉。在詩中除了自訴委屈外，更列舉了許多君臣間因相互信任或猜忌而造成各種不同的結局。大意是說：

百里奚曾經做過奴隸，伊尹善於烹飪掌廚；
呂望在朝歌是個屠夫，甯戚唱著歌兒餵牛。
如果不是遇上湯武與桓穆，世上誰會知道他們是最好的佐輔。

詩中更兩次重申，他不得不在臨死之前，揭露惦念懷王的心聲。他說：

面臨著沅湘的深淵，真想忍一下就自尋短見。
最後人死了名也沒了，可惜被壅蔽的國君還是不明白。

寧可一死而流亡，是害怕禍殃的再來。
如果不把話說完就沉淵，又怕國君被壅蔽而永不明白。

也為後來創作中國文壇上不朽的詩篇〈離騷〉，留下了伏筆。

當然，屈原也曾想到，是不是能藉「澹泊無為」的老莊思想以超脫凡塵的苦惱；甚至用「餐風飲露」、「羽化登仙」的神仙家思想來清淨雜念，於是他寫下了〈遠遊〉。但畢竟屈原「忠君愛國」的本質是屬於儒家的，然而他之所以創作〈遠遊〉，似在昭告世人，他不是不知道生命的選擇，雖然還有另外一條途徑，但是他毅然決然走上自殺，這結局不是一時的衝動，更不是「狷狹之志」。

在屈原的作品中，最膾炙人口，照耀千秋的詩篇，當非〈離騷〉莫屬。它的創作時間，應該在頃襄王再次放逐他到「江南」之後，也就是屈原晚年的作品。它的內容有如一篇自傳，從出生一直寫到萌生死志。全文二千四百九十字。是屈原血和淚凝聚的生命悲歌；描寫一位屢遭讒嫉，志不得伸，在苦悶中追求自我理想的實踐以至幻滅。強烈的流露出屈原誓死不與世俗同流合污的剛毅性格。文筆更充滿了濃郁的浪漫色彩；辭藻的華美，想像的豐富，音韻的鏗鏘。懷鄉去國之思，生離死別之痛，洶湧澎湃，感人肺腑。

尤其在「亂曰」（尾聲）上說：

算了吧！國內已經沒有賢人；更沒有人能了解我，我又何必懷念故都？既然已經無人能和我推行美政，我就跟從到彭咸的居處。

屈原已經下定決心，以死殉國。

# 六、魂兮歸來

江風吹襲來一陣陣孟夏四月的暑熱，使屈原馳騁在千里之外的遐思驀然驚醒，他彷彿已看到闊別已久的長沙，近鄉情怯，他感覺到空氣似已停止對流，大地死般的沉寂，眼前是汨、羅二水沖聚而成的寒潭，屈原心中忖思著：我什麼都不必再害怕了，貪婪的小人，再也傷害不到我，那些慣對陌生人咆哮的惡犬，再也別想咬我了……

當屈原吟畢〈懷沙〉後，意識已經模糊，滾滾的潭水似在向他呼喚，一股強大的引力，將他的軀體隨著漩渦，漸漸的吞噬。

鄉民得知屈原投江的噩耗，都紛紛撐著蘭木之舟在江中搜救，當夜幕已經籠罩大地，江中依然遍布漁火，萬船攢動，卻還是找不到三閭大夫的蹤跡。

屈原在創作〈哀郢〉時已經六十五歲，然而繼〈哀郢〉之後，他又創作了〈涉江〉、〈惜往日〉、〈悲回風〉以及〈懷沙〉，甚至〈離騷〉。我們雖然無法從這些作品中清楚掌握它們的確切寫作時間，但無可置疑的，寫作了這麼多成熟的作品，一定需要一段不短的時間與生活的煎熬和歷練。所以屈原的死，絕對在六十五歲之後，或在七十歲左右，離頃襄王的死（頃襄王三十六年，前二六三年）秋天，應該相距不會超過十年。

屈原死後，悲痛欲絕的楚地百姓，為了感念屈原，將一首屈原依據楚俗譜成的〈招魂曲〉，傳唱不絕：

魂魄呀！歸來吧！
為什麼要離開軀殼，飄泊四方？
捨棄樂土而遭此不祥？
魂魄呀！歸來吧！
東方不可以寄託，
有長人千仞，唯魂是索。
十日代出，連金石也能銷鑠。
祂們已然習慣，你去了就會糜爛。
魂魄呀！歸來吧！
魂魄呀！歸來吧！
……

1 屈原事蹟資料未明顯引用出處者，多依《史記》〈屈原列傳〉及〈楚世家〉和《戰國策・楚策》等。

2 原詩為：「江山荒城猿鳥悲，隔江便是屈原祠；一千五百年間事，只有灘聲似舊時。」

# 貳——屈原的作品《楚辭》

## 一、《楚辭》的內容

提起屈原的作品，一定得先了解《楚辭》這本書，它在《四庫全書》中列為「集部」的總集之首；在我國詩壇上與《詩經》並稱「南北雙璧」。南朝劉勰在《文心雕龍．辨騷》篇中對《楚辭》中篇章的讚美是：

「楚辭」這種文體，本質上是體憲三代的精神，而風格則摻雜了戰國文學的色彩；雖然在〈雅〉、〈頌〉中是博弈之徒，在詞賦中卻是英傑。看「楚辭」的骨鯁所樹，肌膚所附，雖然取法鎔鑄了《經》義，卻也自鑄偉辭。

所以〈離騷〉、〈九章〉，文辭朗麗而內容哀傷；〈九歌〉、〈九辯〉，文辭綺靡而內容傷情；〈遠遊〉、〈天問〉，文辭瑰詭而內容慧巧，〈招魂〉、〈大招〉，文辭耀豔而內容深美；〈卜居〉標榜了放蕩言論的極致，〈漁父〉寄託了隱逸獨往的才情。所以這些篇章的氣勢往往能震撼古人，而辭采更切合當代，它們的精采絕豔，是難與比擬的。

從〈九懷〉以下，都急於仿效〈離騷〉的風格，然而屈原、宋玉如此高遠境界，已經是無人能及了。

劉氏的評語是十分正確的。

最早將屈原、宋玉以及漢代人仿作結集成書的是劉向（前七七—前六），劉向於西漢末成帝河平三年（前二六）領校中祕書，整理屈、宋等人作品，才編訂《楚辭》一書。據《四庫提要》的說法：

> 收集屈原、宋玉的賦篇，定名《楚辭》，是從劉向開始的。劉向收集了屈原的〈離騷〉、〈九歌〉、〈天問〉、〈九章〉、〈遠遊〉、〈卜居〉、〈漁父〉。宋玉的〈九辯〉、〈招魂〉。景差的〈大招〉，而以賈誼的〈惜誓〉、淮南小山的〈招隱士〉、東方朔的〈七諫〉、嚴忌的〈哀時命〉、王褒的〈九懷〉以及劉向所作的〈九歎〉，共為楚辭十六卷，是為總集之祖。

可惜，劉向編的這本十六卷的《楚辭》已經亡佚，到東漢的王逸，又增益了自己的作品〈九思〉與班固的兩篇〈敘〉，成為十七卷本，並各為之注，而成《楚辭章句》。現今最完整且又最早的《楚辭》書，就是王逸這個本子。到了宋代的洪興祖，把《楚辭章句》作了補注，成為《楚辭補注》。現今流傳的《楚辭補注》，則是書商為了方便，將《章句》和《補注》合而刻之。也最便於讀《楚辭》者。

那麼屈原的作品為什麼要稱為《楚辭》呢？據《隋書．經籍志》的說法是：

因為屈原是楚人，所以謂之楚辭。

屈原是湖北秭歸人，一九八五年湖北江陵縣志編撰委員考證，屈原是江陵（郢）人。不過在戰國時期的楚地，範圍很大，除了湖北、湖南二省外，還包括四川、安徽、河南、江蘇以及江西的一部分。然而劉向編集的《楚辭》中的作者，並非都是楚人，如賈誼是河南洛陽人，他做過長沙王太傅，長沙是楚地。淮南小山是淮南王劉安的門下食客。劉安是劉邦的孫子，當然也是沛郡人，西漢時沛郡已置為楚國；劉安的食客，很有可能也是楚人。東方朔是平原厭次（山東陵縣）人，不過漢武帝時，詔為長侍郎、大中大夫等職。嚴忌是會稽郡吳縣（江蘇蘇州），或說浙江嘉興人，他是梁孝王劉武的門客。王褒是蜀（四川）人，在漢宣帝時嘗為待詔；宣帝十分愛好《楚辭》，曾詔九江被公誦讀。劉向是漢高祖弟楚元王劉交的第四代孫，當然也是楚人，他和王褒在宣帝時，都曾獻賦頌，官至散騎常侍。

如此看來，他們雖未必皆為楚人，但對楚的語言及文物的了解絕不陌生。所以宋人黃伯

都云作者癡，誰解其中味

曹雪芹×紅樓夢

東吳大學　鄭明娳教授・編著　二七二頁，定價二八〇元

流傳不衰，哀絕動人
中國小說史、世界文學史、乃至藝術史上的奇葩
衍生「紅學」、「曹學」兩大研究

舉世皆濁我獨清，眾人皆醉我獨醒

屈原×楚辭

淡江大學　傅錫壬教授・編著　二七二頁，定價二八〇元

詩人・騷人・愛國者　屈原
個人意志最燦爛的呈現
中國史上具名創作的第一部文學總集

響噹噹一粒銅豌豆

關漢卿×戲曲

國立臺北戲劇大學　陳芳英教授・編著　三七六頁，定價三六〇元

郎君領袖・浪子班頭
生平僅以十一字流傳的中國戲曲祖師
藉戲劇指斥不公不義又深諳娛樂特質的專業劇作家

人與經典

專家精選國學經典
現代語言專業演繹
立體重現作者生命風華

# 人與經典

## 再現人文精粹　傳承經典價值

麥田出版

作家 王文興
作家 朱天文
作家 李永平
作家 李偉文
作家 吳岱穎
雲門舞集創辦人 林懷民
中研院文哲所所長 胡曉真
作家 凌性傑
中央大學中文系教授 康來新
臺大中文系教授 張健
作家 張曼娟
臺北大學中文系教授 陳大為
政大臺文所教授 陳芳明
作家 陳雪
國家圖書館館長 曾淑賢
作家 鍾文音
洪建全教育文化基金會董事長 簡靜惠

——誠摯推薦
（依姓氏筆畫排序）

二〇一二・十二
隆重上市

思《校定楚辭序》（見《宋文鑑》卷九二引）的說法就更為周全了。他說：

> 屈原、宋玉的篇章，都是書楚語，作楚聲，紀楚地，名楚物，所以可謂之「楚辭」。像篇章中的「些、只、羌、誶、蹇、紛、侘傺」等是楚語；悲壯頓挫，或韻或否的形式是楚聲；「沅、湘、江、澧、修門、夏首」的地名，都在楚地；「蘭、茝、荃、藥、蕙、若、芷、蘅」等的植物，都是楚物。

筆者在〈楚辭方言考〉一文中，引用揚雄《方言》和的段玉裁《說文解字注》二書的材料，證明《楚辭》中確實用了許多楚語；筆者在《楚辭古韻考》一書的押韻現象，證明《楚辭》確實為楚聲；再從《楚辭》內文之地理觀之，證明確實為楚地；從宋代吳仁傑《離騷草木疏》的檢證，也確實為楚物。所以我們論定說，黃伯思的說法是可以成立的。所以「楚辭」一詞，最清晰的詮釋是：

> 「楚辭」是文人以楚歌特有的音節、旋律；楚語特有的方音、詞彙；楚地特有的文物、地理，所創作的抒情詩歌。

《楚辭》既已成書，但前人對這些作品，並不一律以此相稱。或稱「辭」；如班固《離騷贊・序》說：「離猶遭也，騷憂也。明己遭遇作辭也。」又說：「原死之後，秦果滅楚，其辭為眾賢所悲悼。」皆以「辭」來相稱，所以清代陳本禮的書就稱《屈辭精義》。

或稱「賦」；如司馬遷《史記・屈原列傳》說：「屈原既死之後，楚有宋玉、唐勒、景差之徒者，皆好辭而以賦見稱。」又說：「乃作懷沙之賦。」班固《漢書・賈誼傳》說：「屈原楚賢臣也，被讒放逐，乃作離騷賦。」又班固《漢書・藝文志　詩賦略》也說：「屈原賦二十五篇。」所以清代戴震的書就稱《屈原賦注》。

或稱為「騷」；如梁代蕭統編的《昭明文選》，選文的分類上，在「賦」、「詩」之後，特標「騷」類。又如南朝劉勰的《文心雕龍》中，除〈詮賦〉篇外，亦有〈辨騷〉一篇，內容稱引的是《楚辭》，所以清代胡文英的書就稱《屈騷指掌》。諸如此類別稱，我們讀《楚辭》的人，也不可不知。

## 二、漢朝「楚辭」已成顯學

「楚辭」到漢朝時已經成為「顯學」。如《漢書・地理志》的說法是：

自從楚國的賢臣屈原被讒放流，作了離騷諸賦以自傷悼。後來有宋玉、唐勒之屬，仰慕屈原而紹述他們的作品，也都以此而顯名。

漢朝興起，漢高祖兄長的次子濞，在吳招致天下娛遊子弟。有枚乘、鄒陽、嚴夫子之徒興於文帝、景帝之際。而淮南王安也定都在壽春，招賓客著書。而吳地也有嚴助、朱買臣等。這些人在漢朝都藉作品而顯貴，文章辭采都有很好的發揮，所以世人都傳誦「楚辭」這種文體。

吳王濞（前二一六—前一五四）、漢文帝（前一七九—前一五七）以及漢景帝（前一五六—前一四一）時期，創作「楚辭」的風氣已然興起。及至漢武帝（前一四〇—前七〇）及宣帝（前七三—前四九）時期，「楚辭」已經成為「顯學」。如司馬遷（前一四五—？）在《史記・張湯傳》（武帝征和二年，前九一年）中說：

朱買臣是會稽人，擅讀《春秋》。嚴助使人讚譽買臣，買臣得以讀《楚辭》而與嚴助都得到侍中的職位。

又班固（三二—九二）《漢書．朱買臣傳》中也說：

正巧同鄉嚴助得到寵幸，就推薦朱買臣。漢武帝召見買臣說《春秋》，讀《楚辭》，武帝甚為喜悅。

二者都說明了《楚辭》的地位已經和經書中的《春秋》等量齊觀。因為在西漢文帝及景帝之時，《春秋》已經和《詩》、《書》並置為博士，及至漢武帝更增置《易》、《禮》二博士，五經博士的設置，使得通曉儒家經典成為仕宦食祿的主要條件，從而確立了儒學經典的權威地位。又如《漢書．王褒傳》提到：

宣帝時，修撰武帝時的典章舊事，講論六藝群經，博採蒐珍奇異說，徵求能解讀「楚辭」的儒者。九江的被公因而召見誦讀。

又劉向的兒子劉歆（前五〇—二三）在《七略》（見《太平御覽　卷八五九》）中也提到：

孝宣皇帝徵召被公，讓他朗誦《楚辭》。被公年衰母老，每一次的朗誦，就能獲得皇帝賜給他豐厚的粥品。

則誦讀《楚辭》不僅成為專業，更能藉此而得到俸祿和賞賜。《楚辭》之所以能成為「顯學」，應該與漢朝開國的君主，劉邦、項羽等皆為楚人，有必然關係。如《史記．項羽本紀》的記載：

居住在鄛地的范增（項羽謀臣），年紀已七十，平素常居家，卻好施奇計。他往見項梁（項羽的叔父）說：「陳勝的失敗是當然。因為秦滅六國，楚最無罪。自楚懷王入秦不返，楚人至今還憐惜懷王，所以楚南公（一位道士）說『楚雖三戶，亡秦必楚』。」

「三戶」指的就是楚國的貴族屈、景、昭三姓。所以代表屈原作品的《楚辭》，明顯已經是漢朝激勵愛國情操的教科書了。

## 三、《楚辭》與《詩經》的關係

當我們讀《楚辭》時，不難感覺出這種文體的特殊性，它既是押韻的詩歌，又是句子可長可短的散文，它跟詩歌與散文都有承襲上的淵源；同時也兼具了詩歌的韻律之美和散文的靈活運作的活潑性。所以《楚辭》這種文體是「詩歌的散文化；散文的詩歌化」。前文提到《楚辭》與《詩經》號稱為「南北雙璧」，那麼《楚辭》與《詩經》的關係又如何呢？可以從「歷史淵源」和「文體形式」兩個角度切入探討。

### （一）歷史淵源

從楚國的歷史上觀察，大約在魯僖公二十八年（前六三二），楚國的軍事勢力已經到達北方。《左傳》的記載中，欒貞子曾說：「漢水以北的姬姓國，也就是周的氏族，都已經被楚國吞併了。」這就是歷史上有名的「城濮之戰」，欒貞子（枝）是晉國的大將，他是姬姓，欒氏。晉公子重耳得返晉國，他有很大的功勞。所以晉國的聯軍在城濮與楚軍對峙時，晉文公對楚國的曾經施惠，還有一些顧忌。欒貞子以為：「漢水以北之地的姬姓國，都已被楚國吞併，這一戰是無從避免的。」可見，這時楚國的勢力已經到達北方，北方的政治、文化對楚國一定有所影響。

當時諸國使節的外交往來，折衝壇坫，都流行「即事賦詩」。所以孔子曾說：「不學《詩經》，是無法嫻熟外交辭令的。」（見《論語．季氏》）又說：「雖能背誦詩三百（詩經），讓他處理政事，卻不能通達；讓他出使四方，卻不能嫻熟應對，這種人讀再多的詩又有什麼用呢！」（見《論語．子路》）可見諸侯之間的外交往來，既以「即事賦詩」為例行禮節，楚國也該理當如是。既然《詩經》在外交辭令上是如此重要，那麼楚國的外交官會不熟讀《詩經》嗎？

我們在翻檢《左傳》後，不難發現楚國賦詩之風鼎盛。據游國恩《楚辭概論》的引述，魯文公十年（周頃王二年，前六一七年）有子舟，是楚文王之後，曾引「剛亦不吐，柔亦不茹」，出自《詩．大雅．烝民》，「毋縱詭隨，以謹罔極」，出自《詩．大雅．民勞》。魯宣公十二年（周定王十年，前五九七年），有孫叔勸楚軍必須掌握先機，主動出擊。他引的詩句是「元戎十乘，以先啟行」，出於〈小雅．六月〉。又當時楚子（楚人）所引的是「載戢干戈，載櫜弓矢。我求懿德，肆於時夏，允王保之」詩句，則出自〈周頌．時邁〉。又引的「耆定爾功」正是〈周頌．武篇〉的末句；而「鋪時繹思，我徂維求定」句，則見於〈周頌．賚篇〉；「綏萬邦。屢豐年」則引自〈周頌．桓篇〉。顯然楚子對《詩經》是十分熟習的。

魯成公二年（周定王十八年，前五八九年），申叔跪是申叔時之子，是楚國的氏族。巫臣負有軍事使命而去齊，本該戒懼謹慎，卻盡帶其家室與財產，分明有逃亡之意。所以申叔跪引用「桑中之喜」以暗指巫臣與夏姬有私約。因為〈桑中〉是《詩經．鄘風》中的篇名，為民間男女幽會戀歌。申叔跪雖然只引用篇名，想見他對詩歌的內容是極為了解，所以才能這麼恰當。又楚令尹子重所引的「濟濟多士，文王以寧」句，也出自〈大雅．文王〉。

又魯襄公二十七年（周靈王二七年，前五四六年），楚薳罷所賦的〈既醉〉，是《詩經．大雅》的篇名。詩中有「既醉以酒，既飽以德。君子萬年，介爾景福」的句子，借以讚美晉侯。魯昭公三年（周景王六年，前五三九年），楚子所賦之〈吉日〉，為《詩經．小雅》之篇名。為宣王田獵之詩。楚子欲與鄭伯田獵，故賦之。所以下文有「子產乃具田備，王以田江南之夢」的話語。到了魯昭公七年（周景王十年，前五三五年），芋尹是官名，無宇是荊地的一位毆鹿彘者，居然也能引〈小雅．北山〉以諫楚子；楚國人習讀《詩經》之盛，於此可見。魯昭公十二年（周景王十五年，前五三〇年），楚右尹子革所引之〈祈招〉，為逸詩。楚子聽後，竟然「饋不食，寢不寐，數日不能自克」，顯然子革以詩進諫是很有效的。魯昭公二十三年（周敬王元年，前五一九年），沈尹戌是楚莊王的曾孫，在楚平王時，嘗任縣尹，所以稱沈尹戍。他對楚令尹囊瓦（子常）築郢城的一番批評中，引用了〈大雅．文王〉的詩句，正是說明了，在鞏固疆土上，「修德」遠比「築城」重要。魯昭公二十四年（周敬王二年，前五一八年），沈尹戍又引〈大雅．桑柔〉的詩句，意在批評楚王滅「巢」與「鍾離」二師一事。

《左傳》中這些楚國君臣賦詩的記載之多，不亞於其他諸侯之國。而時間都在西元前五百年之前。屈原之生，若照鄒叔績、陳暘、劉申叔諸人的考證，屈原當生於楚宣王二十七年（前三四三年，戊寅年一月二十一日）。若以陸侃如《屈原生卒年考》所述，屈原生於楚威王五年（前三三五年，丙戌年一月七日）。在屈原降生前近二百年，楚國對《詩經》的接受度已經如此的高，而屈原又是數度出使齊國的外交官，對《詩經》一定能琅琅上口，而他的作品又豈能不受《詩經》的影響呢！

## （二）文體形式

我們對屈原作品曾受《詩經》影響的推斷還不僅於此。再從《楚辭》的文體形式上觀察。二者的影響也是有脈絡可循的。《楚辭》中屈、宋的詩篇，除了〈天問〉、〈卜居〉、〈漁父〉、〈招魂〉（亂曰除外）、〈大招〉外，其他諸篇都用了「兮」字作為句中或句末語氣詞，而我把「兮」字視同「音節延長的符號」。在朗誦《楚辭》時，能讓音節有更多的變化。是形成「楚辭體」不可或缺的關鍵。它也是使四言的「詩經體」逐漸轉化為「楚辭體」的重要成分之一。

再加上「楚辭體」的另一特色就是「單詞冠首」；冠於句子最前端的字或詞，可以是名詞、形容詞或副詞，它之所以安置在句子的最前端，最重要的作用是加強語氣。

1、〈天問〉與〈九章・橘誦〉的句型，最接近於《詩經》。如〈天問〉：

曰：遂古之初，誰傳道之？上下未形，何由考之？
冥昭瞢闇，誰能極之？馮翼惟像，何以識之？
明明闇闇，惟時何為？陰陽三合，何本何化？
圜則九重，孰營度之？惟茲何功？孰初作之？

除了「曰」字表示詩歌的開始朗誦外，其他都是四字句，與「詩經體」的一般句型是比較接近的。就押韻現象看，韻腳字都在「之」的前一字。「道」、「考」押古韻「幽」部；「極」、「識」押古韻「之」部；「為」、「化」押古韻「歌」部；「度」、「作」押古韻「魚」部。所以「之」字，在了解語義上，並不十分重要。如果把它視同虛字，或代以「兮」字，也無不可。再看〈周南．關雎〉：

關關雎鳩，在河之洲。窈窕淑女，君子好逑。
參差荇菜，左右流之。窈窕淑女，寤寐求之。
求之不得，寤寐思服。悠哉悠哉，輾轉反側。
參差荇菜，左右采之。窈窕淑女，琴瑟友之。
參差荇菜，左右芼之。窈窕淑女，鐘鼓樂之。

當然以四字句為主要句型，就押韻現象看，「鳩」、「洲」、「逑」、「流」、「求」押古韻「幽」部；「得」、「服」、「側」、「采」、「友」押古韻「之」部；「芼」、「樂」押古韻「宵」部。兩相比較，〈天問〉和〈關雎〉一樣，都在「之」的前一字為韻腳，這現象不該只是巧合。

2、〈九歌〉的句型是「兮」字與「單詞冠首」的活化。如〈東皇太一〉：

吉日兮辰良，穆將愉兮上皇。撫長劍兮玉珥，璆鏘鳴兮琳琅。
瑤席兮玉瑱，盍將把兮瓊芳。蕙肴蒸兮蘭藉，奠桂酒兮椒漿。
揚枹兮拊鼓，○○兮○○。疏緩節兮安歌，陳竽瑟兮浩倡。
靈偃蹇兮姣服，芳菲菲兮滿堂。五音紛兮繁會，君欣欣兮樂康。

基本上，「兮」字都出現在句子的中央，它原本只是「音節延長的符號」，不具備實質的文字意義，聞一多在《楚辭校補》中，認為它是一個可轉換成多種關係詞的虛字。在前引的詩歌中「吉日兮辰良」、「瑤席兮玉瑱」、「揚枹兮拊鼓」三句，都是四字句的中間加一「兮」字，就變成五字句。若照聞氏的說法，前兩句的「兮」字，可代以「與」字，第三句則可代以「與」或「以」皆可通。而我則以為「兮」字只表示，朗誦時，語調就必須延長，以增強詩歌的聲調美感。它原不必具有任何字義。換言之，這三句就與《詩經》的句型一致。

至於其他諸句皆為五字句，則是「單詞冠首」的活化。「穆將愉兮上皇」中「穆」是副詞冠首；「撫長劍兮玉珥」中「撫」是動詞冠首；「璆鏘鳴兮琳琅」中「璆」是副詞冠首；「盍將把兮瓊芳」中「盍」是句首語氣詞冠首；「蕙肴蒸兮蘭藉」中「蕙」是形容詞（名詞作形容詞用）的冠首；「奠桂酒兮椒漿」中「奠」是動詞冠首；「疏緩節兮安歌」中「疏」

是動詞冠首；「陳竽瑟兮浩倡」中「陳」是動詞冠首；「靈偃蹇兮姣服」中「靈」是名詞冠首；「芳菲菲兮滿堂」中「芳」是名詞冠首；「五音紛兮繁會」中「五音」雖已成組合式合義複詞，「五」字仍有形容詞冠首的意謂。「君欣欣兮樂康」中「君」是名詞冠首。這些冠首字的刪除，對詩意的影響並不大。它的最大作用是將「兮」字的加入後，使四字句變成了六字句。

嘗試刪去冠首的單詞與「兮」字。詩歌的樣貌將變成：

吉日辰良，將愉上皇。長劍玉珥，鏘鳴琳琅。
瑤席玉瑱，將把瓊芳。肴蒸蘭藉，桂酒椒漿。
揚枹拊鼓，〇〇〇〇。緩節安歌，竽瑟浩倡。
偃蹇姣服，菲菲滿堂。音紛繁會，欣欣樂康。

這與《詩經》的樣貌是十分神似的。

3、〈離騷〉與〈九章〉（〈橘誦〉除外）是成熟的「楚辭體」。

前引〈九歌．東皇太一〉的句型，已經是六字句，若「兮」字轉化成關係詞，則句子中就沒有了「兮」字，「音節延長的符號」消失了，也就不能成為「楚辭體」，必須再加「兮」字。這種句型結構的改變，可以「楚辭體」中最成熟的〈離騷〉和〈九章〉（〈橘誦〉除外）為例。如〈離騷〉中一段：

帝高陽之苗裔兮，朕皇考曰伯庸。攝提貞於孟陬兮，惟庚寅吾以降。皇覽揆余初度兮，肇錫余以嘉名。名余曰正則兮，字余曰靈均。紛吾既有此內美兮，又重之以脩能。扈江離與辟芷兮，紉秋蘭以為佩。

「帝高陽之苗裔兮，朕皇考曰伯庸」二句中，「帝高陽之苗裔」與「朕皇考曰伯庸」都已經是六字句，從轉變跡象中審視，「帝」和「朕」都是名詞冠首，「之」和「曰」是從原本「九歌體」的句中「兮」字轉換成虛字。然則二句中既已無「兮」字，就不成「楚辭體」，所以在「帝高陽之苗裔」句下必須再加「兮」字。「攝提貞於孟陬」中「攝提」已經是複合式專有名詞，而「紛吾既有此內美」中的「紛」字又是副詞冠首。末三句中的「又」是副詞冠首，「扈」、「紉」都是動詞冠首。如此句式已漸漸脫離《詩經》的四言體，而逐漸形成成熟的「楚辭體」。為了解轉變之跡，再試圖轉變為四言體。

高陽苗裔，皇考伯庸。（攝提）貞孟陬，庚寅吾降。
覽余初度，肇錫嘉名。名余正則，字余靈均。
既有內美，重之脩能。江離辟芷，秋蘭為佩。

但是，在複合詞的多量使用後，成熟「楚辭體」的逐漸定型，而與「詩經體」的句式已漸行漸遠。

4、《詩經》中也不乏使用「兮」字。

雖然我們強調「兮」字的運用是「楚辭體」的重要特色，實則《詩經》中使用「兮」字，多見於〈國風〉（二十五首），〈小雅〉（八首）中約略見之，〈大雅〉與〈頌〉詩中卻未嘗一見。可見「兮」字的應用，通常是比較接近於民歌的。現將二者「兮字句」比較如後（僅各舉一例）：

（1）兮字用於單字之後者

綠兮衣兮，綠衣黃裡。心之憂矣，曷維其已！
綠兮衣兮，綠衣黃裳。心之憂矣，曷維其亡！
綠兮絲兮，女所治兮。我思古人，俾無訧兮。
絺兮綌兮，淒其以風。我思古人，實獲我心！（綠衣・邶風）

眴兮杳杳，孔靜幽默。（九章・懷沙）

（2）兮字用於三字句之後者

葛之覃兮，施于中谷，維葉萋萋。黃鳥于飛，集于灌木，其鳴喈喈。
葛之覃兮，旋于中谷，維葉莫莫。是刈是濩，為絺為綌，服之無斁。
言告師氏，言告言歸，薄污我私，薄澣我衣。害澣害否？歸寧父母。（葛覃　周南）

思美人兮，覽涕而竚眙。（九章・思美人）

（3）兮字用於四字句之後者

日居月諸，照臨下土，乃如之人兮，逝不古處！胡能有定，寧不我顧！

日居月諸，下土是冒，乃如之人兮，逝不相好！胡能有定，寧不我報！

日居月諸，出自東方，乃如之人兮，德音無良！胡能有定，俾也可忘！

日居月諸，東方自出，父兮母兮，畜我不卒！胡能有定，報我不述！（日月．邶風）

滔滔孟夏兮，草木莽莽。傷懷永哀兮，汩徂南土。（九章．懷沙）

（4）兮字用於第二句之後者

蓼彼蕭斯，零露湑兮。既見君子，我心寫兮。燕笑語兮，是以有譽處兮。（蓼蕭．小雅）

后皇嘉樹，橘徠服兮。受命不遷，生南國兮。

深固難徙，更壹志兮。綠葉素榮，紛其可喜兮。（九章．橘頌）

（5）兮字用於逐句末之後者。《楚辭》中缺此類用法。

緇衣之宜兮，敝予又改為兮，適子之館兮，還予授子之粲兮。

緇衣之好兮，敝予又改造兮，適子之館兮，還予授子之粲兮。

緇衣之蓆兮，敝予又改作兮，適子之館兮，還予授子之粲兮。（緇衣．鄭風）

（6）兮字間錯使用者。《楚辭》中缺此類用法。

豈曰無衣七兮，不如子之衣，安且吉兮。
豈曰無衣六兮，不如子之衣，安且燠兮。（無衣．唐風）

從以上《詩經》與《楚辭》中使用「兮」字的句型比較，也不難發現：一、《詩經》中使用「兮」字的句型，已習以為常，「楚辭體」之「兮」用法，不無受《詩經》影響之可能。二、《詩經》中「兮」字句的使用，見於〈國風〉者二十五首，見於〈小雅〉者八首，而〈大雅〉與〈頌詩〉則闕如。可見「兮」字的運用習見於民歌，而《楚辭》之音樂當亦源於楚風。三、《詩經》中「兮」字的運用較之《楚辭》尤為多樣且生動活潑，可見《楚辭》的「兮」字運用，雖脫化於《詩經》，但亦逐漸定型，形成特色，繼而影響漢賦。

無論從「歷史淵源」或「文體形式」上觀察，《楚辭》之嘗受《詩經》影響是可以成立的。

叁

# 沅、湘流域的祭神歌〈九歌〉

## 一、〈九歌〉不是屈原的原創

我在介紹屈原的作品時，首先談〈九歌〉，是因為〈九歌〉乃沅、湘流域的民間祭神歌，雖然在漢代王逸《楚辭章句》中的篇序，列於第二，次於屈原的作品〈離騷〉之後。然而《釋文》則列於第三，在宋玉的作品〈九辯〉之後。可見《楚辭》之編目先後，本無定制。王逸《楚辭章句・九歌敘》先說「〈九歌〉者，屈原之所作也」，而下文卻又以為：

屈原放逐，流竄伏匿在沅湘流域，滿懷憂苦，愁思沸鬱。出外見到俗人祭祀的禮儀，歌舞的音樂，辭藻鄙陋。於是就寫作了〈九歌〉。藉以上陳事神的虔敬，下見自己的冤結，並寄託以諷諫君王。所以〈九歌〉的文意不同，章句錯雜，而造成了多種不同的異義。

意謂〈九歌〉未必屈原的原作，乃是見到民間俗人祭祀之禮，歌舞之樂，其辭鄙陋，才作〈九歌〉之曲。則屈原之前應該已經有民間祭神歌謠的存在，而屈原只是加以潤飾或修改而已。及至宋代朱熹《楚辭集注・九歌序》中，話就說得更為明白，大意是說：

往昔楚國南郢一帶，沅湘之間，習俗信鬼而好祭祀，祭祀時必使巫覡作樂，歌舞以歡娛神祇。蠻荊之地，習俗卑陋，文詞既鄙俚，而在陰陽人鬼之間，又難免不會有褻慢淫荒的摻雜。屈原既已放逐，見到這些祭神歌而有所感觸。故頗為更定其文詞，刪去太褻慢的文字。又藉此事神的心態，以寄託自己忠君愛國，眷戀不忘的心意。是以〈九歌〉的文字，雖不免有燕昵之嫌，卻讓君子反而有所取法。

當中已明顯指出「蠻荊之地，習俗卑陋，文詞既鄙俚，而在陰陽人鬼之間，又難免不會有褻慢淫荒的摻雜。屈原既已放逐，見到這些祭神歌而有所感觸。故頗為更定其文詞，刪去太褻慢文字」，就是屈原修改、潤飾〈九歌〉的動機與態度。所以胡適之在〈讀楚辭〉（見《胡適文存》二集）中更直截了當說：〈九歌〉與屈原絕無關係，是當時湘江民族的宗教舞歌。所謂「絕無關係」，卻也稍嫌武斷。

就《楚辭》中文字觀察，「九歌」一詞凡三見：一見於〈離騷〉：「啟九辯與九歌兮，夏康娛以自縱。」和「奏九歌而舞韶兮，聊假日以媮樂。」另見於〈天問〉：「啟棘賓商，九辯九歌。」王逸在「啟九辯與九歌兮，夏康娛以自縱」句下注解：〈九歌〉是「九功之德，皆有次序而可歌」，而「九功」則是指「火、水、金、木、土、穀謂之六府，正德、利用、厚生謂之三事」，「六府」是指施政的官署，「三事」則是施政的方針。若參諸〈離騷〉文義，「九功之德皆可歌也」的〈九歌〉是絕不該引致「夏康娛以自縱」之荒廢國政，以致失國的地步。進而再翻檢〈九歌〉的內容，皆是祭神的樂曲，與「九功之德」的內容也極不相類。所以〈九歌〉的舊說是不能成立的。縱使，「九歌」一詞是引用傳統樂曲名，也只是「舊瓶裝新酒」而已。

## 二、〈九歌〉的結構

今所傳〈九歌〉，共十一篇：〈東皇太一〉、〈雲中君〉、〈湘君〉、〈湘夫人〉、〈大司命〉、〈少司命〉、〈東君〉、〈河伯〉、〈山鬼〉、〈國殤〉、〈禮魂〉。既為十一篇，何以稱〈九歌〉呢？於是引起了一些學者，嘗試從篇章之分合著手，湊其為「九」數。如清代王夫之《楚辭通釋》，以〈禮魂〉為送神曲，繼而近人梁啟超，引申之，以〈東皇太一〉為迎神曲，迎、送二曲，各篇通用，所以其他所歌詠的篇章當為九個神。明代黃文煥《楚辭聽直》和清代林雲銘《楚辭燈》則合〈山鬼〉、〈國殤〉、〈禮魂〉為一章；而清代蔣驥《山帶閣注楚辭．餘論》又以〈湘君〉、〈湘夫人〉合為一篇；〈大司命〉、〈少司命〉合為一篇，以成九數。凡此種種，眾說紛紜。總之，都是拘泥於「九」為實數，無甚意義。

王逸《楚辭章句．九歌序》既已提出〈九歌〉「文意不同，章句錯雜」的疑義，恐怕就不得不從〈九歌〉的結構加以探討。清代陳本禮《屈辭精義》寫道：

我以為九歌這種樂歌，有男巫歌的，有女巫歌的，有巫覡並舞而歌的。有一巫唱而眾巫和的。激楚揚阿，聲音淒楚，所以能動人感神。

既然〈九歌〉各篇的主唱者不同，則無怪乎王逸有「文意不同，章句錯雜」的慨歎。日本漢學家青木正兒〈楚辭九歌的舞曲結構〉[1]一文中，更承續陳本禮的說法將〈九歌〉中諸神分陰、陽，陰神則男巫祭之，陽神則女巫祭之。其十一篇之式樣，可分為：獨唱獨舞式、對唱對舞式、合唱合舞式、一巫唱而眾巫和式等四式。筆者對〈九歌〉十一篇的詮釋，即採用此種「舞曲結構」的形式加以修正與補充。

## 三、〈九歌〉諸神的造型和文辭之美

### （一）東皇太一

東皇太一是楚國的尊神。祂的地位就像楚人尊奉的上帝（天帝）。宋玉〈高唐賦〉說：「醮祭諸神，典禮太一。」顯然「太一」（泰一）的祭祀，在楚國早已十分盛行。又據《史記．封禪書》說：

天神中最尊貴的神是太一，太一的輔佐是五帝。古時候，天子以春、秋祭祀太一於東南郊，用太牢之禮。

《漢書．郊祀志》的說法與《史記》相同。張守節〈正義〉也說：「泰一是天帝的別名。」而王逸的《楚辭章句》卻又說：「太一是星名。」而洪興祖《楚辭補注》引《漢書．天文志》也說：「中宮天極星，其中最明亮的一顆星，就是泰一的居所。」又引《淮南子．

天文篇》說：「太微，太一的宮庭。紫宮，太一的居所。」所以又稱「太一」為星名。是因為古人對神的形像與居處，難以定指，就往往以天上之星宿相對應。星宿也稱「形神」。

「太一」既為最尊貴的上帝，所以詩篇中只描寫儀式中祭品陳設之盛，祭巫的服飾以及邀請神祇的降臨和受享的虔誠。絕少提到人（祭巫）與神（扮神巫）之間的愛慕言辭和纏綿悱惻的相思。對神靈的描寫只有「靈偃蹇兮姣服」一句，雖僅此一句，已然感覺到「東皇太一」的雍容華貴氣質。所以《莊子．列禦寇》說：「太一的形像是虛空的。」雖然此所謂「太一」也有指「大道」的意思，但也意謂：這位至高無上的尊神，是不容許圖畫祂的形貌的。

至於「東皇太一」的職司，據《呂氏春秋．仲夏紀》說：「音樂之所由來已經久遠，它生於度量，本於太一。」又說：「萬物之所出，皆營造於太一。」所以「太一」的職司是營造萬物，而音樂自然包含其中。我們檢視〈東皇太一〉的歌辭，自「揚枹兮拊鼓」句以下，皆為音樂的鋪敘，則「東皇太一」與音樂是絕對脫離不了關係的。因為「禮、樂」是建構道德、人倫，社會秩序的根本。

且看〈東皇太一〉的歌辭：

吉日兮辰良，穆將愉兮上皇。

撫長劍兮玉珥，璆鏘鳴兮琳琅。
瑤席兮玉瑱，盍將把兮瓊芳。
蕙肴蒸兮蘭藉，奠桂酒兮椒漿[2]。
揚枹兮拊鼓，○○兮○○[3]。
疏緩節兮安歌，陳竽瑟兮浩倡。
靈偃蹇兮姣服，芳菲菲兮滿堂。
五音紛兮繁會，君[4]欣欣兮樂康。

來試圖重現它祭祀時的場景：扮神男巫登場，沒有舞蹈，沒有歌唱，表情莊嚴肅穆。祭神女巫獨唱獨舞，副歌的歌聲輕柔舒緩，主歌的聲音激昂高亢。樂器以鼓、瑟為主。祭堂上酒、餚滿案，陣陣的馨香，隨著樂音飄散。

（祭巫唱）吉祥的日子，美好的時光。肅穆的心情，歡愉上皇。
手撫著長劍的玉柄，佩飾是璆然鏘然響不停的美玉琳琅。
瑤玉綴飾的席子；玉製的壓鎮，還有成把的瓊芳。
蕙香的餚菜才端上，還墊著馨蘭，已奉上桂酒與椒漿。

揚起鼓槌，輕敲銅鼓[5]……
先是舒緩的節奏，輕柔的歌聲，繼而竽瑟並陳，放聲高唱。
神靈的服飾美麗端莊，芳香洋溢在廳堂。
五音紛然交響，神啊！您降臨了喜悅與安康。

## （二）雲中君

王逸《楚辭章句》說：「雲神名叫豐隆，一說叫屏翳。」《史記・封禪書》以為漢高祖時，「東君」、「雲中君」、「司命」之屬，已列為晉（地）巫所主持的祭祀。所以舊注皆以「雲中君」為雲神而無疑義。

然而到了清代徐文靖《管城碩記》卷十四「楚辭集注」條下，有了異說。大意是：

> 按《左傳定公四年》說：楚子涉過睢水，濟過長江，進入到雲中。杜注以為「雲中」就是「雲夢澤中」。則雲中應該是楚之巨大藪澤。雲中君猶如湘君。……湘君有祠，巨藪如雲中能無祠呢？「靈皇皇兮既降，猋遠舉兮雲中」；亦猶如湘君所說：「橫大江兮揚靈。」豈是一定必謂雲際呢？〈封禪書〉說：晉巫祠東君、雲中。〈索隱〉說：王逸注楚辭時，才以雲

中君指雲，則以雲中為雲神，是從王逸才開始的。

此說十分新穎，不但凸顯了「雲夢大澤」在楚國的地位；也解釋了「雲中」與「雲」有所不同的疑慮，但終究無法解釋何以「雲中君」有「豐隆」之名？

及至近人姜寅清《屈原賦注》說：

雲中在東君之後，與東君配，亦如大司命配少司命，湘君配湘夫人。則雲中君月神也。又以本篇文義證之，曰「爛昭昭」，曰「齊光」，曰「皇皇」，皆與光義相連……。

其實，「雲中君」乃在「東皇太一」之後，且篇中明言「與日月兮齊光」，既與日月齊光，當非指月神明矣。所以姜說也只能聊備一格。

筆者則以為，「雲中君」或當為「雷神」其理由如下：

1、王逸說：「雲神豐隆也。」既名「豐隆」必有所取義。按古無輕唇音，故「豐」讀為「ㄆㄥˊ」；而古音諧聲中，更有複輔音之存在。故「隆」當讀「ㄎㄌㄨㄥˊ」。明顯為象雷聲。雲神之名，何以冠上雷聲？

2、篇名既言「雲中君」，若釋為「雲神」，與其他篇章釋名之體例不一。如「湘君」

之為湘水之神，「東君」之為日神，「河伯」之為河神，「山鬼」之為山神……，何獨雲神不逕稱「雲君」，而稱「雲中君」？「雲中」當非指「雲」明矣。

3、篇中「靈連蜷兮既留」句，「連蜷」是形容神靈自天而降的姿態。「猋遠舉兮雲中」是描述神靈的往來倏忽，不必一定與雲的飄浮有關，何況〈少司命〉也有「儵而來兮忽而逝」的描寫。大凡〈九歌〉中的神靈，雖可下凡受饗，但都不會久留人間。又「浴蘭湯兮沐芳，華采衣兮若英」二句則是描寫祭巫的事神之誠意和服飾之美。皆未必僅能描繪雲彩之狀。

4、篇中提到神靈的出現時，皆有光的描寫。如「爛昭昭兮未央」、「與日月兮齊光」、「靈皇皇兮既降」等，正是雷與閃電常相隨而至的自然現象。

5、神話的形成，多來自於民間的信仰。信仰的持久，多建立在敬畏與恐懼之上。〈遠遊〉中「左雨師使徑侍兮，右雷公以為衛」的描述，已證成，戰國時，楚俗中已有雷神。至今則民間信仰中，雷神遠比雲神興旺。

「雲中君」既釋為雷神，探其造型，則首見於《山海經．海內東經》的描述：

雷澤中有雷神，龍的身體人的頭，肚子撐得鼓鼓的。

又見《山海經．大荒東經》的描寫：

東海中有座流波山，入海七千里。其上有頭野獸，形狀像牛，蒼黑的身體卻沒長角，只有一隻足，牠出入水中時一定有大風大雨，牠會發光像日月，牠會發聲像打雷，牠的名字叫夔。黃帝捕獲了牠，用牠的皮做成鼓，用雷獸之骨來敲打，聲聞五百里，威震天下。

郭璞注：「雷獸即雷神也。」然上文並未明言，夔與雷獸，是否為一物。參諸《史記．五帝本紀》：「舜在歷山耕作，在雷澤漁獵。」〈正義〉引《山海經》則說：「雷澤中有雷神，龍的身體人的面貌，鼓起肚子就能打雷。」則夔為雷神的語義更加明晰。《莊子．秋水》中有「夔憐蚿」一句，《釋文》引李注：

黃帝在位時，諸侯在東海流山（疑即流波山）獲得奇獸，形狀像牛，蒼黑色卻不長角，只有一足卻善走，出入水中時就大風大雨，眼睛發光像日月，發聲像打雷，名叫夔。黃帝殺了牠，剖下皮以覆蓋大鼓，發出的聲音遠傳五百里。

引文雖與〈大荒東經〉稍異，但它肯定了夔為雷獸，也即雷神，更凸顯了神話在早期發展中，有神作獸型的階段。

檢視雷神的形貌中，不難發現：「龍身」（龍首）、「光如日月」（目光如日月）等特徵，也見於〈九歌．雲中君〉，只是詩篇中的雷神「雲中君」已更為美化。

及至漢代王充《論衡．雷虛》篇大意說：

> 畫圖的工匠，在畫雷的形狀；總畫成一串鼓的形狀，又再畫一個人像力士的容貌，稱為雷公。讓祂左手牽著一串鼓；右手拿著鼓槌，像擊鼓的樣子。圖畫的原意以為，雷聲隆隆是一串連鼓相扣擊的意思，驚心動魄像爆裂般，則是椎擊的聲音。雷能殺人，就是牽引連鼓相椎擊的結果。世人也都相信了，若要探討真相，這都是虛妄之圖象。

雖然《論衡》一書意在駁虛幻。但其圖畫之狀的雷公形貌，則是民間流傳極為普遍的雷神造型。至於干寶《搜神記》卷十二「記扶風楊道和事」，以雷神為「霹靂，頭似獼猴」。唐代房千里《投荒雜錄》以為「豕首鱗身」。李肇《國史補》以為「狀類彘」，則多少又與夔的形貌類似。及至《三教搜神大全》作：「妖其頭，喙其嘴，翼其兩肩，左尖右槌，足蹈五鼓而升，天帝封之為雷門之師。」已經是民間信仰中的雷神了。

其實，雷神在沅、湘流域的民間祭祀中，已轉化為極度美麗的形貌。且看〈雲中君〉的歌辭是：

浴蘭湯兮沐芳，華采衣兮若英；
靈連蜷兮既留，爛昭昭兮未央；
蹇[6]將憺兮壽宮[7]，與日月兮齊光；
龍駕兮帝服，聊翱遊兮周章；
靈皇皇兮既降，猋遠舉兮雲中；
覽冀州兮有餘，橫四海兮焉窮；
思夫君兮太息，極勞心兮忡忡。

我們試圖重現它祭祀時的場景：祭神女巫的身上綴飾著百草鮮花，一邊起舞一邊獨唱，表情從奔放而哀怨。扮神男巫威武肅穆，服飾華麗，舞步沉穩。

（祭巫唱）浴以蘭澤之湯，沐以白芷之香；華麗的彩衣像花一般。
神靈已婆娑下降，燦爛的神采久久長長。
您且安息在壽宮，與日月齊放光芒！

六龍的車駕，帝王的服裝，在九天周遊翱翔。
耀眼的神靈倏而下降，又飄然遠去天上。
覽遍了冀州，還有他鄉，橫渡了四海，又焉有窮盡的地方？
對您的思慕已變成惋歎，傷透了我的心靈衷腸。

## （三）湘君、湘夫人

湘君與湘夫人是湘江中的配偶神。湘江又稱湘水，發源於廣西臨桂縣海洋河，從湖南永州東安縣流入湖南，湘陰縣的濠河口，分左右兩支，匯入洞庭湖。屈原再放江南時，曾經來到這一帶。

湘君、湘夫人的神話發展，大約可以分為四個階段：

1、湘君與湘夫人為湘水配偶神：就神話學的觀點看，「湘君」與「湘夫人」於初形成之始，不該特指一人，尤其不會是歷史人物「舜」。就〈九歌〉之諸神觀之，如「河伯」、「東君」、「山鬼」等均無定指。王逸以為，湘君者自其水神而謂，湘夫人乃二妃也。（見洪興祖《楚辭補注》「湘君」解題）所以郭璞注《山海經．中山經》：「洞庭之山……帝之二女居之。」謂二女者乃天帝之二女，正是此意。而屈原〈遠遊〉說：「使湘靈鼓瑟兮，令海若舞馮夷。」湘靈也即湘水之神。

2、湘君為舜，湘夫人為娥皇、女英：據《史記．五帝本紀》說：「（舜）巡狩南土，駕崩於蒼梧，葬於江南九疑，是為零陵。」所以舜對江南之地必有相當大的貢獻，也必然受到百姓之尊崇與感念。屈原在作品中也屢屢透露出他對舜的重視。如〈離騷〉：「濟沅湘以南征兮，就重華而陳詞。」重華就是舜，是屈原內心徬徨無依時，繼向女嬃傾訴後的第一人。所以將舜從人格轉換為神格，當已是漢代王逸等注釋家的心態。而堯之二女，也即舜之妃，娥皇、女英之萬里尋夫，血染斑竹，隕於湘江的淒美感人行為，以之配祠舜，而為湘夫人，也理所當然。所以〈湘君〉有「君不行兮夷猶」句，王逸注：「君謂湘君也。」其下句「蹇誰留兮中洲？」王注：「以為堯二女妻舜，有苗不服，舜往征之，二女從而不反，道死於沅湘之中，因為湘夫人也。所留蓋謂此。」至為明顯。

3、湘君為娥皇、女英：《史記．秦始皇本紀》提到，始皇還都時，經過彭城，齋戒禱祠，希望能從泗水中出現周鼎。於是讓千人沒入水中求鼎，卻無所獲。於是往西南渡過淮水，到了衡山、南郡，再渡過長江，到達湘山祠。遇到大風，幾乎渡江不成。秦始皇追問博士說：「湘君是什麼神？」博士回答：「傳聞是堯的女兒，舜的妻子，就葬在此。」可見秦博士是把舜的妻子，也即娥皇、女英視為湘君。

又劉向《列女傳》卷一也說：「舜巡狩四方，死於蒼梧，號稱重華。二妃死於江湘之間，俗謂之湘君。」此二者之說均未言「湘夫人」為誰？似皆不夠周全。

4、湘君為娥皇、湘夫人為女英：洪興祖《楚辭補注》「湘君釋題」以為郭璞與王逸的說法都是錯的。堯之長女娥皇為舜正妃，所以稱君；堯的次女女英，自宜降為夫人。所以〈九歌〉歌辭中稱娥皇為君，謂女英為帝子。但經筆者將〈九歌〉內文歸類後可證，〈九歌〉中之諸神，凡以「君」為稱代者，其神皆為陽神，扮神者亦為男巫。則以「湘君」指稱娥皇或女英者皆不能成立。如果以神話學的角度看，第一種說法為妥當。但若楚人對舜的感念，則第二說也不無可能。

至於「湘君」和「湘夫人」的形貌又如何？尋索在〈湘君〉篇中，對神靈的形貌沒有描寫。那麼「湘君」為湘水之神的造型究竟又如何？也未見於載籍。若退而求之，以「湘君」為舜，則其形貌，可見於《荀子・非相》說：「帝舜短小。」《淮南子・脩務》也說：「舜霉黑。」《孔叢子・居衛》也說：「舜面頷無光。」《尸子》說：「舜兩眸子。」皆與常人無異。或僅因常期治水而皮膚較為黝黑而已。至於「湘夫人」的造型，則見《山海經・中山經》的描述：

又東南一百二十里，叫洞庭之山，……帝的二位女兒居住在此，她們常在江淵出遊。澧、沅飄來的風，就在瀟、湘之淵交會，她們在九江之間出入時，一定有飄風暴雨。此處甚多怪神，狀貌像人而頭上戴著蛇，左右手操蛇，也多怪鳥。

郭璞注：「天帝之二女而處江為神也。」汪紱說：「帝之二女，為堯之二女以妻舜者娥皇女英也。相傳謂舜南巡狩，崩於蒼梧，二妃奔赴哭之，隕於湘江，遂為湘水之神。屈原〈九歌〉所稱湘君、湘夫人是也。」則湘夫人的出現必多飄風暴雨，而其形貌也當如怪神，狀如人而載（戴）蛇，左右手操蛇，四周翔飛著許多怪鳥。不過演變到〈湘夫人〉詩篇的描述，其形貌雖然只有「帝子降兮北渚，目眇眇兮愁予」二句，卻已從似人似獸的形貌轉變為眉目傳情的麗人。

〈九歌〉中〈湘君〉的歌辭是：

君[8]不行兮夷猶，蹇誰留兮中洲？
美要眇兮宜修，沛吾乘兮桂舟。
令沅、湘兮無波，使江水兮安流。
望夫[9]君兮未來，吹參差兮誰思？

駕飛龍兮北征，邅[10]吾道兮洞庭。
薜荔柏[11]兮蕙綢，蓀橈兮蘭旌。
望涔陽兮極浦，橫大江兮揚靈。
揚靈[12]兮未極，女嬋媛兮為餘太息！
橫流涕兮潺湲，隱思君兮陫側。
桂棹兮蘭枻，斫冰兮積雪。
采薜荔兮水中，搴芙蓉兮木末。
心不同兮媒勞，恩不甚兮輕絕。
石瀨兮淺淺，飛龍兮翩翩。
交不忠兮怨長，期不信兮告餘以不閒。
朝騁騖兮江皋，夕弭節兮北渚。
鳥次兮屋上，水周兮堂下。
捐余玦兮江中，遺餘佩兮澧浦。
采芳洲兮杜若，將以遺兮下女。
時不可兮再得，聊逍遙兮容與。

我們試圖重現〈湘君〉祭祀時的場景：祭神女巫開唱時的表情狐疑，隨即喜悅，舞步也隨著感情的變化由舒緩轉為輕快，結尾時的表情失望、哀怨。扮神男巫登場，形貌俊美，舞姿扭動似水，短暫後，隨即登天。

（祭巫唱）您佇立而夷猶，究竟為誰站在中洲？
我既貌美又善於修飾，走吧！一同搭乘桂木之舟。
令沅湘安靜無波，使江水潺潺而流。
盼望著您卻沒來，吹奏著洞簫遙思。
駕著飛龍之舟北去，卻又轉回到了洞庭。
薜荔張貼的艙壁，蕙草編織的帷帳，蓀飾的船槳，蘭綴的旗旌。
遙望著涔陽的遠方，揚帆横渡過大江。
船還沒抵達對岸，女伴牽掛得為我歎息。
縱横的淚水潺湲；思君的心情悱惻。
桂木的船棹，木蘭的船板；斲去的寒冰又被積雪覆上。
採薜荔竟然在水中，摘芙蓉卻爬到樹梢。
心意不同媒人白忙，恩情不深輕易離散。

石瀨上流水依舊淺淺，飛龍之舟依舊翩翩；
交友不忠只能怨長，期約不守卻說不得空閒！
清晨我奔走在江皋，傍晚我緩步在水的北邊。
歸鳥已棲身在屋上，流水環繞在堂下。
（神靈！您究竟在何方？……）
捐棄了我的玉玦到江中；遺留下我的佩飾在澧浦。
不如採擷芳洲上的杜若，將它送給凡界的侶伴。
消逝的時光永難覆返，不如排遣憂思把心胸放寬。

而〈湘夫人〉的歌辭，在布局、結構上和〈湘君〉十分相似。但由於神祇的性別不同，自然神態與佩飾也異。〈湘夫人〉的歌辭是：

帝子[13]降兮北渚，目眇眇兮愁予。
嫋嫋兮秋風，洞庭波兮木葉下。
（登）[14]白薠兮騁望，與佳期兮夕張。
鳥何萃兮蘋中？罾何為兮木上？

沅有茝兮澧有蘭，思公子[15]兮未敢言。
荒忽兮遠望，觀流水兮潺湲。
麋何食兮庭中？蛟何為兮水裔？
朝馳余馬兮江皋，夕濟兮西澨。
聞佳人[16]兮召予，將騰駕兮偕逝。
築室兮水中，葺之兮荷蓋。
蓀壁兮紫壇，匊芳椒兮成堂。
桂棟兮蘭橑，辛夷楣兮葯房。
罔薜荔兮為帷，擗蕙櫋[17]兮既張。
白玉兮為鎮，疏石蘭兮為芳。
芷葺兮荷屋，繚之兮杜衡。
合百草兮實庭，建芳馨兮廡門。
九嶷繽兮並迎，靈之來兮如雲。
捐余袂兮江中，遺餘褋兮澧浦。
搴汀洲兮杜若，將以遺兮遠者。
時不可兮驟得，聊逍遙兮容與。

我們也試圖重現〈湘夫人〉祭祀時的場景：祭神男巫主唱，歌聲從柔美轉為失望。眾助祭巫、覡扮九嶷山的諸神和聲共舞。扮神女巫登場，脈脈含情，舞姿曼妙，沒有唱詞，場景熱鬧非凡，充滿動感時，扮神女巫隨即登天遠逝。

（主祭巫唱）帝子已彷彿降臨在北渚，脈脈含情的眼神令我發愁。
嫋嫋的秋風，吹皺了洞庭湖水，樹葉也紛紛落下。
我登上白蘋騁目四望，與佳人的約會就在傍晚。
歸鳥為何棲身在水草之中？魚網怎麼會掛在樹上？
沅有芷，澧也有蘭，唯有我想著公子卻不敢講。
恍惚中遠望，看到的是流水潺潺。
麋鹿為何圈養在庭中？蛟龍怎麼會困於淺灘？
清晨奔馳我的馬車在江皋，傍晚已渡河到西岸。
聽說佳人在殷切呼喚，將一起騰駕遠航。
築起新房在水中，白芷的小屋，荷葉為蓋；
蓀草飾的牆壁，紫貝砌的高臺，播撒芳椒滿堂。

桂木的棟樑，木蘭的藻井，辛夷的門楣和白藥的臥房。
網薜荔成帷帳，張開屏風阻擋。
以白玉為壓鎮，散布石蘭的芬芳。
白芷的小屋，荷蓋的草房，處處纏繞著杜蘅的馨香。
庭院中滿布百草，搭起一座芳馨的長廊。
九嶷山熱鬧繽紛，迎接的神靈如雲。
（神靈已悄然遠逝……）
捐棄我的衣袂到水中，遺留下我的弓襟在澧浦。
不如採擷汀洲上的杜若，將它送給遠方的侶伴。
消逝的時光永難再得，不如排遣憂思把心胸放寬。

## （四）大司命、少司命

清代王夫之《楚辭通釋》以為舊說（王逸說）將文昌宮第四星稱為司命。是出自鄭康成《周禮注》，乃讖緯家的說法。他進一步說：

〈大司命〉篇內有「乘清氣、御陰陽」的句子，是以造化生物之神的描繪，豈只是一顆星呢？大司命應該是統司人之生死；而少司命則為職司人們子嗣的有無。因為祂所職掌的人是嬰孩及兒童，所以稱少。大則是統攝的辭意。……大司命、少司命皆為楚俗之名而祭祀的。

按王夫之的說法較之王逸說更合情理。翻檢詩篇，〈大司命〉有「紛總總兮九州，何壽夭兮在予」、「高飛兮安翔，乘清氣兮御陰陽」、「壹陰兮壹陽，眾莫知兮余所為」、「固人命兮有當，孰離合兮可為」等描寫，都是強調「大司命」之為主宰死亡之神。再看祂出場時的排場，「廣開兮天門，紛吾乘兮玄雲」、「令飄風兮先驅，使涷雨兮灑塵」，又說「乘龍兮轔轔」、「導帝之兮九坑」，都不是小神的氣勢，死亡之神在神話中，是十分重要的。反觀〈少司命〉則有「夫人自有兮美子，蓀何以兮愁苦」、「竦長劍兮擁幼艾，蓀獨宜兮為民正」，所謂「美子」、「幼艾」都是指子嗣；王夫之在「夫人自有兮美子」下注云：

> 比喻人之有佳美的子孫。晉人說「芝蘭玉樹，欲其生於庭砌」語本於此。言人皆有美子，就如芳草之生於庭，而翳我獨無，蓀何使我而愁苦呢？此述祈子者的心情。

至於少司命登場時的描寫是「秋蘭兮麋蕪，羅生兮堂下，綠葉兮素華，芳菲菲兮襲予」，與大司命「廣開兮天門，紛吾乘兮玄雲」相比，顯然氣氛柔美平和，充滿生命的喜悅，與大司命迥然不同。又說「秋蘭兮青青，綠葉兮紫莖」，從「綠葉素華」到「綠葉紫莖」正是刻劃出生命成長的青春與喜悅。所以祂是主掌嬰稺生命之神。兩「司命」之神並祀，正是「死神」與「生神」的相互襯映。

「大司命」既為死神，則〈大司命〉在經過詩篇美化之前的造型，又是如何呢？則首見於《楚辭．招魂》中的幽都之守護神「土伯」。描述的樣貌是：

> 土伯有九條尾巴，牠的角尖銳無比。敦厚的胸胈，血淋淋的拇指，追逐生人卻快得很。三隻眼睛，老虎的頭，身體壯得像牛。牠們把人都當甜食。

王逸注：「幽都，地下后土所治理。地下幽冥，所以稱幽都。土伯，后土的侯伯。」刻劃的形貌是十分猙獰可怕的。參酌《楚辭．遠遊》篇王逸和洪興祖的注，不難發現幽都在北方，寒門是幽都的北極之門，清源是北方八風的藏府，顓頊是北方的帝王，也即黑帝，此處的神叫玄冥。而「玄冥」的形貌，郭璞注《山海經》，又說「玄冥」是水神。祂也叫「禺彊」，或也稱「禺京」。禺彊是「黑色的身體和黑色的手腳，乘著兩條龍」，或如《山海經．大荒北經》，則又有不同的造型，祂是「人的臉面，鳥的身體，耳朵上掛著兩條青蛇，腳上踐踏著兩條赤蛇（〈海外北經〉作「青蛇」）」，而〈大荒東經〉中又說「禺京」居住在北海，也是「海神」。

《山海經》中的「禺彊」多為「人面鳥身」，或「黑身手足，乘兩龍」；而所珥所踐之蛇，色彩有青、黃、赤之不同。是則玄冥、禺彊、禺京同為一神。若以職司觀之，或為幽都之守護神，或為水神，或為海神。一神多所種職司，在神話中也極為常見。

至於「少司命」，若以生神觀之，其造型，首見於《楚辭．遠遊》：「撰余轡而正策兮，吾將過乎句芒。」之句芒。王逸以為東方之少陽神。按《山海經．海外東經》說：「東方句芒，鳥身人面，乘兩龍。」郭璞注：「木神也；方面素服。」「東方」和五行中的「木」，在古代都代表「春」的季節，「春」是充滿生命氣息和青春活力的。在《墨子．明鬼上》篇中提到「句芒」和「年壽」以及「子孫的繁昌」已有了明顯的掛勾。文字中明白的敘述說：

往昔鄭穆公，在白晝時處於廟，看見有神入門而左走，鳥的身體，深彩素色的衣服，面貌正方。鄭穆公見了，恐懼不已，奔逃。神說：「不要懼怕！上帝已明白你的德行，讓我賜給你十九年壽命，使你的國家蕃昌，你的子孫繁茂，不要錯失這機會。」鄭穆公再拜稽首說：「請問神的大名？」神說：「我是句芒。」

則「句芒」神形貌為「鳥身，深彩素服，面貌正方。」祂既能賜鄭穆公年壽十九，則祂的職司正是生神，也即「少司命」。

我們更不難從兩篇歌辭中看出兩位神祇在描寫上的差異。〈大司命〉的歌辭是：

廣開兮天門，紛吾[18]乘兮玄雲。
令飄風兮先驅，使涷雨兮灑塵。
君迴翔兮以下，踰空桑[19]兮從女。
紛總總兮九州，何壽夭兮在予！
高飛兮安翔，乘清氣兮御陰陽。
吾[20]與君兮齋速[21]，導帝之兮九坑[22]。
靈衣兮被被，玉佩兮陸離。
壹陰兮壹陽，眾莫知兮余[23]所為。
折疏麻[24]兮瑤華，將以遺兮離居。
老冉冉兮既極，不寖近兮愈疏。
乘龍兮轔轔，高駝兮沖天。

結桂枝兮延竚，羌愈思兮愁人。
愁人兮柰何，願若今兮無虧。
固人命兮有當，孰離合兮可為？

我們也試圖重現〈大司命〉祭祀時的場景：祭神女巫與扮神男巫對唱合舞。助祭的男女群巫，穿梭在祭壇之上，營造出彩色繽紛的背景。扮神巫的表情，始終高傲又冷酷。祭神女巫的表情，先是喜悅、仰慕，繼而失落、悲感。

（扮神巫唱）敞開了天國的大門，我騰駕著紛盛的玄雲。
令飄風先行開道，使暴雨清洗塵土。
（祭巫唱）您迴翔而下，我逾越空桑跟從。
（扮神巫唱）紛紜博大的九州，何以壽夭竟由我操縱！
（扮神巫唱）高飛而安翔，我乘駕著清氣，掌控著陰陽。
（祭巫唱）但願我能和您共赴，進入到天帝的九坑。
（扮神巫唱）你看！神靈的衣衫長垂得漂亮，玉佩更耀眼燦爛。
壹陰與壹陽，誰知道竟操縱在我的手上！

（大司命飄然遠去。……）

（祭巫唱）折下疏麻上的瓊玉之花，將送給遠方的伴侶。

生命的歲月已漸趨終極，不親近反而愈疏。

您的龍駕在轔轔聲中遠去，我結繫著桂枝延佇。

憂愁又能奈何！但願如明月無虧！

固然命運已有定數，誰又能改變它的悲歡離合！

而〈少司命〉的歌辭則是：

秋蘭兮麋蕪，羅生兮堂下。
綠葉兮素華，芳菲菲兮襲予。
夫人自有兮美子，蓀[25]何以兮愁苦！
秋蘭兮青青，綠葉兮紫莖。
滿堂兮美人，忽獨與余兮目成。
入不言兮出不辭，乘回風兮載雲旗。
悲莫悲兮生別離，樂莫樂兮新相知。

荷衣兮蕙帶，儵而來兮忽而逝。
夕宿兮帝郊，君誰須兮雲之際？
與女遊兮九河[26]，衝風至兮水揚波[27]。
與女沐兮咸池[28]，晞女髮兮陽之阿。
望美人[29]兮未來，臨風怳兮浩歌。
孔蓋兮翠旍，登九天兮撫彗星。
竦長劍兮擁幼艾，蓀獨宜兮為民正。

我們也試圖重現〈少司命〉祭祀時的場景：扮神男巫登場，與祭神女巫共舞；只有祭巫獨唱。祭壇上處處香草，百花怒放。祭巫的表情中流露出童稚天真活潑的欣喜，當扮神男巫退場後，她雖然有些失落，隨即轉為堅強嚴肅。

（祭巫唱）秋蘭和靡蕪，羅列叢生在堂下，
嫩綠的葉子，素淡的枝枒，飄來陣陣撲鼻的清香。
凡人都有美好的子嗣，神啊！為何為此愁苦？
秋蘭已菁菁茂密，綠葉下已長成紫莖。

滿堂都是美人，您卻獨對我垂青。

（少司命只停留片刻，已悄然遠去……）

您來時靜默，去時無言，就像乘著回風一如飄搖的雲旗。

悲莫悲兮生別離；樂莫樂兮新相知。

閃過荷衣蕙帶的身影，倏然來了又忽而離去。

傍晚，您急著回到帝郊，真有這麼重要的約會？

原想能和您共沐咸池，烘乾秀髮在太陽的曲隅。

卻沒見到您的蹤跡，我只好臨風浩歌。

孔雀羽飾的車蓋、翡翠翎毛的旗幟，登上九天的職責是安撫彗星。

高舉長劍，保護童稚，您正是生靈的主宰。

## （五）東君

「東君」之為日神，歷代注家皆無異說。詩篇起句：「暾[30]將出兮東方，照吾檻兮扶桑。撫余馬兮安驅，夜皎皎兮既明。」明顯的是描寫日出的景象。又：「青雲衣兮白霓裳。」王逸注：「青為木色，東方屬木；白色為金，西方屬金。日出東方而入西方，故用方色以為飾也。」《廣雅》卷九說：「朱明曜靈，東君日也。」《史記．封禪書》及《漢書．郊祀志》均有東君之祀。

在〈東君〉詩篇中，對音樂及舞蹈的描寫，用了相當多的篇幅，這是其他篇章中所少見的。加之，篇末有：「青雲衣兮白霓裳，舉長矢兮射天狼。操余弧兮反淪降，援北斗兮酌桂漿。」日神舉長矢以射天狼的一段情節。按「天狼」也即「天狼星」，也即「彗星」。古代民俗中，至今依然流傳，日蝕（日食）是「天狼（天狗）食日」，民眾為了拯救太陽，必須敲鑼打鼓，發出巨大的聲響以驅趕天狼（天狗）。顯然，日蝕是自古以來很受重視的天文奇景。更以之象徵帝王的政績。如《偽古文尚書．胤征》孔安國〈傳〉說：「凡日食，天子擊鼓於社，責使上公以及主樂之官瞽史進奏鼓器，並擊之。使主祭物之官嗇夫，急取祭物，禮敬天神。使眾人趨走，以準備救日食所需的各種雜役。」可見「日蝕」的天象是一種象徵人事的重要預兆。又《左傳昭公十七年》記載，昭子和平子、大史還為「日蝕」的禮制發生過論辯。

昭子說：「日有食之，天子不舉火煮食盛饌，擊鼓於社，諸侯用祭物於社，擊鼓於朝，此為禮制。」而平子則阻止，說：「停了吧！只有正月初一，陰氣尚未萌作，發生日食，於是乎有擊鼓、用祭物的禮節，其餘則沒有。」大史說：「在此月（正月），過春分而未到夏至，三辰（日、月、星）有災，於是乎百官素服，君不舉火盛饌，趨避超過一個時辰，樂官奏鼓，祝史用祭物，史官用文辭自責。」

昭子、平子及大史之間，雖有歧見。但「日有食之，天子不舉，伐鼓於社」應是禮有明制。杜預注：「天子不舉盛饌。」則天子似有罪己之意。日蝕既受朝廷與民間如此之重視。在楚地沅湘之間很可能將此祭典予以美化，即今所見之〈東君〉的歌辭。所以詩篇中的情節，正是「天狼食日」的描述。

「東君」既為日神，當可先看〈離騷〉：「吾令羲和弭節兮，望崦嵫而勿迫。」王逸注：「羲和，日御。」則日神的駕馭車駕者當為「羲和」。而《山海經．大荒南經》卻說：

東南海之外，甘水之間，有羲和之國，有一女子名叫羲和，正在甘淵為日沐浴。羲和者，帝俊之妻，生下十日。

〈大荒南經〉已經將羲和從日御提升為「生十日」之母神，故郭璞以為「蓋天地始生，主日月者也」。〈大荒南經〉既說「羲和者，帝俊之妻」，而「俊」亦作「夋」，何新《諸神的起源》第一章四十頁引長沙出土《楚帛書》說：「日月夋生」、「帝俊乃為日月之行」。則帝俊也具有日神之性格。羲和之造型，無從考索。而「夋」字甲骨文則作鳥首人身。

我們不難從〈東君〉的歌辭中看出，「日蝕」的祭典在經過沅、湘民間的美化後所呈現出的巫音之美以及俗人對日神的禮敬。歌辭是：

暾將出兮東方，照吾檻兮扶桑。
撫余馬兮安驅，夜晈晈兮既明。
駕龍輈兮乘雷，載雲旗兮委蛇。
長太息兮將上，心低佪兮顧懷。
羌聲色兮娛人，觀者憺兮忘歸。
緪瑟兮交鼓，簫鍾[31]兮瑤簴，
鳴篪兮吹竽，思靈保兮賢姱。
翾[32]飛兮翠曾[33]，展詩兮會舞。
應律兮合節，靈之來兮蔽日。
青雲衣兮白霓裳，舉長矢兮射天狼。
操余弧兮反淪降，援北斗兮酌桂漿。

撰余轡兮高駝翔，杳冥冥兮以東行。

我們也試圖重現〈東君〉祭祀時的場景：扮神男巫登場時，背景從黑暗中漸漸露出曙光。扮神男巫以雄偉嘹亮的歌聲吟唱。陪祭巫扭動的舞姿，像天狼啃吃著太陽。一時激盪的樂聲驟然爆發，陪祭的群巫交錯狂舞。光線漸漸愈來愈亮……威武的再展歌喉歡唱。

（扮神巫唱）暾然和煦的太陽升起東方，照亮了我家的門檻和扶桑。
撫持著鞍馬緩緩馳驅，夜已皎皎然放出光芒。
駕著龍車乘著雷，插著的雲旗隨風飄揚。
歎息聲中徐徐而上，我的心中低徊激盪。
（東君的身影在低沉的樂聲中，盤旋飛舞……）
（祭巫唱）聲色是如此娛人，觀者更陶醉忘返。
（陪祭巫和聲）急張的瑟，輪擊的鼓，撞擊著鐘，搖盪著簴，
嗚奏著篪，吹響著竽；這一切都是在思念您的賢姱。
翾然移動的舞步，卒然躍起的舞姿，吟唱詩歌，群起共舞。
整齊的律動，齊一的節奏，來迎的群靈隱蔽了日光。

（扮神巫唱）青色的上衣，白色的下裳，舉起長矢射殺天狼。
操持弧弓自天下降，援引北斗酌滿桂漿。
操控著轠轡高馳翺翔，冥冥之中再往東方。

## （六）河伯

河伯之為河神，歷來無異說。《莊子．秋水》篇中就提到「河伯」：

秋天時水勢應時而至，百川都匯聚黃河。水流之大，兩岸渚崖之間不能分辨牛馬。於是河伯欣然自喜，以為天下的美已盡為自己所有。就順著水流往東而行，到了北海，向東面望去，不見水的邊際。於是河伯才轉過頭來，望著海神若而感歎的說：「俗語說：『聽到百樣大道，就以為沒人比我強了。』這指的就是我。」

雖然這只是個以神話為題材的寓言故事，但也可窺見「河伯」之為河神，戰國時代的南方已習見。至於河神與楚國的接觸，最早見於《左傳哀公六年》記載：

起初，（楚）昭王生病了，卜筮說：「是黃河為祟。」昭王卻不肯祭河，大夫請昭王行郊祭禮。昭王說：「三代的祭祀規範，祭祀是不能超越國界的，江、漢、雎、漳各條水流，才是楚國的界域，禍福的降臨，不至於是如此過份，不穀（我）雖然不夠善美，但黃河不該是為祟的原因。」昭王遂作罷祭黃河。

楚昭王雖有疾，但他以為楚國的河川祭祀，當以江、漢、雎、漳為主。所以他不接受卜者的建議，去遙祭黃河。連孔子也讚美他的明智。於此可見「黃河為祟」，必須遙祭河伯之舉，正證成了〈九歌〉之「河伯」乃黃河之神。

就〈河伯〉詩篇的情節觀之，神、巫之間的情感描寫纏綿繾綣，所以近人游國恩《讀騷論微初集》一書中以為極類似於「河伯娶婦」的故事。按《史記．滑稽列傳》中記載一段，魏文侯（前四六六—前三九六）時西門豹治鄴，破除「河伯娶婦」的迷信政績。其中描寫祭祀的過程，可以與〈河伯〉的詩篇相參酌。故事是：

當河水氾濫時，巫巡視人家有好女子的，就說是該作為河伯的新婦，立即聘娶。將女子洗沐後，為她縫製新的綢緞衣服，平時還要齋戒；更為她在河上蓋座齋宮，張掛紅色帷幔，讓女子居留其中。並為她準備牛肉、清酒和飯食，如此熱鬧了十幾天，大家一起來粉飾妝扮，就好像嫁女兒時的床席，讓女子留在床席上，把它漂浮到河中。開始還能浮起來，漂流不到數十里就沉沒河中。

文中的種種描寫，與〈河伯〉中「與女遊兮九河，衝風起兮橫波。乘水車兮荷蓋，駕兩龍兮驂螭」，以及「與女遊兮河之渚，流澌紛兮將來下。子交手兮東行，送美人兮南浦。波滔滔兮來迎，魚鱗鱗兮媵予」的描寫是極為類似的。然〈河伯〉對河神的造型並未描寫。如果透過《山海經．海內北經》，約略窺見祂的形貌是：

很遠的地方（也叫忠極之淵），有個深淵，深三百仞（一仞，八尺），是冰夷的常住之都。冰夷有人的臉面，乘駕兩龍。

郭璞注：「冰夷，就是馮夷。」也就是河伯。在《楚辭．天問》提到河伯被羿射傷的神話：

上帝讓夷羿降臨人間，是讓她去改變夏朝人民的苦痛。為什麼后羿卻去射傷那個河伯，而娶了雒嬪為妻？

王逸注：當時河伯化為一條白龍，在水旁遊戲，后羿見了嚇一跳，就用箭射牠，射瞎了牠的左眼。河伯向天帝告訴，說：「為我殺死羿。」天帝說：「你是什麼緣故被射的呢？」河伯說：「當時我化為一條白龍出遊呀！」天帝說：「我讓你深深地守護著神靈，后羿又如何能侵犯你呢？如今你變為蟲獸，當然會被人所射，這是你應得的，羿又有什麼罪呢？」此處的天帝倒是十分明理。然而從這段文字可知，河伯卻又可幻化為「白龍」的造型。又《韓非子．內儲說上》說：

> 有位齊人對齊王說：「河伯是大神。王為何不嘗試和祂見面呢？臣子可以安排王跟祂見面。」於是在大水之上搭建壇場而與王站立著等，不一會兒，有大魚游動。於是說：「這就是河伯。」

則河伯又可以「大魚」的形貌出現。《史記．秦始皇本紀》中占夢博士的話，正好為此作說明。所謂「水神不可見，以大魚、蛟龍為候（象徵）」，及至假託東方朔所作的《神異經．西荒經》[34]也有一則河伯的神話。大意是說：

西海的水面上，有人騎著白馬，朱紅色鬃鬣，身上穿戴白色衣冠，跟從著十二個童子，奔馳在西海的水面上，像飛像風，名叫河伯使者。有時也上岸，馬跡所到之處，水也到達該處。所到的國家，雨水滂沱，日暮時則回到河上。

此時的河伯形貌已然是人形之神。又《莊子．大宗師》陸德明《釋文》引司馬彪大意是說：

《清泠傳》說：「馮夷，華陰潼鄉隄首人。服食八石，得成水中之仙，就是河伯。一說：馮夷在八月庚子日，沐浴於河中而溺死。一說：馮夷是渡河時溺死。」

則河伯已成為服石得道的神仙，或溺水而死，成為鬼魂的化身，演義愈趨多元。其實，這本來也就是神話在演變中的現象。當然〈九歌〉中的河伯當以「河伯娶婦」的描寫最為貼切。在沅、湘流域的祭歌中，表現出人神之間既愛慕又敬畏的心理。試看〈河伯〉的歌辭：

與女遊兮九河[35]，衝風起兮橫波。
乘水車兮荷蓋，駕兩龍兮驂螭。

登崑崙兮四望，心飛揚兮浩蕩。
日將暮兮悵忘歸，惟極浦兮寤懷。
魚鱗屋兮龍堂，紫貝闕兮朱宮。
靈何為兮水中，乘白黿兮逐文魚。
與女遊兮河之渚，流澌紛兮將來下。
子交手兮東行，送美人兮南浦。[36]
波滔滔兮來迎，魚鱗鱗兮媵予。[37]

我們也試圖重現〔河伯〕祭祀時的場景：扮神男巫登場，沒有唱詞，中場時，身影已從滔滔波聲中漸行漸遠。祭神女巫初出場時，表情喜悅、憧憬；及至河伯遠去，離岸邊的家人、親友（陪祭群巫）愈來愈遠時，表情轉為驚恐、失落。

（祭巫唱）與您暢遊在九曲黃河，逆風吹起了洶湧大浪。
乘著水造的車子，以荷為蓋，駕著兩龍，驂服的是幼螭。
登上河源崑崙騁目四望，內心飛揚浩蕩。
紅日西沉，我竟陶醉忘返，離邊岸愈來愈遠，才驚覺愁悵。

鱗飾的房屋、盤龍的廳堂，紫貝砌的門闕，珍珠嵌的寢宮，
靈啊！您為何住在水中？
（河伯的身影漸行漸遠……）
乘著白黿追逐著文魚，原想和您遨遊在黃河的洲渚，
解冰卻紛紛沖瀉而下。
您揮揮手往東而去，卻送我到南浦。
波濤洶湧地迎面撲來，一陣陣魚群像在迎娶。

## （七）山鬼

「山鬼」是山神。鬼神二字，古籍中常連用。如《論語．雍也》說：「敬鬼神而遠之。」《禮記．樂記》說：「出則為鬼神。」可見祈福或禳災上，二者有相似的作用。又《論語．為政》：「非其鬼而祭之。」《集解》引鄭玄注：「人神曰鬼。」而《廣雅．釋天》也說：「物神謂之鬼。」

郭沫若[38]、聞一多、顧天成、孫作雲等人的考證，都認為〈山鬼〉中的「采三秀兮於山間」之「於山」即巫山，山鬼即巫山神女。按此神話見於宋玉〈高唐賦〉，故事的梗概是：

從前楚襄王和宋玉遊於雲夢之臺，遠望高唐的樓觀。在樓觀之上只有雲氣瀰漫，再往上忽然景觀完全改變，須臾之間，變化無窮。襄王問宋玉說：「這是什麼雲氣呀？」宋玉回答說：「這是所謂朝雲之氣。」襄王說：「什麼叫朝雲？」宋玉說：「從前，先王也嘗遊高唐，疲倦了就在白晝稍寢，夢見一位婦人說：『妾是巫山的女子，專為接待來高唐的貴客。聽說您來遊高唐，妾願意枕席陪宿。』王因而對她十分寵幸。她離去時說：『妾住在巫山之陽（南），由於被高丘所阻擋，所以早晨化為朝雲，傍晚化為暮雨，朝朝暮暮，常在陽臺之下。』天亮後，果然如她所言。楚王遂為她立了一座廟，號稱『朝雲』。」

故事雖然纏綿繾綣，離屈原之時代亦未遠。但是否即「朝雲廟」之祭祀，根本在〈山鬼〉歌辭中的「於」字是否必須解釋成「巫」字。直到今天筆者還找不到假借字的例證，姑備此一說。

「山鬼」的造型，在歌辭中已經美化。祂的原型，如《莊子》說：「山有夔。」《淮南》說：「山出梟陽。」洪興祖《補注》以為楚人所祠，朱熹《集注》也說《國語》中的「木、石之怪，夔、罔兩。或許就是此類？」二人都提出推測之詞。然「夔」之形貌當為「雲中君」，前已言之。而「罔兩」或作「魍魎」。《玉篇》下鬼部：「魍魎，水神。如三歲小兒，赤黑色。」則「魍魎」是為水鬼，與「山鬼」有別。至於《淮南子．氾論篇》所謂之「梟陽」，高誘注：「是山精，人的形狀，很長很大，臉面黑色，身上有毛，腳踵是反轉的，見人就笑。」又《山海經．海內南經》說：「梟陽國在北朐之西。此處的人，是人的臉面，很長的手脣，黝黑的身體有毛，腳踵是反轉的，見人笑也跟笑，手上拿著管樂器。」嚴忌〈哀時命〉有：「使梟陽先導兮，白虎為之前後。」王逸注：「梟陽，山神名。即狒狒也。」其中「見人而笑」與〈山鬼〉之「既含睇兮又宜笑」確有類似之處。

又《山海經》中所述之山神甚多。唯有〈中山經．中次三經〉中的「武羅」神，與〈山鬼〉的描述最為相近。大意是：

又東方十里，有座青要之山，它是天帝的密都。往北望是河曲之地，這裡多駕鳥（不解）……。魋武羅在此主宰，祂的形狀是人的臉面而身上有豹文，小腰身而白牙齒，並且穿了耳洞戴了耳墜，祂叫聲像敲著玉器。這座山，最適宜女子居住。……其中有種鳥，名叫鴢，牠形狀像鳧，青色身軀而朱紅眼睛赤色尾羽，吃了牠易得子。有種草，形狀像葌而方形的莖、黃花、赤果，樹幹像藁木，名叫荀草，服食它，可以讓女子美麗。

袁珂《山海經校注》以為：武羅魋，大概就是山鬼。「小要（腰）白齒」所以「窈窕」、「宜笑」；「赤豹文狸」或即「人面豹文」的演化；「荀草服之美人色」，即「三秀」，也即使人駐顏不老的芝草之屬；而山鬼所思之「靈修」，亦此䰠所司密都之「帝」，均高級天神。

按「武羅神」極似〈九歌〉的山鬼，但山鬼之是否女神？以筆者考之，〈九歌〉中凡以「君」指稱神祇者，皆屬男神。我們且看〈山鬼〉的歌辭：

若有人兮山之阿，被薜荔兮帶女羅。
既含睇兮又宜笑，子慕予兮善窈窕。
乘赤豹兮從文狸，辛夷車兮結桂旗。
被石蘭兮帶杜衡，折芳馨兮遺所思。
余處幽篁兮終不見天，路險難兮獨後來。
表獨立兮山之上，雲容容兮而在下。
杳冥冥兮羌晝晦，東風飄兮神靈雨。
留靈脩[39]兮憺忘歸，歲既晏兮孰華予。
采三秀[40]兮於山間，石磊磊兮葛蔓蔓。
怨公子[41]兮悵忘歸，君思我兮不得閒。

山中人[42]兮芳杜若，飲石泉兮蔭松柏。

君思我兮然疑作。雷填填兮雨冥冥，

猿啾啾兮又夜鳴。風颯颯兮木蕭蕭，

思公子兮徒離憂。

我們也試圖重現〈山鬼〉祭祀時的場景：扮神男巫雖登場，卻沒有舞蹈。祂表情高傲，象徵尊神的形象。只是在中場時，唱了「余處幽篁兮終不見天，路險難兮獨後來」兩句，隨即消逝。祭神女巫一人獨唱。初出場時，表情喜樂中略帶期盼；歌聲輕快似沉湎於幻想之中。當「山鬼」消逝後，祭神女巫的歌聲與表情都落入悲愁、哀怨。

（祭神女巫唱）若有人在深山的曲隅，披掛著薜荔，繫著女蘿。

既含情凝睇，又面帶微笑，您一定是傾慕我而刻意窈窕。

乘著赤豹，隨從是文狸，辛夷為車，結繫著桂旗。

身披石蘭，杜蘅為帶，摘下鮮花想必送給你思慕的人！

（扮神男巫唱）我所住的幽篁終不見天，道路艱險，又怎麼會與妳相見！

（伴神男巫〈山鬼〉隨即消逝……）

（祭神女巫唱）我孤獨的站在山上，滾滾的雲霧浮動在山下。
天氣惡劣得連白晝也顯得昏暗，感動得老天颳起東風、驟雨。
苦等著神靈悵然忘歸，時間既晚，誰又能花容常駐？
且採長生的靈芝在山間，橫阻著磊磊的山石、叢叢的葛蔓。
怨恨你到暢然忘返，你可也想我嗎？總是那句藉口——不得閒！
山中之人美得像杜若，飲的是石泉，遮蔭的是松柏。
你可也想我嗎？我已懷疑你在做作。
雷聲隆隆，淫雨綿綿，猿聲啾啾，總在孤獨的長夜。
風聲颯颯，木葉蕭蕭，對你的思念，只是徒增愁憂。

## （八）國殤

〈國殤〉一詩，是對國家陣亡將士的祭祀。「殤」是指戰死在外（沙場）者，或無主之鬼。全篇在描寫戰陣的慘烈與將士的英勇殺敵，悲壯成仁。

蘇雪林〈國殤乃無頭戰神說〉一文，以「首身離兮心不懲」及「身既死兮神以靈」的描寫與「無頭戰神」正相吻合。按：所謂戰神，當以蚩尤為主。清代馬驌《繹史》卷五引《皇覽》（當即《皇覽．冢墓記》）大意說：

蚩尤的墓冢在東平郡壽張縣闞鄉城中，高七丈，百姓常以十月祭祀祂，有赤氣從墓中出，有如一匹絳紅色布帛。百姓叫它為蚩尤旗。蚩尤的肩髀冢在山陽郡鉅野縣重聚。大小與闞冢相當。傳言黃帝與蚩尤戰於涿鹿之野，黃帝殺了蚩尤，所以身體異處，分別而埋葬。

則蚩尤之為戰神而無頭。蚩尤之形貌，又見於唐代徐堅等撰《初學記》「青丘別丹浦」下引《歸藏．啟筮》說，蚩尤是「八個肱股、八個足趾、沒有頭」的造型。這種猙獰的形貌，讓人見之卻步。所以〈龍魚河圖〉[43]中大為渲染說：

黃帝攝政時，有蚩尤兄弟八十一人，皆為野獸身軀說人語，銅頭鐵額，食沙石子。能造立兵仗、刀戟、大弩，威振天下。殺人又不走正道，不仁不慈，天下百姓盼望黃帝能替天行道，可是黃帝仁義，不能禁止蚩尤，於是不敵，仰天而歎。上天派遣魃女，下臨授給黃帝兵信、神符，制伏了蚩尤，以致控制了八方。蚩尤歿後，天下又擾亂不寧，黃帝就畫蚩尤形像，以威天下，天下咸謂蚩尤不死，八方萬邦，皆為平伏。

則蚩尤的兄弟竟有八十一人，而每個形貌皆為「野獸身軀說人語，銅頭鐵額，食沙石子」，且能畫其圖像，威懾天下，以為蚩尤不死，其氣勢之恐怖可以想見。其為無頭戰神當之無愧。古代戰爭中殺虜梟首，所在多有。所以《山海經》中，還有「刑天」與「夏耕之尸」，亦可為謂無頭戰神。如〈海外西經〉說：

形天與黃帝爭神權，黃帝砍斷刑天的頭，把他葬在常羊之山。刑天就以乳為目，以臍為口，操著干戚舞動。

又《淮南子．地形篇》有「刑殘之尸」，也是「以兩乳為目，肥臍為口，操干戚以舞」，也即「刑天」。而〈大荒西經〉中所說的「有人無首，操戈盾立，名曰夏耕之尸」，郭璞注以為亦刑天尸之類。〈國殤〉的歌辭至為悲壯，也清晰的描寫了戰國時代步戰與車戰在短兵相接肉搏時的驚天動地場面。先欣賞它的歌辭是：

操吳戈兮被犀甲，車錯轂兮短兵接。
旌蔽日兮敵若雲，矢交墜兮士爭先。
凌余陣兮躐[44]余行，左驂殪兮右刃傷。

霾兩輪兮縶四馬，援玉枹兮擊鳴鼓。
天時懟兮威靈怒，嚴殺盡兮棄原野。
出不入兮往不反，平原忽兮路超遠。
帶長劍兮挾秦弓，首身離兮心不懲。
誠既勇兮又以武，終剛強兮不可凌。
身既死兮神以靈，魂魄毅兮為鬼雄。

我們也試圖重現〈國殤〉祭祀時的場景：祭神男巫主唱，眾陪祭男、女巫齊聲合唱。男高音之音量雄壯、洪亮。

（祭神男巫主唱）操持吳戈，披上犀甲，兩輪交錯，短兵相接。
旌旗蔽日，敵軍如雲，箭矢交墜，士卒爭先。
凌越了我陣地，踐踏了我行伍，左驂已死右騎刀傷。
車輪被埋，駟馬牽絆，還不時高舉玉槌擊打戰鼓。
蒼天怨懟，威神震怒，壯烈犧牲的將士陳屍遍野。
從戎就沒想回來，赴義又豈能返鄉，沙場既遼闊又漫長。

帶著長劍，挾著秦弓，縱然身首異處也不悔恨。
誠然英勇、神武，始終剛強而不可侵犯。
雖然捐軀死亡，您的魂魄永遠是鬼中的英雄。

## （九）禮魂

王逸說：「禮，一作祀。或曰：禮魂，謂以禮善終者。」所以〈禮魂〉一篇是對祖先的祭祀。按祖先的祭祀當為家祭。參諸《楚辭・招魂》說：「像設君室，靜閒安些。」「像」應為祖先的形貌，而死亡者的身分各有不同。所以能收入〈九歌〉成為沅、湘之間的民俗祭神曲的，除了祂應該是氏族的共祖之外，與地域或民俗該有必然的關係。據《禮記・祭法》大意說：

有虞氏褅祭黃帝而郊祀帝嚳，以顓頊為祖而帝堯為宗。夏后氏亦褅祭黃帝而郊祀鯀，以顓頊為祖而以禹為宗。殷人褅祭帝嚳而郊祀冥，以契為祖而以湯為宗。周人褅祭帝嚳而郊祀后稷，以文王為祖而以武王為宗。

所以有虞氏和夏后氏之共祖皆為「顓頊」；殷人之祖為「契」；周人之祖為「文王」。《史記．楚世家》說：「楚之先祖出自帝顓頊高陽。高陽者，黃帝之孫，昌意之子也。」又《楚辭．離騷》說：「帝高陽之苗裔兮，朕皇考曰伯庸。」王逸注：「高陽，顓頊有天下之號也。」所以楚國的氏族共祖，應為顓頊。

帝顓頊之造型，或可於《山海經．大荒西經》中得之。大意說：

有魚一半是枯的，名叫魚婦。顓頊死後即復蘇。風從北方而來，天下起大雨聚集成水泉。蛇也化為魚，是為魚婦。顓頊死即復蘇。

袁珂《山海經校注》以為：魚婦當即顓頊之所化。其所以稱為「魚婦」，或以其因風起泉湧，蛇化為魚的緣故，顓頊得魚與之合體而復蘇，半體仍為人軀，半體已化為魚，故稱「魚婦」。它又引「后稷死復蘇」，也是「半魚在其間」的意思，此正可作為古代本已有此類奇聞異說，流播於民間的證明。則「顓頊」經過一次死劫後，與魚合體，成為半人半魚的形貌。但是〈禮魂〉僅五句（其中脫一句），卻已明白的揭示，古代的祭祖之禮，分春、秋二祀。而儀式當然就只能以「傳芭」、「代舞」等一般性的描寫而已。歌辭是：

成禮[45]兮會鼓，
傳芭[46]兮代舞，
〇〇兮〇〇[47]，
姱女倡兮容與。
春蘭兮秋菊，
長無絕兮終古。

我們也試圖重現〈禮魂〉祭祀時的場景：祭神男巫主唱，眾陪祭男、女巫齊聲合唱。歌聲莊嚴而肅穆。

（眾祭巫齊唱）盛大的典禮，交錯的擂鼓。
傳遞著芭蕉，輪番的跳舞。
（奉祀的祖先，饗宴綿長，）
美女的歌聲從容舒緩。
春祭用蘭，秋祀用菊，
祭祀永遠不絕，直到終古。

1 見《國文月刊》合訂本，泰順書局出版。作者署名紀庸，其原文當為青木正兒。

2 漿也是酒。

3 「鼓」字與上下文均不協韻。當脫一句，押陽韻。

4 君指東皇太一。〈九歌〉中凡用「君」以代稱神者，皆為陽性，由男巫扮演。

5 銅鼓是中國古代西南地區（今廣西、四川、雲南等地）的樂器。一九七六年雲南楚雄彝族自治州萬家壩出土五個銅鼓，據考古學家鑒定為兩千七百年前的古物，也是中國現存最早的銅鼓。

6 蹇：句首語氣詞，有「且」的意思。

7 壽宮：祭祀神靈的地方。

8 稱代湘君。

9 夫：遠指指稱詞，「夫君」就是「那個人」。

10 邅：轉的意思。

11 薜荔：爬藤植物。柏是附著。

12 靈：舲船。

13 帝子：指湘夫人。

14 原脫「登」字，今補。

15 公子：指湘夫人。

16 佳人：指湘夫人。

17 擗：張開。櫋：屏風，以蕙為之，故稱「蕙櫋」。

18 吾：大司命自稱。

19 空桑：山名。
20 吾：祭巫自稱。
21 齋：一作「齊」。齊速：齊頭並進。
22 九坑：謂九虛，即九天。
23 余：大司命自稱。
24 疏麻：神麻。
25 蓀：第二人稱稱代詞。您，此為祭巫指稱少司命。
26 九河：黃河入海，河道分流。
27 洪興祖注：古本此二句，為〔河伯〕文，錯簡。「語譯」中刪之。
28 咸池：天池。
29 美人：指少司命。
30 暾：盛大貌。
31 簫鍾，當作簫（敲）鐘。
32 翾：小飛貌。
33 翠曾：當作卒蹭。倉卒舉起貌。
34 今本無，見《說郛》卷六六上引。
35 九河：指黃河入海口，河道分為九。
36 子：指河伯。
37 媵：送。
38 見郭著《甲骨文研究．釋祖妣》。
39 靈脩：指山鬼。

40 三秀：靈芝。
41 公子：指山鬼。
42 山中人：指山鬼。
43 見《太平御覽》卷七九引。
44 躐：踐踏。
45 成：盛也。
46 傳芭是楚俗祭魂的禮俗。
47 此恐脫一句，姑補之。

肆

# 自傳式的告白〈離騷〉

# 一、為何篇名稱「離騷」

如果「自傳」必須以押韻的詩歌撰述的話，〈離騷〉必然是一篇典範，它以二千四百九十字（用俞樾引陳深的統計）寫出了屈原血淚凝聚的生命告白。它有宗族的譜系、生辰的時日、內在的稟賦之美以及外在的長才遠能；有屢遭讒嫉，志不得伸時，苦悶靈魂的追求與幻滅，也有登山涉水、上天下地，懷芳抱潔，而誓不與濁世妥協的決心。它的文筆極盡浪漫之能事，辭藻之美、幻想之豐、音韻之鏗鏘，與懷鄉去國之情，生死離別之痛，如波濤洶湧，令人目不暇給。

這麼一篇千古奇文，何以稱「離騷」呢？原來「離騷」有廣、狹二義；《漢書．藝文志》所稱「屈原賦二十五篇」中，以〈離騷〉最為重要。所以後人往往以「騷」統稱《楚辭》全書。如劉勰有《文心雕龍．辨騷》篇，《昭明文選》特標「騷」體。實際上引用的材料都是泛指《楚辭》。

而狹義的「離騷」一詞，指的是單篇〈離騷〉；載籍中，最早為此二字詮釋的是司馬遷《史記．屈賈列傳》說：「離騷者，猶離憂也。」「騷」解為「憂」，在音韻上是說得通的。在古韻上「騷」屬「宵」部；「憂」屬「憂」部，二部鄰近旁轉。不過，司馬遷之所以未解釋「離」字，是因為「離」在當時應為普遍之熟解，而〈九歌‧山鬼〉中「思公子兮徒離憂」，也有「離憂」二字連用的例子，是一樣的意思。

逮及東漢，「離」字的常用解釋，大致有二：一解為「遭」。如應劭《史記‧屈賈列傳》注：「離，遭也；騷，憂也。」班固〈離騷贊序〉也說：「離猶遭也；騷，憂也，明己遭遇作詞也。」只是補強「明己遭遇作詞」的創作動機。承續此種說法的又如唐代顏師古《漢書‧賈誼傳》注：「離遭也。憂動曰騷，遭憂作詞也。」另一解則為「別」。如王逸《楚辭章句‧離騷序》說：「離，別也；騷，愁也。」所以「離騷」就是因離別而憂愁之意。離別當然是指屈原的兩次被放逐，一在江南，一在漢北而言。

漢、唐人的說法，並無瑕疵，對了解詩篇內容上的幫助也很大。所以總結「離騷」的意義就是：屈原遭遇到放逐後，滿懷憂愁，因而創作了詩篇〈離騷〉。但後世總會有人標新立異，衍生出一些不同的詮釋，對了解〈離騷〉，並無多大意義，在此就一併不提了。

## 二、〈離騷〉的寫作時間

作品之寫作時間的確定，將有助於對作者創作動機與作品內容的了解。但是漢代讀《楚辭》最具權威的司馬遷、劉向和王逸三者之解說，亦各自有矛盾之處。司馬遷於《史記‧屈原列傳》大意說：

> 懷王使屈原草創憲令，屈平（原）連草稿都還沒擬定。上官大夫見了，就想搶去看，屈平當然不給，於是就讒害屈原說：「王使屈平起草憲令，無人不知，每一令出，屈平就自誇功勞說：『非我莫屬！』」王怒而疏遠了屈平。屈平十分憂慮，懷王聽的不夠清楚，讒諂的人又會掩蔽真相，邪曲的人更會戕害公理，方正的人就不容於世了，所以憂愁幽思，寫作了離騷。

則〈離騷〉之作，當在屈原被楚懷王疏遠之後。但是他在〈太史公自序〉中則說：「屈原放逐，著離騷。」在〈報任安書〉[1]中也說：「屈原放逐，乃賦離騷。」然則疏遠和被逐，在時間上是有矛盾的。又劉向《新序．節士》篇說：

屈原，名平，楚的同姓大夫。有博通的知識，清高的品行，懷王就重用他。秦想要吞滅諸侯，兼併天下。屈原為楚國出使到東方的齊國，以與強國結盟。秦國憂心，就派張儀到楚，賄賂楚國的貴臣上官大夫和靳尚之屬，層次更上及令尹子蘭、司馬子椒；在後宮也賄賂了夫人鄭袖，共同譖毀屈原，屈原於是被放逐於外，就寫作了離騷。

明言，屈原〈離騷〉之作，在懷王十六年張儀使楚之後，被放逐而作。但他在仿效〈離騷〉的自作〈九歎．思古〉篇中卻說：「違郢都之舊閭兮，回沅湘而遠遷……興離騷之微文兮，冀靈修之壹悟。」文中既說：他離開郢都，經沅、湘而遠遷，又說所以創作〈離騷〉，是希望「靈修的悔悟」。「靈修」是懷王已死後的稱謂，然則〈離騷〉應當是作於頃襄王之時，屈原再放江南以後，也何其矛盾。再如王逸《楚辭章句．離騷序》大意說：

離騷經，是屈原之所作。……同列大夫上官、靳尚，妒忌屈原的才能，共同在楚王面前譖毀他，於是疏遠屈原。屈原執履忠貞而被讒邪所害，憂心煩亂，不知所訴，於是寫作離騷。

則〈離騷〉作於屈原被楚懷王疏遠之時，但王逸在〈離騷〉「世溷濁而嫉賢兮，好蔽美而稱惡」句下的注文中，卻又說：「溷濁者，懷、襄二世。」既明言「懷、襄二世」，就必須是寫作在頃襄王之時，所以王逸的說法也有問題。三人之說法皆各自矛盾。於是〈離騷〉之作於何時？必當證之它途。於是筆者提出了自己的看法：

（一）屈原〈九章〉的作品，已大致可以考證出各篇之創作時間及先後次序（參見本書第五章〈九章〉中之考證）。而「彭咸」一詞，〈抽思〉一見（指彭咸以為儀）；〈思美人〉一見（思彭咸之故也）；〈悲回風〉三見（夫何彭咸之造思兮、照彭咸之所聞、託彭咸之所居）。凡此三篇，皆屈原晚年，約頃襄王時期，二次放逐在江南後所作，而〈離騷〉亦有「願依彭咸之遺則」、「吾將從彭咸之所居」。兩相比較，情感與語氣皆相似。按「彭咸」者，王逸注：「殷朝的賢大夫，諫其君不聽，自投水而死。」屈原之萌死志，當在晚年。則引述「彭咸」的作品，也都是晚年時所作。

（二）就「楚辭體」之成熟過程觀之，〈九歌〉、〈天問〉與〈九章〉中的〈橘頌〉為早期作品；〈九章〉中部分「亂曰」仍接近「詩經體」（四字句），而〈離騷〉當為最成熟的文體。自然也應該作於屈原晚年。

（三）就〈離騷〉的用語審視，詩篇中對指稱「君王」，用了兩種不同的詞彙。先是

「怨靈脩之浩蕩兮，終不察夫民心」。王逸注：「靈修謂懷王也。」而「靈」之一詞，在〈九歌〉中皆指稱「神靈」，可知創作〈離騷〉時懷王已死，故可稱「靈修」。其時，頃襄王猶在世，故〈離騷〉說：「閨中既以邃遠兮，哲王又不寤。」「哲王」正是對今上頃襄王的期待，而「又」字也正暗示二者之不同。文中既已提到頃襄王，當然是屈原晚年所作。

（四）就〈離騷〉呈現的作者情感觀之，詩篇中處處流露出「時不我與」、「迫不及待」的時間壓力。故〈離騷〉中既說：「汨余若將不及兮，恐年歲之不吾與。」又說：「日月忽其不淹兮，春與秋其代序。惟草木之零落兮，恐美人之遲暮。」再說：「老冉冉其將至兮，恐脩名之不立。」等，也都暗示著〈離騷〉是屈原晚年的作品。

# 三、〈離騷〉的結構與文辭之美

〈離騷〉的段落和結構，不同於一般的散文，它不僅要注意到段落意義的完整，還要顧慮到押韻的體例。在這雙重的考量下，我把它分成十一段。

## （一）第一段歌辭：

帝高陽[2]之苗裔兮，朕皇考曰伯庸。
攝提貞於孟陬兮，惟庚寅吾以降。
皇覽揆余初度兮，肇錫余以嘉名。
名余曰正則兮，字余曰靈均。
紛吾既有此內美兮，又重之以脩能。
扈江離與辟芷兮，紉秋蘭以為佩。
汩余若將不及兮，恐年歲之不吾與。

朝搴阰之木蘭兮，夕攬洲之宿莽。

日月忽其不淹兮，春與秋其代序。

惟草木之零落兮，恐美人之遲暮。

不[3]撫壯而棄穢兮，何不改乎此度？

乘騏驥以馳騁兮，來吾道夫先路。

首段自述先世與降生時辰以及稟賦和修養之美，並願當盛壯之年有所建樹。詩中「攝提貞於孟陬兮，惟庚寅吾以降」二句，是現存唯一考證屈原生辰的資料。「攝提」或稱「攝提格」是指「太歲在寅」，也就是寅年（王逸說）。又說「攝提貞於孟陬」，意謂斗柄正指初始的方位，就又是正（寅）月（朱熹說），而「庚寅」是日。所以屈原是生在寅年、寅月、寅日。後人就以此推算屈原的生辰。又詩中「正則」隱括「平」；「靈均」意謂「原」（王夫之說），所以正暗示〈離騷〉為屈原自述。

欣賞此段文辭，有兩個重要關鍵：一是屈原開始引用香草以象徵自己稟賦之美盛；二是屈原在作品中流露出強烈的時間壓力。可以看出屈原創作〈離騷〉時，內心的矛盾和掙扎；他既對自己的能力感到自負，卻又對急速消逝的歲月感到徬徨無助。

把文字語譯成白話的詩歌後，讀者將更可以掌握文采之美和感情的張力。

我是高陽帝的後裔，先父的字號叫伯庸。
太歲在寅年的正月，庚寅日我誕生。
先父看著我不凡的器宇，就賜給我相應的美名。
替我取名叫正則；替我取字稱靈均。
我既有紛盛的內在美，又加上外在的才能。
就像披掛上江蘺、辟芷；又串綴著秋蘭的佩飾。
匆匆然我已追趕不及，恐歲月之不我與。
清晨我急著攀折小阜上的木蘭，傍晚採擷洲渚旁的宿莽。
日月倏忽不稍停滯，春與秋更迭代謝。
只怕草木會零落，唯恐美人會遲暮。
趁著壯盛時拋棄污穢，何不改變人生態度？
乘著騏驥馳騁，來吧！我帶你走向先賢的道路。

（二）第二段歌辭：

昔三后之純粹兮，固眾芳之所在。
雜申椒與菌桂兮，豈維紉夫蕙茝？
彼堯舜之耿介兮，既遵道而得路。
何桀紂之昌披[4]兮，夫唯捷徑以窘步[5]。
惟黨人之偷樂兮，路幽昧以險隘。
豈余身之憚殃兮，恐皇輿[6]之敗績。
忽奔走以先後兮，及前王之踵武。
荃不察余之忠情兮，反信讒而齌怒。
余固知謇謇[7]之為患兮，忍而不能舍也。
曰黃昏以為期兮，羌中道而改路[8]。
指九天以為正兮，夫唯靈脩之故也。
初既與余成言兮，後悔遁而有他。
余既不難離別兮，傷靈脩之數化。

此段旨在敘述屈原曠觀往古君王盛衰得失之緣由，唯在於是否能得道慎行，藉以以凸顯今日楚國黨人之誤國。文末則揭露己之忠貞又不為靈脩（懷王）所用，都在於懷王的言而無信，一夕數化。歌辭中則以香草比喻賢臣，而國家的前途，則以道路作比喻。堯舜能「遵道得路」，桀紂則「捷徑窘步」，襯托出懷王的反覆無常，正是「中道而改路」。同樣的，筆者再把這段歌辭譯為白話詩。讓讀者更可以從朗讀中領悟出屈原愛國之赤忱和懷王反覆無常的性格缺陷。

從前禹、湯、文王有純淨的美德，固然就群芳畢集。
兼雜了申椒和菌桂，豈止是串接著蕙草和香茝！
那堯舜秉政光明正大，既遵循正道且走正路。
桀紂卻恣意猖狂，只能在邪曲的小徑上窘步。
結黨營私的小人，卻使楚國的宦途幽昧又險隘。
豈是我本身怕被連累！擔心的是皇輿也會翻覆。
匆忙的奔走在前前後後，只希望能追上前王的腳步。
您不了解我的忠情，反倒聽信了讒言而發怒。
我早知道忠貞會招惹禍患，可是忍也忍不住。
直指蒼天以為證人，一切是為了您的緣故。
當初您已經和我約定，後來卻反悔而有了他心。

我不會為離別而猶豫，只為您的三心二意而痛苦。

## （三）第三段歌辭：

余既滋蘭之九畹[9]兮，又樹蕙之百畝。
畦留夷與揭車兮，雜杜衡與芳芷。
冀枝葉之峻茂兮，願竢時乎吾將刈。
雖萎絕其亦何傷兮，哀眾芳之蕪穢。
眾皆競進以貪婪兮，憑不猒乎求索。
羌內恕己以量人兮，各興心而嫉妒。
忽馳騖以追逐兮，非余心之所急。
老冉冉其將至兮，恐脩名之不立。
朝飲木蘭之墜露兮，夕餐秋菊之落英。
苟余情其信姱以練要[10]兮，長顑頷[11]亦何傷？
擥木根[12]以結茝兮，貫薜荔之落蕊。
矯菌桂以紉蕙兮，索胡繩[13]之纚纚。

謇吾法夫前脩兮，非時俗之所服。
雖不周於今之人兮，願依彭咸之遺則。

此段屈原繼續訴說自身追求稟賦之美，是希望等待時機而有所施展。不意卻遭讒諂所嫉妒。雖為時已晚，仍堅持己志。本段的書寫特色是，仍大量鋪敘香草以為追求情感之真、心地之善與理想之美的象徵。舊注往往以「美人、香草以喻君」作比，失之狹隘。屈原在此也提出了辨識「小人」的方法是「小人」的貪婪、猜忌、待己以寬，卻苛責別人。最後屈原堅持己志，如果這樣都還得不到眾人的了解時，他寧願遵循彭咸的以死明志。這是屈原在〈離騷〉中第一次提到彭咸。

再把歌辭譯成白話詩，當你朗誦時，不知不覺中屈原的堅忍、決絕的身影，已融入你的腦海，不禁會為他的遭受發出哀嚎、歎息。

我既孳養了九畹的蘭花，又栽植了蕙草百畝。
分區種了留夷和揭車外，更夾雜了杜蘅與芳芷。
期待它們的枝葉峻茂，挑個時辰就好好的收割。
縱然我的香草枯萎又何妨！哀痛所有的芳草竟都腐爛。

大家都在競取且貪婪，飽滿了還不停求索。
寬恕自己，苛責他人，又怎能不疑心而嫉妒。
我匆匆的奔馳追逐，並非我急私好利。
只為了衰老已漸漸來臨，恐怕美名來不及建立。
清晨飲著木蘭的墜露，傍晚餐食秋菊的落英。
只要我的情感是真誠又專一，長久的飢餓憔悴又何傷？
拿起木根結繫上白芷，又貫穿薜荔花成串的落蕊。
舉起菌桂以縫上蕙草，將胡繩編織得纚纚然長垂。
只因為我效法的是前賢，卻不為時俗所接受。
縱使因此而不容於今人，我寧願依循彭咸的遺訓。

（四）第四段歌辭：

長太息以掩涕兮，哀民[14]生之多艱。
余雖好脩姱以鞿羈[15]兮，謇朝誶[16]而夕替[17]。
既替余以蕙纕兮，又申之以攬茝。

亦余心之所善兮，雖九死其猶未悔。
怨靈脩之浩蕩兮，終不察夫民心。
眾女嫉余之蛾眉兮，謠諑謂余以善淫。
固時俗之工巧兮，偭規矩而改錯。
背繩墨以追曲兮，競周容以為度。
忳鬱邑余侘傺兮，吾獨窮困乎此時也。
寧溘死以流亡兮，余不忍為此態也。
鷙鳥之不羣兮，自前世而固然。
何方圜之能周兮，夫孰異道而相安。
屈心而抑志兮，忍尤而攘詬[18]。
伏清白以死直兮，固前聖之所厚。

此段大意是屈原再次訴說自己屢遭斥責，竟是稟賦之美所招致，這是何等委屈。於是反覆悲歎，想起懷王的荒唐無度；時俗的工於巧詐。幾經強忍，還是決定以死明志。此段內容強烈刻劃出屈原內心的矛盾與掙扎，二次提到死亡，末句「為保持清白、正直而死」的誓言，尤其感人肺腑。

再把此段詩歌譯成白話，當讀到第一句時，屈原熱淚盈眶的面龐已映入眼簾，能不令人不流下一滴眼淚……。

我長聲歎息而掩抑涕泣，哀慟人生之多艱多難。
只因我愛好修潔又自知約束，卻早晨挨罵晚上又遭到毀棄。
既讒毀我愛繫香囊，更重斥我愛拿香芷。
這本來就是我心中所愛，縱九死也不能悔改。
怨懷王太胡塗呀！始終不了解我的衷腸。
眾女子都嫉妒我的美貌，用謠言詠傷我行為淫蕩。
本來時俗就工於巧詐，只會違背規矩而改口。
既背棄繩墨而隨意邪曲，競相苟且周容以為常度。
憂愁、鬱邑又失意，我必孤獨的窮困在此時此地。
寧可一死或流亡，也不能仿效他們的態度。
鷙鳥一向是單飛的，自前世就如此。
方和圓怎麼可能相合？異道殊途又怎能相安？
委屈己心、壓抑情志；容忍指責，含藏詬恥。

保持著清白而赴死就義，本就是前代的聖人所嘉許。

## （五）第五段歌辭：

悔相道之不察兮，延佇乎吾將反。
回朕車以復路兮，及行迷之未遠。
步余馬於蘭皋兮，馳椒丘且焉止息。
進不入以離尤兮，退將復脩吾初服。
製芰荷以為衣兮，集芙蓉以為裳。
不吾知其亦已兮，苟余情其信芳。
高余冠之岌岌[19]兮，長余佩之陸離。
芳與澤其雜糅兮，唯昭質其猶未虧。
忽反顧以遊目兮，將往觀乎四荒。
佩繽紛其繁飾兮，芳菲菲其彌章。
民生各有所樂兮，余獨好脩以為常。
雖體解吾猶未變兮，豈余心之可懲。

女嬃之嬋媛兮，申申其詈予。
曰鮌婞直以亡身兮，終然殀乎羽之野。
汝何博謇而好脩兮，紛獨有此姱節。
薋菉葹[20]以盈室兮，判獨離而不服。
眾不可戶說兮，孰云察余之中情。
世並舉而好朋兮，夫何煢獨而不予聽

此段大意是說，屈原已身在遭遇太多的挫折後，也想退而求自全，但這種退縮的舉動，與好修美的初志和理想均不符合，於是仍然想堅持己見，終致引起姊姊女嬃含淚的斥責。女嬃指出屈原的被放逐，原因有二：一是屈原太耿直，二是屈原太完美。耿直易得罪小人，完美會遭人嫉妒。「女嬃」在屈原的作品中，僅此一見。通觀〈離騷〉中，屈原於內心煎熬掙扎之際，往往求助於人、巫或神。而女嬃為第一人，可見女嬃在屈原心中的分量極重，舊注以為屈原姊的說法是十分可信的。

當朗誦白話詩歌時，請先吸一口氣；讓情緒穩定。詩篇中有兩位人物，姊弟情深。弟弟在萬般無助的悔恨中，反覆呻吟，自怨自艾。而慈母般心腸的姊姊，責斥中略顯焦慮。

悔恨自己分辨道路得不夠明察，長久的竚足後我本想回家。
回轉我的車乘到舊路，趁著我迷途得不太遙遠。
讓我的馬徐行在蘭皋，馳騁到椒丘處暫且休息。
既然進不去反遭禍患，倒不如退而穿起舊時的衣服；
裁製芰荷以為上衣，集綴芙蓉以為下裳。
不了解我也就罷了，祇要我的真情誠然芬芳。
高高的帽子依然巍巍岌岌；長長的佩飾仍舊光鮮陸離。
縱使芳香與汗澤雜揉在一起，我昭明的本質猶然未熄。
突然我醒悟回顧四望，將準備往觀賞四方；
我的佩飾還是繽紛繁盛，芳香菲菲然益發彌章，
人生本各有所樂，我獨以好修美成了習慣。
縱使把我的身體支解也不會改變，難道我還會自艾自怨？
女嬃得知後十分牽掛，常一再的把我責罵。
說：鯀因為耿直而亡身，終然被殛死在羽山的郊野，
你為何博識忠貞又好修潔，獨具紛然眾盛的美節？
堆積得菉葹滿房滿室，只有你判然不肯服飾！

豈能挨家挨戶的向眾人訴說？誰又會明察我們的內情？
世人都已相互標榜且好結朋黨，你怎麼總是孤獨而好話不聽？

## （六）第六段歌辭：

依前聖以節中兮，喟憑心而歷茲。
濟沅湘以南征兮，就重華而敶詞：
啟九辯與九歌兮，夏康娛以自縱。
不顧難以圖後兮，五子用失[21]乎家巷。
羿淫遊以佚畋兮，又好射夫封狐。
固亂流其鮮終兮，浞又貪夫厥家。
澆身被服強圉兮，縱欲而不忍。
日康娛而自忘兮，厥首用夫顛隕。
夏桀之常違兮，乃遂焉而逢殃。
后辛之菹醢兮，殷宗用而不長。
湯禹儼而祗敬兮，周論道而莫差。

舉賢而授能兮，循繩墨而不頗。
皇天無私阿兮，覽民德焉錯輔。
夫維聖哲以茂行兮，苟得用此下土。
瞻前而顧後兮，相觀民之計極[22]。
夫孰非義而可用兮，孰非善而可服。
阽余身而危死兮，覽余初其猶未悔。
不量鑿而正枘兮，固前脩以菹醢。
曾歔欷余鬱邑兮，哀朕時之不當。
攬茹蕙以掩涕兮，霑余襟之浪浪。

此段是承續上一段，屈原向姊姊女嬃傾訴後，表明自己要再陳詞於重華之前，女嬃是親人，而重華（舜）是屈原心目中的聖君。當然陳訴的內容也異。此段屈原求詢的是：自己以中正之道處世，何以竟落得如此坎坷蹇困？陳詞中歷數得道君與失道君之成敗為對比，以明白表露自己寧死也不改變初志的決心。屈原繼求助於姊姊女嬃後，隨即求詢於重華（舜），可見重華在屈原以及南方楚文化上的重要性。

再讀語譯的詩歌時，必定更清楚了解，屈原在歷數失道君的禍國時，內心是極為痛苦的，因為這種種症狀；恣意放縱、淫逸畋獵、違背天理、殘害忠良，好像都已顯現在懷、襄二世的身上。最後，屈原又哭了，是嚎啕大哭……。

依循前代聖賢的折中之道而行，卻喟然憤悶滿心而遭此逆境。
渡過了沅湘再往南行，向重華去陳訴衷情：
夏啟從天上竊取了九辯和九歌，從此就安於娛戲而恣意放縱。
不再臨安思危而謀及子孫，導致五個兒子引起了內訌。
后羿淫逸於畋獵，又喜好射獵大狐。
當然淫亂之徒是少有善終，寒浞又貪圖了他的室家。
澆天生強壯有力，卻縱慾而不知節制；
日日安娛而忘卻所處，他的人頭因而落地。
夏桀時常違背天理，就因此遭逢到禍殃。
后辛將忠良醃成肉醬，殷朝的宗緒因而不長。
湯禹嚴肅又祗敬，周朝論述正道而不偏差，
舉拔賢才且授政能人，一切遵循繩墨而不偏頗。
皇天絕無私心，誰有德於民就替他安置佐輔。

只有茂行的聖哲，才能統御人間樂土。
瞻前又顧後，我把萬民的心思看得清清楚楚。
那有非義而反被重用！豈有非善而反蒙照顧！
就將我安置在危死的邊緣，省視我的初志也永不後悔。
不度量圓漕就要安插方枘，當然前賢被剁成菹醢。
我一次又一次的歔欷、鬱邑，只怪我的生辰不當。
拿起柔軟的蕙草以掩住涕泣，滾滾的淚水已霑濕了我的衣裳。

## （七）第七段歌辭：

跪敷衽以陳辭兮，耿吾既得此中正；
駟玉虬以乘鷖兮，溘[23]埃風余上征。
朝發軔於蒼梧[24]兮，夕余至乎縣圃[25]；
欲少留此靈瑣[26]兮，日忽忽其將暮。
吾令羲和[27]弭節兮，望崦嵫[28]而勿迫。
路曼曼其脩遠兮，吾將上下而求索。

飲余馬於咸池[29]兮，總余轡乎扶桑[30]。
折若木以拂日兮，聊逍遙以相羊。
前望舒[31]使先驅兮，後飛廉[32]使奔屬。
鸞皇為余先戒兮，雷師告余以未具。
吾令鳳鳥飛騰兮，繼之以日夜。
飄風屯其相離兮，帥雲霓而來御。
紛總總其離合兮，斑陸離其上下。
吾令帝閽[33]開關兮，倚閶闔[34]而望予。
時曖曖其將罷兮，結幽蘭而延佇。
世溷濁而不分兮，好蔽美而嫉妒。

此段大意是說，屈原向重華陳詞畢，人世間既不能為他釋疑，於是他只好再往天上，將訴之於天帝。於是展開了屈原對天界的豐富想像力。建構出完整的天庭神話。屈原自知生命的油燈即將熄滅，卻竟為帝閽摒棄門外，始悟天上如此，而人間污濁也不足為異。此段所敘述的神話世界，其實都是象徵屈原憧憬的未來美好理想世界。整篇〈離騷〉，屈原運用了三種不同的時間架構，過去是歷史，現在是污濁的楚國政治，而未來則是神話。此段明顯的流露出，屈原在時間的壓迫感與理想破滅下所承受的煎熬與痛苦。

如果從轉譯的白話詩歌中欣賞，屈原筆下彩繪的神話世界是如此的神祕絢麗。誰知道竟被仗勢欺人的帝閽在剎那間摧毀、破碎。

我跪下，攤開衣襟而開始陳訴：坦蕩於心，我確已秉持中正。
我駕著玉虬，乘著鳳凰，忽然，塵土輕揚，我隨風徐徐上征。
早晨從蒼梧出發啟程，傍晚我已經來到縣圃。
正想稍留此神靈聚處，太陽卻已漸漸入暮。
我令羲和放慢了腳步，看見了崦嵫也不要停泊。
道路雖然漫長遙遠，我將上上下下地求索。
且讓我的馬飲水在咸池，結繫轡轡於扶桑。
折下若木以拂拭白日，會有更多的時間逍遙相羊。
前方請望舒先驅，後方讓飛廉奔屬。
鸞皇為我前導戒備，雷師卻說準備未妥。
我令鳳鳥飛騰，夜以繼日。
飄風忽聚忽離，帥雲霓而前來迎接。

紛亂眾盛的忽離忽合，斑駁陸離的忽上忽下。
我叫帝閽打開天門，他卻斜倚著閶闔望余。
日色已快昏暗到漆黑，我結繫著幽蘭等待。
世間是如此的溷濁不分，總愛掩蔽別人的長處而嫉妒。

## （八）第八段歌辭：

朝吾將濟於白水[35]兮，登閬風[36]而緤馬。
忽反顧以流涕兮，哀高丘之無女。
溘吾遊此春宮[37]兮，折瓊枝以繼佩。
及榮華之未落兮，相下女之可詒。
吾令豐隆[38]乘雲兮，求宓妃[39]之所在。
解佩纕以結言兮，吾令蹇脩[40]以為理。
紛總總其離合兮，忽緯繣其難遷。
夕歸次於窮石[41]兮，朝濯髮乎洧盤[42]。
保厥美以驕傲兮，日康娛以淫遊。

雖信美而無禮兮，來違棄而改求。
覽相觀於四極兮，周流乎天余乃下。
望瑤臺之偃蹇兮，見有娀之佚女。
吾令鴆為媒兮，鴆告余以不好。
雄鳩之鳴逝兮，余猶惡其佻巧。
心猶豫而狐疑兮，欲自適而不可。
鳳皇既受詒兮，恐高辛[43]之先我。
欲遠集而無所止兮，聊浮遊以逍遙。
及少康[44]之未家兮，留有虞之二姚。
理弱而媒拙兮，恐導言之不固。
世溷濁而嫉賢兮，好蔽美而稱惡。
閨中既以邃遠兮，哲王又不寤。
懷朕情而不發兮，余焉能忍與此終古。

此段大意是說屈原自己既然在高丘之地，無從覓得女伴，轉念求人間的賢女，但理弱媒拙，加之世間又溷濁嫉賢。哲王（頃襄王）之不寤也如此，實無以強忍內心的悲慼。文中

「求女」是屈原追尋相同政治理想同志的隱喻。所追求者虙妃、有娀之佚女、有虞之二姚，對屈原而言，她們都是歷史人物，而且也早已情有所鍾，羅敷有夫。這也暗喻屈原求同志之必無所成。在語譯的歌詞中，可以明顯體會到，開場時屈原的心情是沉重的，而結尾時還多了一層哀怨。

清晨我就要渡過白水，登上閬風而繫住鞍馬。
忽然反顧而不禁流下涕淚，哀痛這高丘上也沒有賢女。
一時我遊蕩到了春宮，折下瓊枝以繫上玉佩。
趁著花的色澤還未退落，看上個遠處可送的女郎。
我令豐隆乘駕著彩雲，尋求虙妃的所在。
解下佩纕結繫上甜言蜜語，卻找了口吃的修來做媒理。
她的情緒紛擾多變，忽然乖戾而不肯遷就。
傍晚她歇息在窮石，清晨她洗髮在洧盤。
她自恃美麗而驕傲，終日沉湎於歡娛與游蕩。
她雖然貌美卻十分無理，走吧！拋棄她再去別求。
遍覽環視了四面八方，周遊了天上然後下降。

遠望偃蹇的瑤臺之上，住著有娀國的美女。
我叫鴆鳥去作媒，鴆鳥卻推諉說不妥。
雄鳩鳴叫著遠逝，又覺得牠太輕佻。
內心猶豫又狐疑，想親自去又礙於禮儀。
鳳凰既已帶去了聘禮，恐怕高辛的成功會在我之先。
想去更遠的地方又毫無目的，姑且只能四處逍遙遊戲。
趁著少康尚未成家，強留下有虞國的姚姓二女。
但是媒人能力薄弱又笨拙，恐怕誘導的言語不夠穩固。
人世間既溷濁又嫉賢，總喜歡掩蔽美德而稱揚邪惡。
閨中的佳麗既深邃而遙遠，明哲的君王又執迷不悟。
隱藏起我的真情一言不發，我如何能隱忍它直到終古？

（九）第九段歌辭：

索藑茅以筳篿兮，命靈氛為余占之。
曰：兩美其必合兮，孰信脩而慕之？

思九州之博大兮，豈唯是其有女？
曰：勉遠逝而無狐疑兮，孰求美而釋女？
何所獨無芳草兮，爾何懷乎故宇？
世幽昧以眩曜兮，孰云察余之善惡。
民好惡其不同兮，惟此黨人其獨異。
戶服艾[45]以盈要兮，謂幽蘭其不可佩。
覽察草木其猶未得兮，豈珵美之能當？
蘇糞壤以充幃兮，謂申椒其不芳。

此段的大意是說，屈原在不知何去何從的困惑下，只得聽命於靈氛的占卜。靈氛則勸他遠走它方，去尋求志趣相投的朋友，不必懸念於故國。此段雖敘述到迷信的占卜，實際上則是刻劃出一個求助無門者內心的矛盾和掙扎。因為以屈原忠君愛國的執著性格，靈氛這個角色的出現，只是另一種人生面相的烘托作用而已。〈卜居〉之寫作心態，當也如是。

再讀到語譯的歌辭時，可能會會心一笑，這裡我引用了蘇東坡〈蝶戀花〉中的千古名句「天涯何處無芳草」。若比對原文，竟脫胎於〈離騷〉的「何所獨無芳草兮」的句子。我刻意安排兩位大師在語譯中相見。

我找到了藑茅和占卜用的小折竹，請靈氛為我筮卜。
卜兆說：「兩個美善的人必能相處，那有真誠者不被仰慕？
試想九州是如此博大，豈止是此地才有同志？」
又說：「勉強遠去不要再狐疑，那有求賢者會捨棄你？
天涯何處無芳草，你何必老懷念著舊居？」
人間世不是幽昧就是昡曜，誰又能了解我的善惡？
人的好惡本來就不同，只有此地的黨人光怪陸離！
家家戶戶竟把艾草掛滿腰間，而說幽蘭是不可佩飾。
他們觀察草木都不清楚，又豈能知道美玉的價值？
拿糞土填充香囊，竟說申椒是一點兒也不香。

## （十）第十段歌辭：

欲從靈氛之吉占兮，心猶豫而狐疑。
巫咸將夕降兮，懷椒糈而要之。

百神翳其備降兮，九疑[46]繽其並迎。
皇剡剡其揚靈兮，告余以吉故。
日勉陞降以上下兮，求榘矱[47]之所同。
湯禹嚴而求合兮，摯咎繇而能調。
苟中情其好脩兮，何必用夫行媒。
說操築於傅巖兮，武丁用而不疑。
呂望之鼓刀兮，遭周文而得舉。
甯戚之謳歌兮，齊桓聞以該輔。
及年歲之未晚兮，時亦猶其未央。
恐鵜鴂之先鳴[48]兮，使百草為之不芳。
何瓊佩之偃蹇[49]兮，眾薆然而蔽之。
惟此黨人之不諒兮，恐嫉妒而折之。
時繽紛其變易兮，又何可以淹留。
蘭芷變而不芳兮，荃蕙化而為茅。
何昔日之芳草兮，今直為此蕭艾也。
豈其有他故兮，莫好脩之害也。

余以蘭[50]為可恃兮，羌無實而容長。
委厥美以從俗兮，苟得列乎眾芳。
椒專佞以慢慆兮，樧又欲充夫佩幃。
既干進而務入兮，又何芳之能祗。
固時俗之流從兮，又孰能無變化。
覽椒蘭其若茲兮，又況揭車與江離。
惟茲佩之可貴兮，委厥美而歷茲。
芳菲菲而難虧兮，芬至今猶未沫。
和調度以自娛兮，聊浮游而求女。
及余飾之方壯兮，周流觀乎上下。

此段的大意是說，屈原求靈氛不得後，又懇託巫咸以詢問疑難於神明。但神明竟也規勸屈原勉強上下，以求理想一致的同志。屈原則從歷史借鏡中反覆尋思，卻始終恐懼楚國黨人的嫉害，以及君王約定之不可信。於是黯然去國而有遠遊之意。〈遠遊〉之寫作心態亦復如是。文中歷數君臣之所以能謀合者；如摯（伊尹）以美味取得湯的重視，咎繇以嚴明律法為禹所用，傅說以夢為引介得識武丁，呂望以善鼓刀而得文王賞識，甯戚以謳歌而獲齊桓知音。也都暗示，想得到君王的重用，必須自己先有「一技之長」。

此段譯文的篇幅，較之其他各節為長，是因為排比的句式較多。所以在朗讀時，音節必須不疾不徐，娓娓道來。舊注以「蘭」為暗喻力勸懷王入秦的「司馬子蘭」，不過在一連串香草的排比句式出現後，香草以象徵屈原稟賦之美的意象就格外明顯。在無從尋覓出以「椒」和「樧」暗喻「子椒」或「子樧」的真實人物情況下，當然以「蘭」暗喻「子蘭」，也不攻自破了。

我本想聽從靈氛吉利的占卜，內心卻又猶豫且狐疑。
巫咸將在傍晚時降臨，我帶著祭神的椒糈去邀約。
百神隱蔽了天空而齊降，九疑山的諸神騰駕並迎。
眾神的法像閃爍著萬丈靈光，告知我吉祥的兆示。
說：「應該黽勉地陞降上下，尋求矩矱（原則）之所同。
湯、禹虔敬地尋求輔佐，摯、咎繇正能與他謀合。
只要內心真情又美好，又何須一定要有媒人。
傅說操作版築在傅巖，武丁引用而不疑。
呂望是操刀的屠夫，卻遇上文王而被薦舉。

甯戚敲著牛角謳歌，齊桓聽了就用為佐輔。
趁著年歲還不算太晚，時間也還沒全部耗光。
唯恐鶗鴂會提前鳴叫，使得白百草失去芳香。」
為何我有這麼多瓊玉的佩飾，大家卻一起把它隱蔽？
此地的黨人是毫無誠信，恐怕會嫉妒而摧折。
時俗已如此紛亂變易，此地又怎麼還能久留。
蘭芷已經變得不再芳香，荃蕙已經化成了茅草。
奈何昔日的芳草，今日都變成了蕭艾！
豈有其他的緣故嗎！都是不喜愛修潔所惹得禍害。
我原以為蘭是可以依賴，沒想到也變得不實而徒具外表。
委棄了美質而隨從世俗，苟且列在眾芳之譜。
椒已變得專橫諂佞而且傲慢；榝又想充填進佩幃。
既然都干謁求進而務必成功，又那有芳草再值的尊崇！
固然時俗已隨波逐流，又誰能沒有變化！
看著椒蘭已經變得如此，更何況揭車和江蘺。
這些佩飾原來是這麼可貴，卻自我委棄墮落到如此境地。

只有我的芬芳四溢而永不虧竭，芬香的氣息至今不移。
調和態度以自求歡娛，姑且周遊以尋求同志。
趁著我的佩飾還鮮美如初，再周遊觀賞上天下地。

## （十一）第十一段歌辭：

靈氛既告余以吉占兮，歷吉日乎吾將行。
折瓊枝以為羞兮，精瓊爢以為粻。
為[51]余駕飛龍兮，雜瑤象以為車。
何離心之可同兮，吾將遠逝以自疏。
邅吾道夫崑崙兮，路脩遠以周流。
揚雲霓之晻藹兮，鳴玉鸞之啾啾。
朝發軔於天津[52]兮，夕余至乎西極。
鳳皇翼其承旂兮，高翱翔之翼翼。
忽吾行此流沙[53]兮，遵赤水[54]而容與。
麾蛟龍使梁津兮，詔西皇使涉予。

路脩遠以多艱兮，騰眾車使徑待。
路不周[55]以左轉兮，指西海[56]以為期。
屯余車其千乘兮，齊玉軑[57]而並馳。
駕八龍之婉婉兮，載雲旗之委蛇。
抑志而弭節兮，神高馳之邈邈。
奏九歌而舞韶兮，聊假日以媮樂。
陟陞皇之赫戲兮，忽臨睨夫舊鄉。
僕夫悲余馬懷兮，蜷局[58]顧而不行。

此段大意是說，屈原既已得吉占，遂取道崑崙，經流沙，渡赤水，以西海為終極目的。這一段神話之旅，場景浩瀚，樂聲悠揚。當即將進入高潮之際。屈原驀然回首，竟睥睨到縈迴於舊夢中的故鄉，以致僕夫悲泣，連坐騎也蜷局回顧，步履蹣跚。文中對行程之描寫熱鬧非凡，也暗示屈原初萌去國之思時，情緒的激昂高亢，然畢竟屈原對故國強烈的感情，讓他戛然而止。連僕夫與坐騎都情重如是，其主人感情之真切，不言可喻了。

且讓我們一起來朗誦這段語譯的白話詩。語調從舒緩中起步，繼而隨著邁向崑崙途中，場景的不斷移換間，情緒和歌聲漸趨高亢。有如一條飛蛇，在黃山三十六峰半山腰裡盤旋穿插，頃刻之間，戛然而止（《老殘遊記．明湖居聽書》語）。

靈氛既然已告訴我吉利的卜兆，挑選個吉利的日子我就將遠行。
折下瓊玉之枝作為菜餚，精鑿瓊玉米屑做成乾糧。
替我駕馭著飛龍，雜飾瑤玉和象牙的車輿。
豈有離心而又同行之理？我即將遠去而自求紓解。
回轉我的道路前往崑崙，路程是長遠而曲折。
揚起雲霓般的旌旗以掩蔽陽光，坐騎上的佩鸞鳴聲啾啾。
早晨啟程時還在東邊的天津，傍晚就到了西方的終極。
鳳凰肅穆地奉承在旌旂的左右，高高翱翔且和順安逸。
忽然我走到了流沙，再沿著赤水容與遊戲。
指揮蛟龍架起橋樑，詔告西皇將我渡過河去。
路途是長遠又多艱，騰告眾車先到對岸等待。
路過不周山後左轉，直指西海以為目的。
屯聚的車輛多達千乘，玉飾的車輪並駕齊驅。
駕車的八匹龍駒婉婉舞動，車上的雲旗隨風委蛇。

心情雖然隨著節奏而舒緩，神魂卻高飛得邈邈漠漠。奏著九歌，舞著九韶；聊且假藉光陰以娛戲。攀升到了光明燦爛的皇天，忽然低頭看到了舊鄉。僕夫悲慼，馬也懷思；大家都蜷局相視不能動彈。

最後一段是結尾，〈離騷〉以「亂曰」作結，原歌辭為：

亂曰：
已矣哉！國無人，莫我知兮，又何懷乎故都？
既莫足與為美政兮，吾將從彭咸之所居。

「亂」是一種音樂上的名詞，猶文章的「結語」，樂章的「卒章」或「尾聲」。此段只有短短數語，卻道盡了屈原殉國之痛。「國無人莫我知」、「莫足與為美政」是屈原赴死的原因，而「吾將從彭咸之所居」則是訃告世人的死亡訊息。如果轉譯成白話詩歌，雖然也是短短幾句，可以看出屈原的情緒已經跌入萬丈深淵，沒有一絲求生的勇氣，他喃喃自語——

算了吧！國內已經沒有賢人；更沒有人能了解我，我又何必懷念故都？
既然已經無人能和我推行美政，我就跟從到彭咸的居處。

1 見《漢書・司馬遷傳》。
2 高陽：顓頊有天下的號。
3 不：衍文。或無義。
4 昌披：穿衣不繫帶子。自恣之意。
5 窘步：步伐窘迫。
6 皇輿：君王的車駕。
7 謇謇：忠貞貌。
8 此二句為錯簡，依洪興祖《補注》刪。
9 畹：二十畝。
10 練要：精誠專一。
11 顑頷：食不飽貌。
12 木根：蘭槐之根。
13 胡繩：香草名。
14 民與人通。

15 鞿羈：以馬的韁絡喻繩束，不放縱。
16 誶：責罵。
17 替：廢棄。
18 攘：猶囊。含藏。
19 岌岌：高貌。
20 薋：堆積。菉、葹：皆惡草。
21 失為衍文。
22 計極：計謀已盡。
23 溘：忽然。
24 蒼梧：舜所葬之地。
25 縣圃：亦作玄圃。崑崙山之最上層。
26 靈瑣：神靈所聚之地。
27 羲和：日御。
28 崦嵫：日所入山。
29 咸池：日浴處。
30 扶桑：日所拂木。
31 望舒：月御。
32 飛廉：風伯。
33 帝閽：天帝之主門者。
34 閶闔：天門。
35 白水：出崑崙之山。

36 閬風：山名。在崑崙之上。
37 春宮：東方青帝之舍。
38 豐隆：雲師。
39 宓妃：即虙妃。伏犧氏女，溺洛水為河神。
40 脩：伏犧之臣，口吃，故曰蹇脩。
41 窮石：弱水之所出。
42 洧盤：水名。
43 高辛：帝嚳有天下之號。
44 少康：夏后相之子。
45 艾：白蒿。端午時來插在門上避邪之物，非裝飾用。
46 九疑：舜之所葬。
47 榘矱：法度。
48 鶗鴂秋分前鳴，則草木零落。
49 偃蹇：長垂貌。
50 舊注以蘭為子蘭，椒為子椒，殊不妥。按後文言，則史無其人。
51 為：洪補讀去聲，當解為替。
52 天津：即天河。
53 流沙：沙漠。
54 赤水：出崑崙。
55 不周：山名。在崑崙西北。
56 西海：西極之海，有小崑崙，高萬仞，方八百里。

57 軑：楚人稱車為軑。

58 蜷局：詰屈貌。

# 伍——流放者的行吟之歌〈九章〉

## 一、〈九章〉不是一時一地之作

誠如王逸《楚辭章句．九章序》中所說：「九章是屈原所作。」但是否也如他所說「九章是屈原流放到江南之野，思君念國，憂心無已」的同時期創作，就未必盡然。所以到了宋代朱熹《楚辭集注．九章序》就提出修正。他說：

> 九章，確實是屈原的作品。屈原既已流放，思君念國，隨事感觸，就形之於篇章。後人收輯這些作品，得到九個篇章，合成一卷，非必是出於一時一地的言辭。

朱熹的說法是否可信？而收輯的人又是誰？按司馬遷讀《楚辭》最為詳審。他在《史記．屈賈列傳》中說：「（屈原）乃作懷沙之賦。」其下並引〈懷沙〉全文。他又於「太史公曰」提到：「余讀離騷、天問、招魂、哀郢，悲痛屈原的心志。親往長沙，去觀看屈原自沈的深淵，禁不住流下涕淚，想一見屈原其人。」其中〈懷沙〉與〈哀郢〉，都是〈九章〉中的篇名，而卻未曾說〈九章〉。及至班固《漢書．揚雄傳》也說：「（揚雄）又模仿〈惜誦〉以下至〈懷沙〉一卷，名為〈畔牢愁〉。」也是〈惜誦〉與〈懷沙〉單獨成篇。足見司馬遷和班固時，〈九章〉還是各篇獨立的。直到劉向的〈九歎‧憂苦〉才說：「歎離騷以揚意兮，猶未殫於九章。」第一次出現了〈九章〉的篇名。想必是劉向在典校經書，編輯十六卷本《楚辭》時才命名為〈九章〉的。所以朱熹所指的「後人」，最有可能就是劉向。

## 二、〈九章〉的創作時地和文辭之美

### （一）橘頌

〈橘頌〉是一篇詠物賦，文中藉著對橘樹本質的歌頌，說明自己堅貞的情操，絕不變心從俗的毅力。文采、風格與〈九章〉的其他各篇迥異，通篇都沒有書寫被流放時的怨憤情緒。清代陳本禮《屈辭精義》就說：「篇章中既說：『嗟爾幼志、年歲雖少』，明顯在自述，這是早年童冠時的作品。」加之，就該篇句型來看，也與「詩經」的四字句格式為近，在「楚辭體」之發展過程中判斷，應當是屈原年少時的作品。

〈橘頌〉二字中，「頌」就是「美盛德之形容」。所以〈橘頌〉就是對橘樹的歌頌。詩篇中，句句以橘樹的各種形貌特質以表達自己一生的行事，謹慎戒懼，始終如一的態度。字字金玉，鏗鏘有聲。由此篇可見，屈原一生的行事風格與操守德業，早在年少時代已經養成。且看〈橘頌〉第一段原文：

后皇嘉樹，橘徠服兮。
受命不遷，生南國兮。
深固難徙，更壹志兮。
綠葉素榮，紛其可喜兮。
曾枝剡[1]棘，圓果摶[2]兮。
青黃雜糅，文章爛兮。
精色內白，類可任兮。
紛緼[3]宜脩，姱而不醜兮。

此段旨在鋪寫橘樹的本質可貴處，有二：一為「受命不遷，生南國」，所謂「橘逾淮則為枳」，象徵堅忍與忠貞。二為「曾枝剡棘，圓果摶兮」，也即所謂性格上的「外方內圓」。轉譯成白話詩如下：

天地間有一種嘉樹叫橘，特來服習南方的水土。
受命於上天不得遷徙，永遠生長在南方國度。

根深柢固難以移動，更顯得志節專一。
翠綠的葉子，純素的花朵，繽紛的色彩討人歡喜。
層層的枝椏，尖銳的棘刺，還有團團的圓果。
青黃雜揉的果皮，文采更是燦爛奪目。
鮮明的外皮，潔白的內絮，表露出沉穩與擔當。
紛然眾盛的內蘊與美麗，美得天下無敵。

再看〈橘頌〉第二段：

嗟爾幼志，有以異兮。
獨立不遷，豈不可喜兮？
深固難徙，廓其無求兮。
蘇世獨立，橫而不流兮。
閉心自慎，不終失過兮。
秉德無私，參天地兮。
願歲並謝，與長友兮。

淑離[4]不淫，梗其有理兮。
年歲雖少，可師長兮。
行比伯夷，置以為像兮。

此段則引橘樹以自況，句句寫橘，卻也句句寫自己。所標榜的橘樹美德；如「獨立不遷」、「廓其無求」、「橫而不流」、「不終失過」、「秉德無私」，極盡鋪敘之美；朗誦時韻律也顯得高亢。將此段語譯如下：

讚歎你幼小的心志，就和常人有異。
獨立不移的性格，豈會不讓人歡喜？
深沉固執不與世推移，恢宏寬廓而又無所求。
蘇醒於濁世特立獨行，能橫波而不隨流俗披靡。
清心寡慾思慮縝密，始終不會有過失。
秉持道德沒有私心，參預了天地的化育。
願與你同度歲月，結為永遠的朋友。
賢淑美麗又不驕縱，內心耿直而又有條理。

年歲雖少，卻有師長的風範。
行為可與伯夷比擬，成為萬人效法的楷模。

## （二）惜誦

〈惜誦〉篇中有幾句很能藉以揣摩屈原創作詩篇時的心境：「欲儃佪以干傺兮，恐重患而離尤。欲高飛而遠集兮，君罔謂汝何之？欲橫奔而失路兮，堅志而不忍。」大意是：「我想留下來東山再起，害怕更大的禍患會降臨。我也想高飛而遠集，又怕國君問你去那裡？我更想橫奔失路胡作非為，可是堅貞的個性不容我改易！」三個「欲」字，強烈的透露出欲去不得的矛盾和痛苦。篇末又提到「矯茲媚以私處兮，願曾思而遠身」，也有慎重的思考後去國遠行的想法，這種心態應當是屈原在懷王時，剛被初次疏遠時的作品。林雲銘《楚辭燈》和蔣驥《山帶閣楚辭注》都有相同的看法。按《史記》〈屈原列傳〉及〈楚世家〉所載，屈原初疏在懷王十六年，所以〈惜誦〉篇應當在此後不久所作。

〈惜誦〉是取篇首二字為題，「惜誦」既然可以導致愍憂，顯然此「誦」字必有進諫之意。所以王逸注：「惜，貪也。誦，論也。致，至也。愍，病也。」說得明白一點，就是自己太愛說忠諫的話，以至於得到憂愍疲病。所以本篇旨在說明，屈原忠貞事君，反遭讒邪所蔽，內心為去留所困，透露出初次被疏遠時，急於言辯的痛苦與矛盾。且看〈惜誦〉的第一段：

惜誦以致愍兮，發憤以抒情。
所作[5]忠而言之兮，指蒼天以為正。
令五帝以折中兮，戒六神與嚮服。
俾山川以備御兮，命咎繇使聽直。
竭忠誠以事君兮，反離群而贅肬。
忘儇媚以背眾兮，待明君其知之。
言與行其可跡兮，情與貌其不變。
故相臣莫若君兮，所以證之不遠。
吾誼先君而後身兮，羌眾人之所仇。
專惟君而無他兮，又眾兆之所讎。
壹心而不豫兮，羌不可保也。
疾親君而無他兮，有招禍之道也。
思君其莫我忠兮，忽忘身之賤貧。

事君而不貳兮，迷不知寵之門。
忠何罪以遇罰兮，亦非余心之所志。
行不群以巔越兮，又眾兆之所咍。
紛逢尤以離謗兮，謇不可釋。
情沉抑而不達兮，又蔽而莫之白。
心鬱邑余侘傺兮，又莫察余之中情。
固煩言不可結詒兮，願陳志而無路。
退靜默而莫余知兮，進號呼又莫吾聞。
申侘傺之煩惑兮，中悶瞀之忳忳。

此段文字，透露了屈原在法家和儒家思想兼修的功夫。法家思想上，他提出了「合議審判」的重要性。所以他對自己忠貞的審判中，合議庭的法官，不僅有「蒼天」，更有「五帝」、「六神」、「山川之神」以及上古最公正的法律之神「皋繇」。儒家思想上，他提出了「言行相顧」的原則。屈原所謂的「言與行其可跡兮，情與貌其不變」，言語和行為該可以印證，內心與外貌也必須相稱的觀點，正和孔子所說「始吾於人也，聽其言而信其行；今吾於人也，聽其言而觀其行」（《論語．公冶長》）的道理是一致的。且看語譯後的文字，更為明白。

只因貪圖忠諫而招致斥責，總想發洩悲憤且抒散心情。
倘若我說的話不由忠信，我願指蒼天作為平正。
請五帝來折中評斷，讓六神來對質罪狀。
使山川之神來陪審，命咎繇來傾聽曲直。
只因竭盡忠誠以事奉國君，卻反被疏離而視同贅肬。
我不懂諂媚而遭眾人背棄，只為等待明君能了解心意。
言語和行為該可以印證，內心與外貌也必須相稱。
本來了解臣子莫若國君，所以求證也不必捨近求遠。
行事本就該先國君而後自己，眾人對我卻充滿敵意。
一意為著國君而無心自己，卻又被眾人當成仇敵。
一心事君而毫不猶疑，卻落得保不住自己。
急切的親近國君並無他意，卻又變成招禍的道理。
一想到國君會誤會我的忠貞，竟忘了自身的賤貧。
事奉國君從無貳心，卻不知道如何獲得寵幸。

忠君竟然有罪而遭懲罰，絕不是我當初所能了解。
行為不隨從流俗而致跌跤，卻又遭到眾人的嗤笑。
紛擾的斥責和誹謗，簡直已讓我無從解決。
內情已被壓抑得無從表達，又遭刻意掩蔽而無法辯白。
內心既鬱邑而失意，又沒有人能察覺我的衷情。
固然繁瑣的言語不易傳達，想要陳訴卻也沒有門路。
退而沉默將沒人再了解我，進而號呼又裝著不聞不問。
一再的被失意與煩惱迷惑，內心已忳忳然充滿煩悶。

〈惜誦〉的第二段：

昔余夢登天兮，魂中道而無杭。
吾使厲神占之兮，曰：「有志極[6]而無旁。」
終危獨以離異兮，曰：「君可思而不可恃。」
故眾口其鑠金兮，初若是而逢殆。
懲於羹者而吹虀兮，何不變此志也？

欲釋[7]階而登天兮，猶有曩之態也。
眾駭遽以離心兮，又何以為此伴也？
同極而異路兮，又何以為此援也？
晉申生之孝子兮，父信讒而不好。
行婞直而不豫兮，鮌功用而不就。
吾聞作忠以造怨兮，忽謂之過言。
九折臂而成醫兮，吾至今而知其信然。
矰弋機而在上兮，罻羅張而在下。
設張辟以娛君兮，願側身而無所。
欲儃佪以干傺兮，恐重患而離尤。
欲高飛而遠集兮，君罔謂汝何之？
欲橫奔而失路兮，堅志而不忍。
背膺牉以交痛兮，心鬱結而紆軫。
（亂曰：）
檮木蘭以矯蕙兮，鑿申椒以為糧。
播江離與滋菊兮，願春日以為糗芳。

恐情質之不信兮，故重著以自明。

矯茲媚以私處兮，願曾思而遠身。

此段歌辭，屈原如同與佛洛伊德（Sigmund Freud，一八五六—一九三九）來段「夢的解析」。屈原說：「昔余夢登天兮，魂中道而無杭。吾使厲神占之兮，曰：『有志極而無旁。』終危獨以離異兮，曰：『君可思而不可恃。』」原來在戰國時期，「一夢登天，中道迷航」，正如厲神所解，是象徵屈原有強烈親近國君的欲望，卻得不到國君的青睞。當然這與佛洛伊德以「性的欲念」解析是不同學派的。

在這段歌辭中，以滿懷期望的夢境登場，卻在布滿機關，處處矰弋的殘酷現實中落幕，無怪乎會讓屈原迷失在欲去不得的兩難之中，末尾更是一唱三歎的大聲疾呼。「尾聲」（亂曰），分析文章的結構和內容後，我以為原文可能脫誤此二字而增補。「尾聲」上所表達的情緒已復趨平緩。再欣賞譯文如下：

往昔我曾做過一場登天大夢，魂魄在中途就迷失了方向。

我請大神來占卜，神說：「那表示有目標卻沒有人幫忙。」

終於還是孤獨而分離，神說：「國君是只能思念不可仗恃。」

固然眾口可以鑠金，當初我如此深信才是遭殃的關鍵。
喝熱羹燙到嘴的人，看到冷盤都會吹氣，為何不改變心意？
如果放置階梯來登天吧！卻還有從前的傻脾氣。
眾人都駭怕惶懼與你離異，又怎麼會成為伴侶？
雖然目的相同而道路各異，又怎麼會成為援助？
晉國的申生是位孝子，由於父親聽信讒言而對他不好。
行為耿直而不遲疑，才讓鯀用了功夫而毫無成績。
我早已聽說盡忠的人會遭怨懟，輕忽地以為言過其辭。
九折臂以後成為良醫，才知道那些話真實不欺。
矰弋已經瞄準在頭上，罻羅更張設在腳下。
小人都設機關來討好國君，就想側身已無處可棲。
我想留下來東山再起，害怕更大的禍患會降臨。
我也想高飛而遠集，又怕國君問你去那裡？
我更想橫奔失路胡作非為，可是堅貞的個性不容我改易！
我的胸和背絞痛的快要崩裂，我的心鬱悶的糾結在一起。

尾聲：
擣碎木蘭揉雜些蕙草，精鑿申椒作為乾糧。
播種江蘺栽蒔芳菊，願春日時煮成香噴噴的飯糰。
唯恐真情與實質不被取信，所以一再的重複表明。
高舉起我的修能美德，願慎重的思考後去國遠行。

## （三）抽思

〈抽思〉篇中的「有鳥自南兮，來集漢北」一句，正說出了此篇是屈原初次放逐在漢北時的作品。游國恩《楚辭概論》以為當在懷王二十四年。篇中有「悲秋風之動容」句，則或是在此年的秋天以後所作。篇中又有「數惟蓀之多怒兮，傷余心之懮懮」。王夫之《楚辭通釋》說：「蓀之多怒，謂懷王輕於喜怒。」又「昔君與我誠言兮，曰黃昏以為期。羌中道而回畔兮，反既有此他志」。王夫之以為：「懷王始初與自己共謀國政，既為奸佞所惑誤，於是背棄屈原已而有異說。」都直指該篇應作於懷王時。

〈抽思〉篇用「少歌」中「與美人抽怨兮」句中的「抽思」（朱熹《集注》本怨作思）二字為篇名。「美人」在〈九章〉中都是指稱懷王，所以此篇是屈原刻意向楚懷王的告白。

全詩除「少歌曰」、「倡曰」、「亂曰」外，其餘共分三段。篇中一再陳訴己之心意，文辭悲切感人。且看〈抽思〉原文第一段：

心鬱鬱之憂思兮，獨永歎乎增傷。
思蹇產之不釋兮，曼遭夜之方長。
悲秋風之動容兮，何回極[8]之浮浮[9]。
數惟蓀[10]之多怒兮，傷余心之懮懮。
願搖起[11]而橫奔兮，覽民尤以自鎮。
結微情以陳詞兮，矯以遺夫美人[12]。

此段屈原訴說自己遭遇放逐後，內心憂思莫名，以致對時間的感覺，總是長夜漫漫，不得安眠。所以願奮起而橫奔，陳辭於懷王之前。且看譯文：

心情悒鬱且憂慮，獨自地長歎又一再感傷。
思緒已糾結而難以開釋，又遭逢漫夜方長。
悲歎秋風改變了大地的容貌，為何地軸的運行依舊不斷。

多次想起你的無端發怒，傷透了我的衷腸。
我幾次想奮起而狂奔，看到百姓受苦時才勉強自制。
結繫上真情以陳訴，高舉地呈獻給君王。

〔抽思〕的第二段：

昔君與我誠言[13]兮，曰黃昏以為期。
羌中道而回畔兮，反既有此他志。
憍吾以其美好兮，覽余以其脩姱。
與余言而不信兮，蓋為余而造怒。
願承閒而自察兮，心震悼而不敢；
悲夷猶而冀進兮，心怛傷之憺憺[14]。
茲歷情以陳辭兮，蓀詳聾而不聞。
固切人之不媚兮，眾果以我為患。

此段，屈原自訴初受懷王知遇時，是懷王主動和自己有如「婚期」般的誠信相約，隨後懷王卻反悔有了他志，自己雖一再陳辭，國君竟佯聾而不聞不問。詳細的情節，且看譯文：

往日國君已對我許下諾言，說黃昏就是我倆的期約，
不料中途你卻反悔，而有了其他的對象。
向我誇耀你的美好；向我展示你的修態。
對我的諾言可以一概不信守，卻憑空對我發怒。
我也想趁閒暇時自我省察，心中卻震驚而不安；
悲傷猶夷之餘想再接近你，內心的創傷卻難撫平。
累積了所有真情傾訴，你卻假裝耳聾而不聞不問。
固然正直的人是不懂諂媚，眾人果然以我為禍患。

〈抽思〉的第三段：

初吾所陳之耿著兮，豈至今其庸[15]亡？
何毒藥[16]之謇謇[17]兮？願蓀美之可完。
望三五以為像兮，指彭咸以為儀。

夫何極而不至兮，故遠聞而難虧。
善不由外來兮，名不可以虛作。
孰無施而有報兮，孰不實而有穫？

此段，屈原強調自己之所以懇切陳辭，猶盼國君之能美善。自己也以彭咸為典範，並深信「要怎麼收穫，先怎麼栽」（胡適語）的道理。譯文如下：

當初我的陳訴是清清楚楚，到今天豈能統統遺忘！
雖然忠言像毒藥般難嚥，那也是為了你的健康。
仰望三王五帝以為法典，直指彭咸作為模範。
那有達不到的目的地？所以名聲定能遠播而不滅。
善良的品德不是由外人給予，傳世的名聲也不能憑空而得。
那有不施捨而只求報答？那有不播種而只想收穫？

本篇的最大特色是在結尾上，運用了樂曲中，三次反覆的吟誦。〈九章〉中其他篇章，甚至〈離騷〉，都只用了一次「亂曰」，而該篇除「亂曰」外，還有「少歌曰」及「倡曰」。「少歌」也就是「小歌」，意謂低聲的唱；而「倡」同「唱」，也就是高聲的唱。

少歌[18]曰：

與美人抽怨兮，並日夜而無正。

憍吾以其美好兮，敖朕辭而不聽。

倡[19]曰：

有鳥[20]自南兮，來集漢北。

好姱佳麗兮，牉獨處此異域。

既惸獨而不群兮，又無良媒在其側。

道卓遠而日忘兮，願自申而不得。

望北山而流涕兮，臨流水而太息。

望孟夏之短夜兮，何晦明之若歲！

惟郢路之遼遠兮，魂一夕而九逝。

曾不知路之曲直兮，南指月與列星。

願徑逝而未得兮，魂識路之營營[21]。

何靈魂之信直兮，人之心不與吾心同！
理弱而媒不通兮，尚不知余之從容。

亂曰：
長瀨湍流，泝江潭兮。
狂顧南行，聊以娛心兮。
軫石崴嵬，蹇[22]吾願兮。
超回志度，行隱進兮。
低佪夷猶，宿北姑兮。
煩冤瞀容，實沛徂兮。
愁歎苦神，靈遙思兮。
路遠處幽，又無行媒兮。
道思作頌，聊以自救兮。
憂心不遂，斯言誰告兮。

一首詩篇的結尾部分，作者刻意強調有三種音階的轉換，足見朗誦《楚辭》確實需要高度的音樂修養和技巧。且將它譯為語體如下：

小吟兩句：

我向你抒發內心的思念，已一天一夜還得不到公平的驗證。

你只會向我顯示你的美好，驕傲地連我的話也不聽。

再唱一段：

有隻失群的孤鳥來自南方，棲集在漢水之北。

美麗的羽毛悅耳的啼聲，卻孤單的處此異域。

既特殊卻無兄弟，又沒有能言的媒人在其側。

道路的遠隔讓人已日益淡忘，想自申而不得。

望著北山而滴下眼淚，臨著流水而不斷歎息。

凝視著孟夏的短夜，竟然晦明長得像一歲！

回到郢都的路途雖遠，魂魄卻一夕而九逝。

從不計路途有多曲直，直指南向的月與列星。

想直接回去而不可得，只有魂魄能往來營營。

為何我的靈魂格外地耿直，其他的人心卻不同？
媒理的言辭拙劣而不通，對方還不知我的舉動。

尾聲：
涉過長瀨與湍流，走向江潭，
狂顧南行，或可聊娛憂傷。
巖嵬的方石，就像我的初志一樣，
超越過初志態度，帶著傷痛前行。
心情低徊猶夷的投宿在北姑，
煩亂的冤屈、憔悴的容貌真想隨波而去，
憂愁苦歎，心靈還遙思著遠處的故鄉，
流放的路途遙遠、幽僻，又沒有媒理。
路上想著該寫篇詩章自寬，
不知憂心如何表白？這些話又該傾訴給誰？

## （四）思美人

〈思美人〉篇中有「開春發歲兮，白日出之悠悠。吾將蕩志而愉樂兮，遵江夏以娛憂」的句子，指出該篇創作時間是春天，地點是「江夏」。據《水經注》，夏水從湖北沙市東南與長江分流，於沔陽流入漢水，自此以下，夏水亦稱漢水。所謂江夏流域正是屈原再放江南的地點。又篇中說「思美人兮，擥涕而佇眙。媒絕路阻兮，言不可結而詒」，則「美人」當指懷王，而「媒絕路阻」又明言懷王已死。按頃襄王三年，懷王客死於秦，國人義憤填膺，屈原聲望正高，頃襄王不至於立刻放逐屈原，又據《史記．楚世家》，頃襄王七年，「楚迎婦於秦，秦楚復平」，十九年，「秦伐楚，楚軍敗，割上庸、漢北地予秦」。所以屈原的再放江南，當在頃襄王七年以後，十九年之前。

〈思美人〉是用詩篇中前三字為題。「思美人」就是對楚懷王的思念。作此篇時因為懷王已死，所以詩篇起句，屈原就哭了。可以想見全篇的修辭都充滿了悲慼和失落的感情。心境上，悲痛至極，懷王既死，屈原心知推行美政之無望，已萌死志，故文中有「命則處幽，吾將罷兮，願及白日之未暮。獨煢煢而南行兮，思彭咸之故也」的句子。且看原文第一段：

思美人兮，擥涕而佇眙。

媒絕路阻兮，言不可結而詒。
蹇蹇之煩冤兮，陷滯而不發。
申旦以舒中情兮，志沉菀而莫達。
願寄言於浮雲兮，遇豐隆[23]而不將。
因歸鳥而致辭兮，羌迅高而難當。
高辛[24]之靈盛兮，遭玄鳥[25]而致詒。
欲變節以從俗兮，媿易初而屈志。
獨歷年而離愍兮，羌馮心猶未化。
寧隱閔而壽考兮，何變易之可為！
知前轍之不遂兮，未改此度。
車既覆而馬顛兮，蹇獨懷此異路。
勒騏驥而更駕兮，造父[26]為我操之。
遷逡次而勿驅兮，聊假日以須時。
指嶓冢之西隈兮，與纁黃以為期。

此段大意是說懷王雖死，屈原仍念念不忘與懷王有「纁黃之約」，即所謂共治美政的初志。這段詩歌中，最富新意的句子是「願寄言於浮雲」和「因歸鳥而致辭」，以現代詩的用語觀察，也毫不遜色。然而浮雲卻是最飄浮不定的意象；而歸鳥又是急欲反巢的明喻。屈原早已明白他的不遇是必然。翻譯成白話似更能傳神：

思念著妳呀美人，擦拭著涕淚我久久佇睨，
媒人斷絕道路阻隔，言語已無法傳遞。
忠貞而造成的種種冤屈，陷滯到無法抒發，
整夜的紓解衷情，心志卻沉積得無從表達。
願能寄語於浮雲，雖遇見豐隆卻不肯傳話，
藉歸鳥帶箇口信，卻迅疾高飛而無緣對話。
高辛的靈氣鼎盛，一定能徵得玄鳥代他送禮，
改變志節隨從流俗，又覺得愧對初心委屈自己。
孤獨得多年遭到憂慼，忿懣滿心卻不肯變化，
寧隱忍憂傷而壽終，又豈能有改變的做法？
明知前路已經不通，卻仍然不肯改變此種態度，
車已翻覆馬也顛仆，還獨自走著這條特異道路。

換成騏驥改了車駕，還請來善於操控的造父，
徘徊一宿，緩步慢走，姑且等待更好的時日，
直指嶓冢山的西隅，以黃昏作為約期。

〈思美人〉第二段：

開春發歲兮，白日出之悠悠。
吾將蕩志而愉樂兮，遵江夏以娛憂。
擥大薄之芳茝兮，搴長洲之宿莽。
惜吾不及古人兮，吾誰與玩此芳草？
解萹薄與雜菜[27]兮，備以為交佩。
佩繽紛以繚轉兮，遂萎絕而離異。
吾且儃佪以娛憂兮，觀南人[28]之變態。
竊快在中心兮，揚厥憑而不俟。
芳與澤其雜糅兮，羌芳華自中出。
紛鬱鬱其遠承兮，滿內而外揚。

情與質信可保兮，羌居蔽而聞章。
令薜荔以為理兮，憚舉趾而緣木。
因芙蓉而為媒兮，憚褰裳而濡足。
登高吾不說兮，入下吾不能。
固朕形之不服兮，然容與而狐疑。
廣遂前畫兮，未改此度也。
命則處幽，吾將罷兮，願及白日之未暮。
獨煢煢而南行兮，思彭咸之故也。

此段大意是屈原追憶再放江南時的路程和心境。時間是春天，地點是江夏流域。詩中「惜吾不及古人兮，吾誰與玩此芳草？」一句則透露出懷王已死，屈原無伴的孤獨，所以象徵屈原稟賦之美的香草已被世俗人所披掛的萹薄與雜菜所取代。世人既已改變常態，屈原又再想到了彭咸。且看語體的譯文：

新春時分正是一年的開始，白日悠悠然從東方升起，
我將滌蕩心情愉悅歡唱，沿著江夏以排解憂傷。

捧著草叢中摘下的芳芷，拿起長洲上採擷的宿莽，
可惜我已經追不上古人，我還能跟誰欣賞把玩。
摘下惡臭的萹薄與雜菜，眾人卻爭相以為佩飾，
我的佩飾既繽紛且多姿，卻還是被萎絕而離棄。
我且徘徊與遊戲，看著南人已改變了常態。
一絲絲的喜悅從心中燃起，揚棄忿懣已不必等待，
芬芳與汗澤雖然雜揉一起，芳香卻依然從中散出，
濃郁的芳香一定遠播，內在充滿了也一定會外揚，
真情和本質是絕對的保證，縱使在幽蔽處也能顯彰。
請薜荔作為媒人，可是我害怕舉趾爬樹；
讓芙蓉作為媒人，又害怕提起衣衫濕污了雙足。
往高處爬我不喜歡；往低處走我又不習慣，
原來我的個性竟這麼固執，不得不讓我滯留懷疑。
盡量去實現計畫吧！不必改變態度，
處幽既是命定，我也累了，趁著日色還不太暗暮；
我孤零零的走向南方，只想著彭咸的緣故。

## （五）哀郢

〈哀郢〉篇中有「民離散而相失兮，方仲春而東遷。去故鄉而就遠兮，遵江夏以流亡」的描述，所以它的寫作時地都與〈思美人〉接近。篇中又說：「曾不知夏之為丘兮，孰兩東門之可蕪？」「兩東門」是指郢城的東門，東門之荒蕪，當如《史記．楚世家》所說：「二十一年，秦將白起遂拔我郢，燒先王墓夷陵。」所以〈哀郢〉之作，當在頃襄王二十一年以後。〈哀郢〉中又說：「忽若去不信兮，至今九年而不復。」雖然「九年」未必是實數，甚或更久。若自二十一年往上推算，則屈原之再放江南，當在頃襄王十二年以後。

〈哀郢〉和〈涉江〉兩篇是研究屈原再放江南時，行經路程最重要的文獻。〈哀郢〉中的「郢」是當時楚國的都城，湖北的江陵。當秦國的大將白起帶著大軍攻入郢都時，將楚國先王的陵墓夷為平地，曝骨於野，這對楚國來說是一大恥辱，對屈原來說更是傷心欲絕。我們從這樣的歷史背景切入，更能體會作品情感之真與修辭之美。此首詩除「亂曰」外共分兩段。先引原文於下。第一段：

皇天之不純命兮，何百姓之震愆？
民離散而相失兮，方仲春而東遷。

去故鄉而就遠兮，遵江夏以流亡。
出國門而軫懷兮，甲之朝[29]吾以行。
發郢都而去閭兮，（怊）[30]荒忽其焉極？
楫齊揚以容與兮，哀見君而不再得。
望長楸而太息兮，涕淫淫其若霰。
過夏首[31]而西浮兮，顧龍門[32]而不見。
心嬋媛而傷懷兮，眇不知其所蹠。
順風波以從流兮，焉洋洋而為客。
凌陽侯[33]之氾濫兮，忽翱翔之焉薄。
心絓結而不解兮，思蹇產而不釋。
將運舟而下浮兮，上洞庭而下江。
去終古之所居兮，今逍遙而來東。

此段言屈原離開郢都，經夏口西行，繼而上洞庭以下江的過程。在放逐中屈原對前途是一片茫然，去故鄉的心境也愈感悲涼。這段文字中，最感人的句子是「望長楸而太息兮，涕淫淫其若霰」。「楸梓」都是墓木，它標示出祖先靈魂的安息之地，屈原又是負責「屈、景、昭」三大姓宗廟祭祀的「三閭大夫」。所以屈原寫作〔哀郢〕時是國仇家痛聚於一身，無怪乎要淚流如霰。試將此段翻譯如下：

皇天不能純一天命，為何讓百姓擔心受罪？
人民離散而相棄，就在仲春二月往東方遷移。
離開了故鄉投向遠方，沿著江夏而流亡，
剛出國門就滿懷思量，就在甲之朝啟程遠航。
發郢都而離開里閭，悲傷恍惚中不知走向何處？
船槳齊揚緩緩移動，哀痛再已見不到君主。
凝望著長楸而歎息，涕泣已落如雪霰，
過了夏首再往西行，回顧時龍門已然不見。
內心既牽掛又傷感，茫茫然已不知立足何方？
順著風波又隨從水流，無所歸依的到處作客。
凌駕著陽侯掀起的大波，倏忽翱翔而不知所泊。
心情糾結得無法打開，思緒糾纏得無從分解。
就要運舟而下航，溯水上了洞庭又順流下了長江，遠離終老的居處，而今逍遙的來到東方。

〈哀郢〉的第二段：

羌靈魂之欲歸兮，何須臾而忘反。
背夏浦而西思兮，哀故都之日遠。
登大墳以遠望兮，聊以舒吾憂心。
哀州土[34]之平樂兮，悲江介[35]之遺風。
當陵陽之焉至兮，淼南渡之焉如？
曾不知夏之為丘兮，孰兩東門之可蕪？
心不怡之長久兮，憂與愁其相接。
惟郢路之遼遠兮，江與夏之不可涉。
忽若（去）[36]不信兮，至今九年而不復。
慘鬱鬱而不通兮，蹇侘傺而含慼。
外承歡之汋約兮，諶荏弱而難持[37]。
忠湛湛而願進兮，妒被離而鄣之。

堯舜之抗行兮，瞭杳杳而薄天。
眾讒人之嫉妒兮，被以不慈之偽名。
憎慍惀之脩美兮，好夫人之慷慨。
眾踥蹀而日進兮，美超遠而逾邁[38]。

亂曰：
曼余目以流觀兮，冀壹反之何時。
鳥飛反故鄉兮，狐死必首丘。
信非吾罪而棄逐兮，何日夜而忘之！

此段則是敘述屈原流放在外時，心情本已忐忑不安，忽然傳來郢都被秦將白起攻陷的噩耗。讓屈原更是百感交集。當國家有急難時，屈原卻不能及時趕回郢都，一是從江漢到郢都的路途實在遙遠，而更讓屈原焦慮的恐怕是待罪放逐之身，又豈能自由行動。所以下文才會有「慘鬱鬱而不通兮，蹇侘傺而含慼」的悲歎。接下來兩句則是對懷王外有小人諂媚，內又性格軟弱，以致忠貞無門的斥責。「亂辭」中先說「冀壹反之何時」，又說：「鳥飛反故鄉兮，狐死必首丘。」則正透露出詩人寧死於故鄉的強烈願望。且看譯文：

靈魂總想回鄉，何曾須臾而忘返？
背向夏浦而思念西岸，哀痛歸鄉的道路愈來愈長。
攀登上大墳遠望，姑且藉此以抒散憂傷。
憫惜起州土的富饒安康；悲痛著江介的遺留風範。
面對著陵陽即將何往？淼淼然南渡又到何方？
何曾知道大廈會變成墟丘？誰能料到兩東門會荒蕪？
內心已經不愉悅得太久，憂愁接續著憂愁。
想起歸郢的路途竟如此遙遠，江水和夏水又難以涉渡。
突然就此離去真難以置信，至今已九年還不能恢復。
慘痛悒鬱得不能喘息，悵然失意得終日含慼。
外有承歡諂媚的小人，內心又荏弱而能不自持。
我縱使忠貞而願意貢獻心力，總會被嫉妒而遭到壅蔽。

尾聲：
我放眼四望，希望能再一次回鄉的機會是在何時？

夜晚時飛鳥都知道返回故鄉，狐狸瀕死也總是枕首高丘以翹望。棄逐實在不是我有罪狀，日日夜夜我又總是不能淡忘。

## （六）涉江

〈涉江〉篇是寫在〈哀郢〉之後，從篇中所敘述的行程看，是承續〈哀郢〉篇所敘述的凌陽開始，再往西南而行。從鄂渚啟程，再到方林，渡洞庭，溯沅水，經枉陼，至辰陽，復東至溆浦。目的地仍在江南，溆浦以後的行程，則是「入溆浦余儃佪兮，迷不知吾所如」；往後的行程，屈原也未曾走過，但是離屈原投水而死的汨羅江已經是愈來愈近。

〈涉江〉的書寫技巧是真實的行程和往事的回憶，作交互的變換，虛實並濟，讓讀者朗誦時產生時空跳躍的美感。且看原文第一段：

余幼好此奇服兮，年既老而不衰。
帶長鋏[39]之陸離兮，冠切雲之崔嵬。
登崑崙兮食玉英[40]，被明月兮珮寶璐。
世溷濁而莫余知兮，吾方高馳而不顧。

駕青虬兮驂白螭，吾與重華遊兮瑤之圃。
與天地兮同壽，與日月兮同光。
哀南夷[41]之莫吾知兮，旦余濟乎江湘。
乘鄂渚而反顧兮，欸秋冬之緒風。
步余馬兮山皋，邸余車兮方林。
乘舲船余上沅兮，齊吳榜以擊汰。
船容與而不進兮，淹回水而疑滯。
朝發枉陼兮，夕宿辰陽。
苟余心其端直兮，雖僻遠之何傷！

此段，屈原先自言稟賦之美，是追敘往事的虛寫技巧，有襯映下文遭流放後的實寫，屈原的稟賦愈美，則屈原的被無罪放逐也愈令人同情。繼而表露屈原既不為楚國所知，就只能踏上流放之路；自鄂渚，經方林，上洞庭，下沅水，更經枉陼，辰陽，進入到漵浦。去完成他流放的行旅。且再朗誦一次語譯的歌詞：

我幼童時就愛好奇異的服飾，年紀老了興趣也不衰減。

腰佩著光彩陸離的寶劍，頭戴著高聳崔巍的切雲冠。
攀登上崑崙採食玉英，身上批掛著明月之珠和寶璐。
世人既溷濁又不了解我，我正要高馳而不顧。
駕著青虬，騎著白螭，我約重華同遊瑤玉的花圃。
與天地同等壽命，和日月同放光芒。
哀痛南夷必定沒人了解我，可是清晨我就要渡過江湘。
登上鄂渚我回頭張望，秋冬的餘風依然微寒。
讓我的馬緩步在山皋；泊我的車在寬廣的叢林。
乘著舲船而上溯沅水，齊一的吳榜擊起波瀾。
船緩慢得幾乎停滯，隨著漩渦打轉。
早晨從枉陼出發，傍晚已寄宿在辰陽。
只要我的心正直端莊，就算再僻遠又何傷？

〔涉江〕的第二段：

入溆浦余儃佪兮，迷不知吾所如。

深林杳以冥冥兮，（乃）[42]猿狖之所居。
山峻高以蔽日兮，下幽晦以多雨。
霰雪紛其無垠兮，雲霏霏而承宇。
哀吾生之無樂兮，幽獨處乎山中。
吾不能變心而從俗兮，固將愁苦而終窮。
接輿[43]髡首兮，桑扈[44]臝行。
忠不必用兮，賢不必以[45]。
伍子[46]逢殃兮，比干[47]菹醢。
與前世而皆然兮，吾又何怨乎今之人！
余將董道而不豫兮，固將重昏而終身！

亂曰：

鸞鳥鳳皇，日以遠兮。
燕雀烏鵲，巢堂壇兮。
露申辛夷，死林薄兮。
腥臊並御，芳不得薄兮。

陰陽易位，時不當兮。
懷信侘傺，忽乎吾將行兮！

此段屈原自言到溆浦以後，前路杳不可知，所以只能說那裡是闃無人煙的猿狖所居之地。屈原心情越發沉重，他心中明白，自己的復返已經無望。所以「乘鄂渚」以下都是預想之詞。在苦悶和寂寞的侵蝕下，屈原又想到了幾位遭遇和自己相類的前賢；他們的處世態度是「接輿髡首」和「桑扈臝行」；「伍子逢殃」和「比干菹醢」。如果不選擇裝瘋賣傻的逃避，就只有面對死亡。「亂曰」一段則純粹以飛禽和植物為比喻的象徵技巧書寫。「鸞鳥鳳凰」、「露申辛夷」以象徵君子，「燕雀烏鵲」、「腥臊雜草」以比喻小人。且看語譯的歌辭：

進入溆浦後有些徬徨，迷途中不知走向那端！
深林既幽杳又黑暗，原來是猿狖居住的地方。
山峻高到掩蔽了陽光，峽谷下既多雨又昏暗。
霰雪紛紛地下個沒完，雲靄霏霏然四處瀰漫。
哀痛我此生無樂可享，幽怨孤獨的居處山中。

我既不能變心以從俗，固當愁苦而終生困窮。
接輿裝傻把頭髮剃光，桑扈裝瘋把衣服脫光。
忠良不一定會被重用，賢能也不一定會繁昌。
伍子遭逢禍殃；比干被剁成了肉醬。
既然舉前世而皆然，我又何怨乎當今皇上？
我還是依循正道絕不猶豫，當然再陷昏亂而幽昧終身。

尾聲：
鸞鳥鳳凰已愈飛愈遠，
燕雀烏鵲卻築巢在高壇。
露申辛夷已枯死林中，
腥臊並用芳香成了糟粕。
陰陽方位互換時辰已不對，
懷信反遭失意，倏忽間我就要遠行。

## （七）悲回風

〈悲回風〉的寫作時、地，朱熹《楚辭集注・辯證》以為應該是在屈原已到達了沅、湘之淵，投汨羅江前不久的作品，王夫之《楚辭通釋》以為「永訣之辭」。就內容觀之，有「驟諫君而不聽兮，重任石之何益」的句子，已明白提出赴死的決心。洪興祖《補注》引《文選・江賦》注也說：「任石，即懷沙也。」故此篇應當作於〈懷沙〉之前。

〈悲回風〉以篇首三字為題。「回風」是回旋之風，比喻世事之多變，命運之坎坷。屈原在詩篇中三次引用彭咸以自況，一說：「夫何彭咸之造思兮，暨志介而不忘！」再說：「孰能思而不隱兮，照彭咸之所聞。」三說：「凌大波而流風兮，託彭咸之所居。」從「造思」（彭咸有了死的念頭）到「所聞」（彭咸之死世人皆知）終而以「所居」（彭咸是投水而死）作結，將屈原選擇自投汨羅江而死的心態，作了層次清楚的描寫。所以我以為此篇是屈原對死亡的詮釋。但篇末又說：「驟諫君而不聽兮，重任石之何益。」似乎透露出詩人尚有一絲矛盾與遲疑。所以此篇應作於〈懷沙〉之前。〈悲回風〉善用連綿詞，音韻鏗鏘，調子幽怨，感人至深。純然是高度藝術技巧的表現。且看原文第一段：

悲回風之搖蕙兮，心冤結而內傷。

物有微而隕性兮，聲有隱而先倡。
夫何彭咸之造思兮，暨志介而不忘！
萬變其情豈可蓋兮，孰虛偽之可長！
鳥獸鳴以號群兮，草苴比而不芳。
魚葺鱗以自別兮，蛟龍隱其文章。
故荼薺不同畝兮，蘭茝幽而獨芳。
惟佳人[48]之永都兮，更統世而自貺[49]。
眇遠志之所及兮，憐浮雲之相羊。
介眇志之所惑兮，竊賦詩之所明。
惟佳人之獨懷兮，折若椒以自處。
曾歔欷之嗟嗟兮，獨隱伏而思慮。
涕泣交而淒淒兮，思不眠以至曙。
終長夜之曼曼兮，掩此哀而不去。
寤從容以周流兮，聊逍遙以自恃。
傷太息之愍憐兮，氣於邑而不可止。
糺思心以為纕兮，編愁苦以為膺。

折若木以蔽光兮，隨飄風之所仍。

此段屈原以回風之搖蕙引發傷痛之感，也凸顯了生命的纖細和脆弱。繼而反覆陳述傷痛之所由來，在於不能和世俗同流合污。詩中第一次提出：「夫何彭咸之造思兮，暨志介而不忘！」即表示他對彭咸萌生死亡的念頭（造思），一直耿耿於懷，揮之不去。此段的語譯是：

悲歎回旋的逆風搖落了蕙草，我的心也隨著冤結感傷。
物因生命的微渺而遭隕落，聲雖隱匿卻能引起巨大的回響。
何以彭咸會萌生死亡的念頭？我始終耿耿於懷而永生難忘。
萬變反覆的內心豈能掩蓋？那有虛偽的情意可以久長？
鳥獸的鳴叫是為呼朋引伴，鮮草和枯草混雜是會失去芳香。
魚類整理著鱗片自我炫耀，蛟龍就只好隱藏其文章。
所以苦荼和甜薺不可同畝，蘭茝必須幽僻而孤芳自賞。
惟有佳人是永遠的美麗，雖經世代更替仍以美貌自況。
眇遠的心志將如何達成，可憐地像浮雲般飄蕩。

為了顯揚高遠心志的迷惘，我寫下這首詩以表明。
我單獨的懷思著佳人，還折下杜若和申椒以自處。
一再的歔欷與歎息，雖孤獨隱藏仍舊不停思慮。
眼淚不斷的落下，煩亂的思緒使我失眠到天曙。
渡過了漫漫然的長夜，悲哀卻始終排解不去。
醒來後從容的四處走走，姑且遊戲以自我歡娛。
傷心歎息而獨自憐惜，胸中的鬱邑之氣卻不能平息。
把思念扭結成佩囊，把愁苦編織成胸膺，
折若木以掩蔽陽光，隨著飄風而遊蕩。

〈悲回風〉的第二段：

存髣彿而不見兮，心踴躍其若湯。
撫珮衽以案志兮，超惘惘而遂行。
歲曶曶其若頹兮，時亦冉冉而將至。
薠蘅槁而節離兮，芳以歇而不比。

憐思心之不可懲兮，證此言之不可聊。
寧溘死而流亡兮，不忍為此之常愁。
孤子吟而抆淚兮，放子出而不還。
孰能思而不隱兮，照彭咸之所聞。

此段則刻劃出屈原面對死亡時內心的激動。死亡的感覺就像眼前逐漸黑暗；而內心激動如沸湯；死亡就像心平氣和地走向超時空的無盡長廊；死亡就像蘋蘅枯萎，生命的氣息消散。當然彭咸死亡的訊息就像屈原昭告世人的訃聞。朗讀譯文，將更能體會屈原的心境。

眼前的景象已黯然一片，內心的激動卻踴躍如沸湯。
撫弄著珮衽以按抑心志，超越過悵惘的時空走向前方。
歲月匆匆地隨著太陽下墜，終老的期限也漸漸地來臨。
蘋蘅已枯槁而凋零，香氣也離散而衰竭。
可憐我的思念仍不休止，證明我所言的不苟且浮虛。
寧願一死或流亡遠方，也不忍再為此而永無止境的哀傷。
孤兒呻吟著擦拭眼淚，放臣遭斥逐而不得還鄉。

誰能想到此而不隱隱作痛，我明白了彭咸所以有此令譽美聞。

〔悲回風〕的第三段：

登石巒以遠望兮，路眇眇之默默。
入景響之無應兮，聞省想而不可得。
愁鬱鬱之無快兮，居戚戚而不可解。
心鞿羈而不形兮，氣繚轉而自締。
穆眇眇之無垠兮，莽芒芒之無儀。
聲有隱而相感兮，物有純而不可為。
藐蔓蔓之不可量兮，縹綿綿之不可紆。
愁悄悄之常悲兮，翩冥冥之不可娛。
凌大波而流風兮，託彭咸之所居。
上高巖之峭岸兮，處雌蜺之標顛。
據青冥而攄虹兮，遂儵忽而捫天。
吸湛露之浮源兮，漱凝霜之雰雰。

依風穴以自息兮，忽傾寤以嬋媛。
馮崑崙以瞰霧兮，隱岷山[51]以清江。
憚涌湍之磕磕[52]兮，聽波聲之洶洶。
紛容容之無經兮，罔芒芒之無紀。
軋洋洋之無從兮，馳委移之焉止。
漂翻翻其上下兮，翼遙遙其左右。
氾潏潏其前後兮，伴張弛之信期。
觀炎氣之相仍兮，窺煙液之所積。
悲霜雪之俱下兮，聽潮水之相擊。
借光景以往來兮，施黃棘[53]之枉策。
求介子之所存兮，見伯夷之放跡。
心調度而弗去兮，刻著志之無適。
曰[54]：吾怨往昔之所冀兮，悼來者之悐悐。
浮江淮而入海兮，從子胥而自適。
望大河之洲渚兮，悲申徒之抗跡。
驟諫君而不聽兮，重任石之何益。

心絓結而不解兮，思蹇產而不釋。

此段篇幅較前兩段長，對死亡的描述也更多樣化。屈原想像死亡像攀登石巒，遠望著黑暗，死亡像進入一種影響無應的空無的境界……從下段譯文中，可以一一瀏覽。此段第三次提到彭咸時，屈原明白的說：「淩駕著大波隨風而去，寄託於彭咸的故居。」死志已定。此段出現很多連綿詞，像一串串風鈴，在微風中擺盪……

攀登上石巒以遠望，道路是眇遠而幽暗。
進入到影響了無回應的世界，連耳聞、目視和心想也不可得。
憂愁鬱結而毫無快樂，思念悲慼而無法開釋。
心胸糾結而無從舒展，呼吸不暢而纏結鬱悶。
天地是肅穆幽眇無邊無垠，穹蒼是空曠迷茫無與倫比。
聲音縱然微弱也能相互感應，物性各有純粹的本質不可勉強。
事理是邈遠漫渙到不可丈量，思緒是細微綿密到不可纏紆。
憂愁總是悄悄的纏繞著你，縱想翩然遠逝也無所歡娛。
淩駕著大波隨風而去，寄託於彭咸的故居。

攀爬上高巖的峭岸，居處在雌蜺的標顛。
憑據著青冥抒布出一道彩虹，倏忽間我捫撫到蒼天。
吸一口微微涼意的澄露，漱一口潔白鬆軟的薄霜。
原想依倚著風穴稍息，忽然一翻身又驚醒而陷入悲傷。
攀登上崑崙鳥瞰雲霧；隱扶著岷山以清滌大江。
驚懼著洶湧湍流的磕磕聲響，傾聽著波聲的洶洶。
水勢紛亂的變化沒有一定，水勢浩大的場景無綱無紀。
傾軋浩瀚的水流從何而來？奔馳激盪的水流何處休止？
漂浮翻騰忽上忽下，疾趨搖擺忽左忽右，
氾濫湧現忽前忽後，伴隨著一張一弛的一定節奏。
觀察著炎氣的相因不已，窺視著煙液的不時凝積。
悲歎霜雪的一時俱下，傾聽潮水的相互撞擊。
借用有限的光陰奔馳往來，拿著黃棘的彎曲馬鞭揮舞。
追尋介子推焚死的故里，見見伯夷放逐的遺跡。
內心再三的思量仍無法排解，想刻意專注卻不知所適。
若說：我還怨恨著往昔的冀求，又追悼著未來的利益。

我寧可順江淮而漂浮入海，追隨著伍子胥以順適我意。
眺望著大河中的洲渚，悲憫申徒狄高抗的行跡。
屢次的諫君都不被聽信，懷抱重石又有何益？
內心依然牽掛而不得開展！思緒還是糾結而不能解釋。

## （八）惜往日

〈惜往日〉篇的創作時間，朱熹以為與〈悲回風〉相近。因為篇末有「不畢辭而赴淵兮」句，所以蔣驥《山帶閣楚辭注》說：「惜往日，恐怕是靈均（屈原）的絕筆吧？屈原既無法活著感動國君，就只能以死來感悟了。此即世所謂孤注呀！」其實，蔣驥的說法純屬臆測，因為該句的下文說：「惜壅君之不識。」又篇中亦有「臨沅湘之玄淵兮，遂自忍而沉流。卒沒身而絕名兮，惜壅君之不昭」等充滿期待國君省悟的言辭。但篇中所用的措詞，如「沉流」、「絕名」、「死亡」、「子胥死」、「立枯」、「死節」、「溘死」、「赴淵」等皆與死亡相關，其寫作時間，當在絕筆〈懷沙〉之前不久。

〈惜往日〉以篇首三字為題。臨死之前，屈原的情緒反而趨於平靜。於是一幕幕往事又再浮現腦際。所以這一篇的文字與《史記．屈原列傳》可以相互參照。全篇運用了不少法律的語彙，如「明法度之嫌疑」、「國富強而法立」、「屬貞臣而日娭」、「弗參驗以考實」、「弗省察而按實」等，也凸顯屈原對法家思想的修養。且看原文第一段：

惜往日之曾信兮，受命詔以昭詩[55]。
奉先功以照下兮，明法度之嫌疑。
國富強而法立兮，屬貞臣而日娭。
祕密事之載心兮，雖過失猶弗治。
心純庬而不泄兮，遭讒人而嫉之。
君含怒而待臣兮，不清澈其然否。
蔽晦君之聰明兮，虛惑誤又以欺。
弗參驗以考實兮，遠遷臣而弗思。
信讒諛之溷濁兮，盛氣志而過之。
何貞臣之無罪兮，被離謗而見尤。
慚光景之誠信兮，身幽隱而備之。
臨沅湘之玄淵兮，遂自忍而沉流。
卒沒身而絕名兮，惜壅君之不昭。

此段屈原追憶往日曾受懷王信任，委以重責。然懷王弗參驗考實，致遭讒人所陷，雖萌生死志，仍恐懷王不察。此段的語譯如下：

惋惜往日也曾被君王信任，受詔命以宣導時政。
遵奉先王的功業以訓示百姓，明辨法令制度以斷決嫌疑。
國家的富強在於法治，委政於貞臣就不必一人勞心勞力。
祕密大事讓我參與，縱使我諫言激烈也不會被懲治。
由於個性的敦厚又會保密，才遭到讒人的嫉妒。
君王含怒來對待臣子，也不清查事實的真相是否如此。
蒙蔽了國君的耳聰目明，又被虛假錯誤的言語所欺。
也不去參驗考實一下，就遠遷了臣子不加深思。
聽信了讒諛的污濁言語，盛氣凌人得將我辱罵。
為何貞臣本就無罪，卻遭到誹謗與斥責？
害得我羞慚不敢面對光明，縱使藏身在幽暗中也戒慎恐懼。
面臨著沅湘的深淵，真想忍一下就自尋短見。

最後人死了名也沒了，可惜被壅蔽的國君還是真相不明。

〈惜往日〉第二段：

君無度而弗察兮，使芳草為藪幽。
焉舒情而抽信兮，恬死亡而不聊。
獨鄣壅而蔽隱兮，使貞臣為無由。
聞百里之為虜兮，伊尹烹於庖廚。
呂望屠於朝歌兮，甯戚歌而飯牛。
吳信讒而弗味兮，子胥死而後憂。
介子忠而立枯兮，文君寤而追求。
封介山而為之禁兮，報大德之優游。
思久故之親身兮，因縞素而哭之。
或忠信而死節兮，或訑謾而不疑。
弗省察而按實兮，聽讒人之虛辭。
芳與澤其雜糅兮，孰申旦而別之？

此段屈原又再援引古史以表明君臣相待的道理。像「百里奚」、「伊尹」、「呂望」、「甯戚」、「伍子胥」、「介之推」等。某些人物在〈離騷〉中屈原也曾提及，而此段中，屈原最推崇的就是介之推，他用了較多的文辭敘述；介之推燒死（立枯）在介山之後，晉文公才覺悟，恐怕也是屈原對君王的最後一次提醒。譯文如下：

國君既無法度又不省察，會讓芳草也陷進了幽昧的沼澤。
如何舒展心情表達我的誠信？就此悄悄的死去也不苟且偷生。
孤單的被阻礙和掩蔽，使貞臣也走投無路。
百里奚曾經做過奴隸，伊尹善於烹飪掌廚；
呂望在朝歌是個屠夫，甯戚唱著歌兒餵牛。
如果不是遇上湯武與桓穆，世上誰會知道他們是最好的佐輔。
吳王夫差聽信讒言不加玩味，伍子胥死後他才擔憂。
介之推忠而被焚，晉文公才覺悟而追求。
封介山為之禁火，回報他的大德寬容優游。
每思念起這位隨侍身邊的故舊，就會穿起喪服而痛哭。

有人忠信而死於守節，有人欺瞞而重用不疑。
由於不省察而考核實情，才會聽信了讒人的虛偽假話。
芬芳和汗澤雜揉在一起，誰又能在一夜之間將它區別。

〈惜往日〉的第三段：

何芳草之早殀兮，微霜降而下戒。
諒聰不明而蔽壅兮，使讒諛而日得。
自前世之嫉賢兮，謂蕙若其不可佩。
妒佳冶之芬芳兮，嫫母[56]姣而自好。
雖有西施之美容兮，讒妒入以自代。
願陳情以白行兮，得罪過之不意。
情冤見之日明兮，如列宿之錯置。
乘騏驥而馳騁兮，無轡銜而自載；
乘氾泭以下流兮，無舟楫而自備。
背法度而心治兮，辟與此其無異。

寧溘死而流亡兮，恐禍殃之有再。
不畢辭而赴淵兮，惜壅君之不識。

此段屈原重申他早已洞察必遭讒佞所害，但仍願以死明志，然令他牽掛的還是唯恐壅君不識。他提到了「壅君」，不管「壅」字從那個角度解釋，都有貶低的意味，顯然屈原死志已明，其他也就不在乎了。譯文如下：

為何芳草會這麼早就凋謝，在微霜降臨時已有了警戒。
實在是你聽不清才被壅蔽，使得讒諛愈來愈得意。
從來賢人就常遭嫉妒，說蕙草杜若是不可佩飾。
妒忌佳麗的美豔與芬香，嫫母打扮後自以為非常美麗。
縱有西施般的美貌，讒妒的人也能取代。
想要陳情並自我表白，遭到斥逐完全出乎我的意外。
冤情已愈來愈明白，就像天上星宿般的措置。
乘著健馬騏驥馳騁，卻不用轡銜而任其狂奔，
駕著竹筏順流而下，卻不用船槳而隨它飄蕩。

違背了法度而獨斷治國，就跟這些譬喻無異。
寧可一死而流亡，是害怕禍殃的再來。
如果不把話說完就沉淵，又怕國君被壅蔽而永不明白。

## （九）懷沙

〈懷沙〉篇應為「絕筆」。《史記．屈原列傳》在載錄〈懷沙〉全文後即說：「於是懷石，遂自投汨羅以死。」而且篇中還有「舒憂娛哀兮，限之以大故」和「知死不可讓，願勿愛兮，明告君子，吾將以為類兮」，都是一種堅決的誓死語氣。篇中又說：「滔滔孟夏兮，草木莽莽。傷懷永哀兮，汨徂南土。」王逸《楚辭章句》以為「孟夏」是農曆四月。在時間上，與《荊楚歲時記》和《續荊楚歲時記》所說：屈原以五月五日投汨羅而死的日子，已相去不遠。在〈九章〉各篇中，〈懷沙〉的命題方式，與〈哀郢〉、〈涉江〉是同一類型，「郢」、「江」既為地名，則「沙」當亦地名。據蔣驥《山帶閣楚辭注》說，「沙」即今長沙府湘陰縣汨羅江所在，就在洞庭湖的南方。

〈懷沙〉篇既為「絕筆」。屈原的情緒反而顯得格外冷靜。這可能是他在人世間的最後一段時光，所以他對出發前的時間和周遭的景物，記憶得格外清晰。歌辭中起句就點出：陽氣蓬勃的孟夏四月，草木繁茂；也是自然界充滿生機的時刻，自己卻懷著傷痛和無盡的哀思，匆促的前往南土。全篇中只有「限之以大故」和「知死不可讓」兩句才明白的提到死亡。原文第一段：

滔滔孟夏[57]兮，草木莽莽。
傷懷永哀兮，汩徂南土。
眴兮杳杳，孔靜幽默。
鬱結紆軫兮，離愍而長鞠。
撫情效志兮，冤屈而自抑。
刓方以為圜兮，常度未替。
易初本迪[58]兮，君子所鄙。
章畫志墨兮，前圖未改。
內厚質正兮，大人所盛。
巧倕不斲兮，孰察其撥正。
玄文處幽兮，矇瞍[59]謂之不章；
離婁[60]微睇兮，瞽以為無明。

變白以為黑兮，倒上以為下。
鳳皇在笯兮，雞鶩翔舞。
同糅玉石兮，一概[61]而相量。

此段屈原自述在孟夏之時，疾往南方，內心雖然鬱結，仍不時反省自己的冤屈，癥結在於世俗風氣已黑白不分，上下倒置之所致。譯文如下：

陽氣蓬勃滔滔的孟夏四月，草木繁茂。
懷著傷痛和無盡的哀思，匆促的前往南土。
眼前瞬間一片幽杳，出奇的安靜和沉默。
內心鬱結又痛苦，遭遇的憂愍必將永難排除。
平撫著激情檢覈著心志，將冤屈盡量的壓抑。
若要削方木成為圓木，我的常態還沒廢替。
若改變初志不由正道，又為君子所鄙棄。
彰顯規畫明示繩墨，我先前的計畫從未改易。
內在敦厚本質端正，這正是大人君子所美盛。

如果巧倕不加斧斲，誰又能判斷木材的斜正。
玄黑的文采放在暗處，矇瞍當然說不夠顯著。
離婁只需微睇的景象，瞽以為不夠明亮。
把白的說成黑，把上倒置在下；
鳳凰關進了雞籠，雞鴨卻到處飛舞。
就像玉石雜揉在一起，用同一的斗斛衡量。

〔懷沙〕的第二段：

夫惟黨人鄙固兮，羌不知余之所臧。
任重載盛兮，陷滯而不濟。
懷瑾握瑜兮，窮不知所示。
邑犬之群吠兮，吠所怪也。
非俊疑傑兮，固庸態也。
文質疏內兮，眾不知余之異采。
材樸委積兮，莫知余之所有。

重仁襲義兮，謹厚以為豐。
重華[62]不可牾兮，孰知余之從容！
古固有不並兮，豈知其何故？
湯禹久遠兮，邈而不可慕。
懲連[63]改忿兮，抑心而自彊。
離愍而不遷兮，願志之有像。
進路北次兮，日昧昧其將暮。
舒憂娛哀兮，限之以大故。

亂曰：
浩浩沅、湘，分流汩兮。
脩路幽蔽，道遠忽兮。
曾吟恆悲，永歎慨兮。
世既莫吾知，人心不可謂兮。
懷質抱情，獨無正兮。
伯樂既沒，驥焉程兮？

萬民之生，各有所錯兮。
定心廣志，余何畏懼兮？
曾傷爰哀，永歎喟兮。
世溷濁莫吾知，人心不可謂兮。
知死不可讓，願勿愛兮。
明告君子，吾將以為類兮。

此段屈原自言己之才德固為讒人所嫉妒，且又不逢明君，所以自知死亡的必將來臨。詩中以「邑犬之群吠」來比喻讒諛小人的當道，罵得最為痛快。「亂曰」是詩歌的總結。屈原將前文作了一篇縮寫，結構和內容都極類似，只是具體而微。〈九章〉各篇的「亂曰」中，此篇最為典範。譯文如下：

想起楚國的黨人真是鄙陋又頑固，又怎麼會知道我的美善。
責任沉重負擔盛多，已壓得我陷滯而無法站起。
雖然懷著瑾握著玉，卻潦倒的不知向誰展示。
村裡的狗所以狂吠，是因為牠總覺得別人怪異，誹謗才俊猜疑英傑，這本來就是世俗的常態。
外表樸實內在木訥，眾人又怎能知道我的特異文采。
像堆積了粗壯的木材，卻沒人知道那是我的所有。
重重的仁層層的義，將謹慎和敦厚作為偉績豐功。
重華已經無從相遇，誰還能了解我的舉動。
古來就有聖君賢臣不並時而生，豈知道那是什麼緣故？
湯禹的盛世已然久遠，遠得讓人無從思慕。
停止住悵恨排遣開忿怒，抑制住心志而自求多福。
遭遇憂憫也不遷移，但願我的心志能成為後世的楷模。
前行了一段路後我停留在北岸，日色已漸漸地昏暮。
想要抒發憂思排遣哀愁，可是大限已隨即光顧。

尾聲：
水勢浩浩的沅、湘，分流奔逐，
前途幽蔽，道路更悠遠而縹緲，
懷著厚質抱著忠情，孤獨而無伴侶，

伯樂既歿，又有誰能衡量騏驥？
萬民的命運各有上蒼的安置，
定下心寬寬意，我還有什麼好畏懼？
重重傷痛聲聲哀怨，永無止息的喟歎。
溷濁的世俗已沒人能了解我，人心更無從勸說，
我明知死亡已無能迴避，我又何必珍惜，
明白的告訴君子，我就要去追隨你。

1 剡：利也。
2 摶：圜也。
3 紛緼：盛貌。
4 淑：善也。離：麗也。
5 作字疑非字之誤。
6 極：目的地。
7 釋：置也。

8 回極：指天極回旋的樞軸。
9 浮浮：動貌。
10 蓀：指懷王。
11 搖起：疾起。
12 美人：指懷王。
13 誠言：猶諾言。
14 憺憺：安靜貌。
15 庸：用也。
16 一本此句作「何獨樂斯」。
17 謇謇：言不順貌。
18 少歌：音樂名詞。猶今言「小吟兩句」。
19 倡：唱也。猶今言「再唱一段」。
20 鳥：屈原自喻。
21 營營：往來貌。
22 蹇：語詞。一如「羌」。
23 豐隆：雲神。
24 高辛：帝嚳，黃帝之曾孫。
25 玄鳥，燕。嚳妃吞燕卵以生契。
26 造父：善御者。
27 萹薄：雜菜，皆非芳草。
28 南人：南楚之人。

29 甲之朝：楚以天干紀日，屬何日？不可考。
30 此缺一「慆」字。
31 夏首：夏水之口。
32 龍門：楚東門。
33 陽侯：大波之神。
34 州土：指故鄉。
35 江介：指斥逐之地。
36 此當有「去」字。
37 此二句指楚懷王。
38 自「堯舜之抗行兮」以下至「美超遠而逾邁」數句為〈九辯〉文錯簡。
39 長鋏：劍名。
40 「登崑崙兮食玉英」此句原在「吾與重華遊兮瑤之圃」下，今據劉永濟《屈賦通箋》。
41 南夷：指楚國。
42 一本有「乃」字。
43 接輿：楚狂。
44 桑扈：隱士。
45 以：用也。以亦作目。
46 伍子：伍子胥。
47 比干：紂之叔父。
48 佳人：君子之人，指彭咸，或屈原自況。
49 覨：比也。

50 以：已也。

51 岷：一作岐。

52 磕磕：石聲。

53 黃棘：棘刺。

54 曰：或以為語詞。

55 詩：一作時。

56 嫫母：醜也。一曰：黃帝之妻，貌甚醜。

57 孟夏：農曆四月。

58 「本迪」二字，《史記．屈原列傳》作「不由」。

59 矇瞍：盲者。

60 離婁：古明目者。

61 概：平斗斛之器。

62 重華：舜名。

63 連：《史記．屈原列傳》引文作「違」，有蓄怨之意。

# 陸——神話傳説的淵藪〈天問〉

# 一、〈天問〉是呵壁之作

〈天問〉是屈原作品中很奇特的篇章。他連續問了一百七十二個問題，上自天文，下至地理，中及人事，而且許多看似相近的人與事，卻又問的不連貫，所以〈天問〉的內容不是段落分明，自然本篇的敘述層次與結構，也與它篇不同。而且讀〈天問〉的目的，將不是在欣賞文辭之美，而是在探索屈原在呵壁時，問了多少神話。

王逸《楚辭章句．天問序》中，肯定了〈天問〉是屈原放逐中，在楚國先王的宗廟以及公卿祠堂下休息時，仰頭看見牆壁上有許多天地山川的神靈以及古聖先賢或怪物行事的壁畫，一時興起，就問了許多問題，以宣洩憤悶，紓解愁思。楚國的人民懷念屈原，就把牆壁上的問話記錄下來。因為是多人記錄的手筆，所以文義比較沒有次序。

至於篇名為什麼叫「天問」？王逸是漢代人，比較尊奉天道，所以他說：本該叫「問天」，但天太尊貴了，不敢問，所以就改成「天問」。近人游國恩等所撰的《楚辭集釋．天問解題》大意則說：「〈天問〉是舉凡天地間一些現象事理以為問，猶今人說：自然界一切之問題。」游氏的說法，是脫離了漢儒尊天之觀念，純粹從字義加以解釋，是比較契合現代人的想法。他更近進一步從辭彙的類比來解讀，像「素問」是黃帝對醫學上所提出的問題。

至於該篇之命題至少在司馬遷《史記．屈原列傳》中，已經明白提到：「我讀了〈離騷〉、〈天問〉、〈招魂〉、〔哀郢〕，悲痛屈原的心志。前往長沙，看到屈原所自沉的深淵，未嘗不感動垂涕，而想見一見屈原的為人。」可見其時，〈天問〉已然成篇。

再翻檢《昭明文選．魯靈光殿賦》正是一篇敘述「魯靈光殿」上圖畫天地萬物品類的賦篇[1]。魯靈光殿為漢景帝程姬之子恭王餘所建立。賦篇作者王文考就是王逸的兒子王延壽。該殿既圖畫天地萬物於壁，則屈原呵壁而作〈天問〉應為可能。

# 二、〈天問〉的語譯和神話傳說

〈天問〉的第一段，設問天地創始及各種自然現象，是先民對自然界懵懂的認知。但卻也可以從中得知上古傳說中的宇宙論。原文和語譯對照如下：

| | |
|---|---|
| 曰： | 話說： |
| 遂古之初，誰傳道之？ | 往古宇宙形成之初，是誰傳述了這一切？ |
| 上下未形，何由考之？ | 上天下地還沒成形，是如何考察而得知？ |
| 冥昭瞢闇，誰能極之？ | 幽明之理懵懂難曉，誰又能徹底的了解？ |
| 馮翼惟像，何以識之？ | 虛無形像馮馮翼翼，又如何辨識其形貌？ |
| 明明闇闇，惟時何為？ | 明明暗暗更迭推移，這分際是誰所作為？ |
| 陰陽三合，何本何化？ | 陰陽三合而生天地，何所本源何所化生？ |
| （以上問天地之形成。） | （以上問天地之形成。） |
| 圜則九重，孰營度之？ | 天體圓形又有九重，是誰所經營與度量？ |

惟茲何功，孰初作之？
斡維焉繫？天極焉加？
八柱何當？東南何虧？
九天之際，安放安屬？
隅隈[2]多有，誰知其數？
天何所沓？十二焉分？
日月安屬？列星安陳？
出自湯谷，次於蒙汜。
自明及晦，所行幾里？
夜光何德，死則又育？
厥利維何，而顧菟在腹？
（以上問天體之構造。）
女岐無合，夫焉取九子？
伯強何處？惠氣安在？
（以上問女歧和伯強。）
何闔而晦？何開而明？

---

這種成就功力如何？最初的創造者是誰？
天體轉動如何維繫？天體八極如何覆蓋？
八山為柱何所植基？地傾東南何以虧缺？
天有九重九個邊際，如何安置如何附屬？
天有九野隅隈眾多，誰能知道它的數目？
天體何處與地會合？十二時辰如何劃分？
日月運行如何繫屬？星辰眾多何處陳列？
日出東方暘谷之中，日暮西極蒙水之涯，
從天明到夜色晦暗，所行究竟多少里路？
月亮夜光何德何能？居然死了還能復生。
月亮之中有何好處？而顧兔竟藏在其中。
（以上問天體之構造。）
神女女歧沒有婚嫁，如何生下九個孩子？
厲鬼伯強居住何處？惠氣調和又在那裡？
（以上問女歧和伯強。）
關閉什麼天就暗晦？打開什麼天就明亮？

角宿未旦，曜靈安藏？
（以上問晦明。）

東方角宿尚未出現，太陽曜靈如何躲藏？
（以上問晦明。）

（一）月兔神話：此段中有「夜光何德，死則又育？厥利維何，而顧菟在腹？」的詰問。前二句是古人對月亮缺而復圓的質疑。後二句中的「顧菟在腹」，則是「月中有兔」神話的最早傳說。宋代洪興祖《補注》：「菟」與「兔」同。所以稱「顧菟」，是「顧」有「望」的意思，即如《博物志》大意是說：「兔子望著月亮就會懷孕，生育時從口中把小兔子吐出來。」所以兔子也稱「顧兔」。及至漢代〈相和歌辭．董逃行〉有：「採取神藥若木端，白兔長跪搗藥蝦蟆丸。」[3]晉代傅玄〈擬天問〉也說：「月中有何？白兔搗藥。」[4]傅玄〈歌詞〉又說：「兔搗藥月間安足道！神烏戲雲間安足道！」[5]已將「月中有兔」的簡單情節，又增添了「搗藥」的動作。近人聞一多〈天問釋天〉則以為：「蓋蟾蜍之蜍與兔音易混，蟾蜍變為蟾兔，於是一物析為二名。」而《淮南子》中，又與嫦娥扯上關係。大意是說：「羿請不死之藥於西王母，羿妻嫦娥竊之以奔月，託身於月，是為蟾蜍，而為月精。」[6]於是「月兔」又成了「嫦娥」。

（二）女歧神話：此段中有「女歧無合，夫焉取九子？」的詰問。王逸注：「女歧，神女無夫而生九子。」女子無夫婚合而生下了九個孩子，除非是表示神的旨意外，它也可能意謂某些道德戒律，所謂女子無夫而生子是不守婦道的行為。或者是母系社會中，但知其母不知其父的社會現象。丁晏《天問箋》則以為，「女歧」或稱九子母。也就是《玄中記》中所說，一名「天帝少女」的姑獲鳥。這隻鳥穿上羽毛變成鳥，脫下羽毛就又會變為女人。她自己無子，喜歡奪取人家的孩子以為己子。丁氏在文義的解釋上，將「取」作「奪取」解釋，和王逸的詮釋角度不同。

（三）伯強神話：此段中有「伯強何處？惠氣安在？」的詰問。「伯強」，王逸注：「伯強，大厲疫鬼也。所至傷人。」王夫之《楚辭通釋》和聞一多《天問釋天》都以為是風神又兼海神的「禺彊（強）」。祂的形貌，《山海經．海外北經》描繪的最為具體；是人面鳥身，耳朵上掛著兩條青蛇，腳上踏著兩條赤蛇。

第二段，從夏代鯀禹的治水史實敘起，治水中不免引發許多與地理形勢有關的神話、傳說的詰問。洪水傳說是許多民族在人類誕生或地球災變中最常見的神話故事。原文和語譯對照如下：

不任汩鴻，師何以尚之？
僉曰何憂，何不課而行之？
鴟龜曳銜，鯀何聽焉？
順欲成功，帝何刑焉？
永遏在羽山，夫何三年不施[7]？
伯禹愎[8]鯀，夫何以變化？
纂就前緒，遂成考功。
何續初繼業，而厥謀不同？
洪泉極深，何以寘之？
地方九則，何以墳之？
河海應龍，何盡何歷？
鯀何所營？禹何所成？
康回馮怒，墜何故以東南傾？
（以上問鯀與禹的治水。）
九州安錯？川谷何洿？
東流不溢，孰知其故？

---

不委任鯀治理洪水，眾人何以都推薦他？
大家都說何必擔憂，何不試試他的能力？
鴟鳥烏龜曳尾相銜，鯀為什麼聽信他們？
如果順利治水成功，堯帝又怎麼會求刑？
鯀長期棄絕在羽山，為何三年不捨其罪？
伯禹是鯀腹育成人，何以禹能有所變化？
繼承完成前人志業，終於達成父親事功。
何以繼續同樣事業，而謀略卻完全不同？
洪水淵泉極為深大，如何才能填塞堰平？
土地方圓九州九等，又如何能將它劃分？
河海中的有翼應龍，如何盡力如何經歷？
鯀治水是何所經營？禹治水又何能功成？
共工康回勃然大怒，大地何以東南傾移？
（以上問鯀與禹的治水。）
九州博大如何安置？川谷眾多如何浚深？
河水東流永不滿溢，誰知道是什麼緣故？

東西南北，其修孰多？
南北順橢，其衍幾何？
崑崙縣圃，其尻安在？
增城九重，其高幾里？
四方之門，其誰從焉？
西北辟啟，何氣通焉？
（以上問地理形勢。）
日安不到？燭龍何照？
羲和之未揚，若華何光？
何所冬暖？何所夏寒？
（以上問日與寒暖。）
焉有石林？何獸能言？
焉有虯龍、負熊以遊？
雄虺九首，儵忽焉在？
何所不死？長人何守？
靡蓱九衢，枲華安居？

---

東南西北方位各異，它的長度那方較多？
南北方向形狀圓橢，兩者的幅度有幾何？
崑崙之山其巔縣圃，它的基礎坐落何處？
崑崙之墟增城九重，它的高度又有幾里？
崑崙之旁四方之門，又都是讓誰在出入？
崑崙西北門戶開啟，又讓那些氣流通過？
（以上問地理形勢。）
什麼地方太陽不到？燭龍又是如何照耀？
日御羲和尚未啟航，若木之花何能發光？
什麼地方冬天溫暖？什麼地方夏天酷寒？
（以上問日與寒暖。）
什麼地方石柱成林？什麼野獸能夠說話？
什麼地方有隻虯龍，竟能背負大熊遨遊？
雄性蛇虺一身九首，往來儵忽不知焉在？
什麼地方長生不死？千仞長人為何把守？
蔓生浮萍九重枝衢，枲麻之花長在那裡？

靈蛇吞象，厥大何如？
黑水玄趾，三危安在？
延年不死，壽何所止？
鯪魚何所？鬿堆焉處？
羿焉彈日？烏焉解羽？
（以上問各種奇異植物及動物。）

一條巨蛇能夠吞象，軀體之大究竟如何？
長生黑水永壽玄趾，不死三危究竟何在？
凡此三處延年不死，壽命將何時才窮止？
人面鯪魚棲息何所？食人鬿雀又住何處？
羿如何能射彈太陽？烏鳥怎麼解脫毛羽？
（以上問各種奇異植物及動物。）

（一）應龍神話：此段中有「河海應龍？何盡何歷？」的詰問。「應龍」神話，王逸《章句》說：「禹治水時有神龍以尾畫地導水。」《山海經》的〈大荒東經〉和〈大荒北經〉中都提到「應龍」。大致說：應龍原處於南極。當蚩尤興兵攻伐黃帝時，黃帝就命令應龍與蚩尤大戰於冀州之野。應龍畜水，蚩尤請風伯、雨師，縱大風雨。黃帝於是降下天女「魃」，雨就停止，終於殺了蚩尤。魃卻不能再上天了，祂所在的地方就不再下雨。乾旱時就圖畫應龍的狀貌（有翼），就會下大雨。應龍一睜開眼睛就會日出，一閉上眼睛就會日落。

（二）康回神話：此段中有「康回馮怒，墜何故以東南傾？」的詰問。王逸注：「康回，共工名。」見《淮南子．天文篇》大意說：「從前，共工和顓頊爭立為帝，共工忿怒了，就去觸動不周之山，結果，頂天的柱子折斷了，撐著土地的綱維斷絕了。天往西北傾斜，於是天上的日月星辰往西北移動了；東南方的土地填不滿，所以大水和塵埃都歸向東南。」[9]

（三）燭龍神話：此段中有「日安不到？燭龍何照？」的詰問。「燭龍」神話，見《山海經．大荒北經》大意是說：「西北海之外，赤水之北，有座章尾山。有神，人面蛇身而赤色，眼睛是直的瞇成一條縫，祂閉上眼就是黑夜，睜開眼就是白晝，不吃不睡也不休息，只吃風雨。祂能洞燭九陰之地，祂就是燭龍。」又《淮南子．墬形篇》也說：「燭龍在雁門北，躲蔽在委羽之山，不見天日，祂的神狀是人面龍身而沒有腳。」

（四）羲和神話：此段中有「羲和之未揚，若華何光？」的詰問。「羲和」之神話見《山海經．大荒南經》大意說：「東南海之外，甘水之間，有個國家教叫羲和國，有個女子也名叫羲和，在甘淵正為太陽沐浴。羲和是帝俊的妻子，生下十個太陽。」郭璞注則說：「羲和大概是天地始生時，主掌日月的神。」〈離騷〉則說：「吾令羲和弭節兮，望崦嵫而勿迫。」王逸注：「羲和、日御。」

（五）后羿射日神話：此段中有「羿焉彃日？烏焉解羽？」的詰問。「羿射日」神話見《淮南子．本經篇》大意是說：「大概到了堯的時代，十個太陽同時出現了，焦枯了禾稼，殺死了草木，而人民沒有了食物。猰貐、鑿齒、九嬰、大風、封豨、修蛇都成了人民的禍害。堯於是派羿誅殺鑿齒在疇華之野，殺了九嬰在凶水之上，制伏了大風在青丘之澤，在上射掉了十個太陽，在下殺了猰貐，砍斷了修蛇在洞庭，擒拿了封豨在桑林，萬民都歡喜極了，就推崇堯為天子。」

（六）不死神話：此段中有「何所不死？長人何守？」的詰問。王逸注引《河圖．括地象》大意說：「有不死之國。長人就是長狄。」《山海經．海外南經》有「不死之國，阿姓。吃的是甘木」。「長人」也見《國語．晉語》大意是說：「吳國攻伐越國，摧毀了會稽城，掘獲一根大骨節，要用專車載……仲尼（孔子）說：從前，禹招致群臣到會稽之山，防風氏最後到，禹就把他殺了。』……有人問：『防風的守護地在那裡呢？』仲尼說：『他是汪芒氏的國君，守護在封嵎之山，為漆姓。在虞夏商為汪芒氏，在周為長狄，今為大人。』」《楚辭．招魂》也有「長人千仞，惟魂是索」的句子。

〈天問〉的第三段，敘述夏代的歷史。夏禹雖治水有功，堯禪讓天下，卻也有小疵。啟得天下，也曾引致有扈氏的不滿。夷羿雖奉天帝旨意，革除夏民之憂，卻也行為踰越而遭寒浞所殺。其中唯鯀無罪，卻與四凶並棄。屈原見而不平，是以詠歎。原文和語譯對照如下：

禹之力獻功，降省下土四方；
焉得彼嵞山女，而通之於臺桑？
閔妃匹合，厥身是繼；
胡維嗜不同味，而快鼂飽？
（以上問大禹與嵞山氏通夫婦之道。）
啟代益作后，卒然離蠥，
何啟惟憂，而能拘是達？
皆歸射鞠，而無害厥躬。
何后益作革，而禹播降？
啟棘賓商，《九辯》、《九歌》。
何勤子屠母，而死分竟地？
（以上問夏后啟與伯益爭立。）
帝降夷羿，革孽夏民。
胡射夫河伯，而妻彼雒嬪？
馮珧利決，封豨是射。
何獻蒸肉之膏，而后帝不若？

---

禹以勤力獻進其功，堯使省視下土四方；
怎麼會遇見塗山女，通夫婦之道於臺桑？
禹因憂心沒有妃匹，可讓後嗣得以相繼；
何以又嗜慾不同味，而求饜飽一餐為快？
（以上問大禹與塗山氏通夫婦之道。）
啟取代益成為國君，突然遭到憂心困頓，
何以啟能心念憂困，以致在拘縶中脫身？
益之士卒皆授兵器[10]，所以啟能無害其身。
何以啟能更革后益？是禹治水降福後人。
啟急於為天帝賓客，得到了九辯與九歌。
為什麼勤禹之子啟，竟殺母而軀體遍地？
（以上問夏后啟與伯益爭立。）
天帝降臨東夷之羿，是為革除夏民之孽。
為什麼去射傷河伯，而娶雒神處妃為妻？
挾著弓弩套上射韝，獵殺大豬以快其情。
為何獻上祭肉之膏，天帝反而不順他意？

浞娶純狐，眩妻爰謀。
何羿之射革，而交吞揆之？
（以上問夷羿與寒浞。）
阻窮西征，巖何越焉？
化為黃熊，巫何活焉？
咸播秬黍，莆雚是營。
何由並投，而鯀疾修盈？
（以上問鯀。）
白蜺嬰茀，胡為此堂？
安得夫良藥，不能固臧？
（以上問嫦娥奔月。）

羿相寒浞娶妻純狐，惑於妻言共謀殺羿。
何以羿之射獵無度，竟會遭到交相吞滅？
（以上問夷羿與寒浞。）
險阻又窘困的西征，鯀是如何越過巇巖？
鯀死亡後化為黃熊，巫何以能讓他復生？
鯀教百姓播種秬黍，又教他們耕耘莆莞；
為什麼與四凶並棄，而以為鯀疾惡滿盈？
（以上問鯀。）
白霓為裳珠寶飾頸，姮娥怎會來到祠堂？
為何羿獲得此良藥，卻不能穩固的收藏？
（以上問嫦娥奔月。）

11

（一）啟、禹的神話：此段中有「啟棘賓商，〈九辨〉、〈九歌〉。何勤子屠母，而死分竟地？」的詰問。此詰問涉及兩則神話。「啟棘賓商」中的「棘」有「急」的意思。故事見《山海經・大荒西經》大意是說：「西南海之外，赤水之南，流沙之西，有人耳朵上掛著兩條青蛇，乘著兩條龍，名叫夏后開。開（開即啟。避漢漢景帝諱改）在天上作了三次上賓，得到了〈九辯〉和〈九歌〉的樂曲來到人間。」「勤子屠母」則是指禹的降生神話。禹勤於治水，所以稱「勤子」。宋洪興祖補注引干寶《搜神記》說：「禹的母親修己，背部裂開而生下禹。」

（二）羿射河伯神話：此段中有「帝降夷羿，革孽夏民。胡射夫河伯，而妻彼雒嬪？」的詰問。「羿射河伯」見王逸《楚辭章句》大意是說：「河伯化為白龍，遊於水旁。羿見了就用弓射祂，射瞎了祂的左眼。河伯上天向天帝告狀說：『替我殺掉羿。』天帝說：『你是什麼緣故被羿射瞎了左眼？』河伯說：『我當時變成白龍在嬉遊。』天帝說：『叫你固守著神靈，羿又如何能侵犯你呢？你當時變成蟲獸，當然會被人射傷了，這是你自找的。羿又有什麼罪呢？』」王逸注還說：「羿又曾做夢和雒水的女神宓妃交接。」《昭明文選．洛神賦》李善注引《漢書音義》大意說：「宓妃是伏犧氏的女兒，溺死在洛水，成為神。」所以〈天問〉篇的詰問有怪罪后羿踰越本分的意思。意謂：「天帝降臨東夷之羿，是為革除夏民之孽。為什麼去射傷河伯，而娶雒神虙妃為妻呢？」

（三）鯀化黃熊神話：此段中有「阻窮西征，巖何越焉？化為黃熊，巫何活焉？」的詰問。「鯀化黃熊」見《左傳昭公七年》大意是說：「從前堯殛殺了鯀在羽山，鯀的神靈就化為黃熊，而進入到羽淵。鯀成為夏代郊祀時的配祀，三代以來都如此。」

（四）白蜺嬰茀神話：此段中有「白蜺嬰茀，胡為此堂？安得夫良藥，不能固臧？」的詰問。據王逸注引《列仙傳》，崔文子學仙於王子喬。子喬化為白蜺，而嬰茀正拿著藥給崔文子。崔文子一見白蜺，驚怪不已，就用戈擊中白蜺，於是打翻了藥，低頭一看，卻是王子喬的屍體。而丁晏《楚辭天問箋》則以為「白蜺嬰茀」是指「姮娥」的服飾。「姮娥竊藥」的神話，見《淮南子・覽冥篇》大意是說：「羿從西王母要到了不死之藥，姮娥偷了藥，就逃往月亮。」

〈天問〉的第四段，此段屈原所詰問的，除了前段文字中有數則神話外，其餘多為三代人物之史事傳說。原文與語譯對照如下：

| 原文 | 語譯 |
| --- | --- |
| 天式從橫，陽離爰死； | 天體法則縱橫多端，陽氣離體終會死亡； |
| 大鳥何鳴，夫焉喪厥體？ | 大鳥為何不停鳴叫，又怎麼會喪亡形體？ |
| （以上問鍾山神神話。或崔文子神話。） | （以上問鍾山神神話。或崔文子神話。） |
| 蓱號起雨，何以興之？ | 雨師萍號呼風喚雨，為何能有偌大能力？ |
| 撰體協脅，鹿何膺之？ | 兩個軀體雙重肋脅，鹿如何領受此形體？ |

鼇戴山抃，何以安之？
（以上問雨師、風伯以及鼇載山抃神話。）
釋舟陵行，何以遷之？
惟澆在戶，何求于嫂？
何少康逐犬，而顛隕厥首？
女歧縫裳，而館同爰止，
何顛易厥首，而親以逢殆？
（以上問羿之子澆。）
湯謀易旅，何以厚之？
覆舟斟尋，何道取之？
桀伐蒙山，何所得焉？
妹嬉何肆，湯何殛焉？
（以上問湯、少康、桀、妹嬉。）
舜閔在家，父何以鰥？
堯不姚告，二女何親？
（以上問舜與二妃。）

---

大鼇負載五山抃舞，又怎麼會步伐安穩？
（以上問雨師、風伯以及鼇載山抃神話。）
澆能釋水陸地行舟，又怎能使舟船遷移？
澆竟來到女眷內室，對嫂嫂有什麼索求？
何以少康放犬逐獸，卻襲澆而顛隕其首？
澆嫂女歧為澆縫裳，二人卻同舍而共宿，
何以女歧掉了腦袋，竟然親身遭此禍害？
（以上問羿之子澆。）
湯策劃推翻夏朝時，上天何以待他獨厚？
少康消滅斟尋之國，是用什麼方法智取？
夏桀征伐蒙山之國，又擄獲了什麼戰利？
妹嬉有何行為放肆？商湯為何將她處死？
（以上問湯、少康、桀、妹嬉。）
憂憫在家未能娶妻，舜父為何讓他單身？
堯不告知舜的父母，二女怎麼和舜成親？
（以上問舜與二妃。）

厥萌在初，何所億焉？
璜臺十成，誰所極焉？
（以上問紂築璜臺。）
登立為帝，孰道尚之？
女媧有體，孰制匠之？
（以上問女媧。）
舜服厥弟，終然為害。
何肆犬體，而厥身不危敗？
（以上問舜與其弟象。）
吳獲迄古，南嶽是止。
孰期去斯，得兩男子？
（以上問泰伯、仲雍。）

意念在萌生之初始，如何加以揣測憶度？
璜玉之臺其高十層，何人能極盡此事功？
（以上問紂築璜臺。）
女媧登立帝王之位，是誰所能引薦推崇？
女媧有自己的形體，又是誰所製造匠營？
（以上問女媧。）
舜寵愛驕慣其弟象，終於讓象成為禍害？
何以象放肆如犬豕，卻無從使舜身危敗？
（以上問舜與其弟象。）
吳獲得了終古之所，南嶽就是居止之處。
誰會預期伯仲去國，竟讓吳國得兩男子！
（以上問泰伯、仲雍。）

（一）化為大鳥神話：此段中有「大鳥何鳴，夫焉喪厥體？」的詰問。王逸注引《列仙傳》，大意是說：「泰山崔文子學仙於王子喬，子喬化為白蜺，持藥給崔文子，文子驚嚇，就用戈擊白蜺，打翻了藥，低頭一看，原來是王子喬的屍體。不久，王子喬化為大鳥飛走了。」與前段的「白蜺嬰茀」相似。而蔣驥《山帶閣注楚辭》引《山海經・西山經》大意是說：「鍾山之神叫鼓，和欽䲹合力殺了葆江在崑崙山的南方。天帝生氣了，就殺了兩人。欽䲹化為大鶚，叫聲像晨鵠；鼓亦化為鵕鳥，聲音像鵠。」

（二）雨師神話：此段中有「蓱號起雨，何以興之？」的詰問。「蓱號」為雨師。見干寶《搜神記》：「雨師，一曰屏翳，一曰號翳。」

（三）風伯神話：此段中有「撰體協脅，鹿何膺之？」的詰問。王逸注以為是十二隻神鹿，一身有八隻腳，兩個頭。當指風伯。丁晏《楚辭天問箋》則引《三輔皇圖》大意說：「飛廉是鹿的身軀，頭像雀，上面長角，蛇的尾巴，豹的文彩。能招致風和雲氣。」

（四）鼇戴山抃神話：此段中有「鼇戴山抃，何以安之？」的詰問。據《列子・湯問》大意是說：「渤海的東方，不知幾億萬里，有一個大溝壑，是個無底的深谷。它下面是沒有底的，名叫歸墟。八紘九野的溪水，天漢的河流，都注入此溝壑，它卻不增也不減。溝壑中有五座山：一叫岱輿、二叫負嶠、三叫方壺、四叫瀛洲、五叫蓬萊。這裡的山，高下周旋三萬里，它的山頂，平的地方就有九千里，山之中間相去七萬里，相互是鄰近又依賴的……但是五山的根部是不相連接的，常隨著潮水波濤上下往還移動，不能暫時穩定。仙聖恨透了，就到天帝前訴苦，天帝生氣了，把五座山漂流到西極，於是這群仙聖們失去了居住的地方，天帝就命禺彊使喚了十五隻巨鼇，舉起頭來乘戴五座山，分成三次輪流，每六萬年交替一次，五座山終於聳立起來了。而龍伯之國有個巨人，舉足不到幾步，就到了五山之所在，一釣就釣走了六隻巨鼇，合起來都背回自己的國家，灼牠們的骨來占卜，於是岱輿和員嶠二座山就漂流到了北極，沉下了大海，仙聖們因而播遷的有數億計，天帝暴怒，就把龍伯之國給滅了。」

（五）女媧神話：此段中有「登立為帝，孰道尚之？女媧有體，孰制匠之？」的詰問。此二句均指「女媧」。女媧為古代氏族社會中母系制的遺跡，所以說她「登立為帝」，據郭璞注《山海經．大荒西經》說：「女媧是古代的神女而稱帝的。祂是人的臉，蛇的身軀，一天之中就有七十次變化。」又《風俗通》大意說：「天地剛開闢的時候，沒有人民，女媧摶揉黃土作人，工作愈來愈多，靠勞力已經來不及供應，於是就用草繩在泥巴中裹，舉起來都做成了人。」[12]女媧既能造人，則女媧的軀體，不知何人所制匠？所以有此問。

第五段，〈天問〉篇自第三段起，即已問人事。但此一大段，所問人事最為雜亂。而其中也涉及幾則人物的神話。原文和語譯對照如下：

緣鵠飾玉，后帝是饗。
何承謀夏桀，終以滅喪？
帝乃降觀，下逢伊摯。
何條放致罰，而黎服大說？
（以上問伊尹佐湯伐桀。）
簡狄在臺，嚳何宜？
玄鳥致貽，女何喜？
（以上問帝嚳與簡狄。）
該[13]秉季德，厥父是臧。
胡終弊于有扈，牧夫牛羊？
干協時舞，何以懷之？
平脅曼膚，何以肥之？
有扈牧豎，云何而逢？

---

伊尹憑藉鵠羹玉盤，后帝商湯極為欣賞。
何以接受伊尹謀略，終於能把夏桀滅亡？
帝湯巡省四方民瘼，才在民間遇著伊尹。
何以放逐夏桀鳴條，而黎民皆誠服大悅？
（以上問伊尹佐湯伐桀。）
有娀簡狄侍嚳高臺，怎能知她宜家宜室？
當玄鳥致送上禮物，簡狄何以如此欣喜？
（以上問帝嚳與簡狄。）
王亥秉承王季盛德，其父王季大為讚賞。
何以終然困於有扈，以放牧牛隻與羊群？
他時常執干戚舞蹈，何能挑動有扈之女？
他的體態肥胖潤膚，怎能贏得女子為妃？
他只是有扈的牧豎，如何遇上有扈女子？

擊床先出，其命何從？
恆秉季德，焉得夫朴牛？
何往營班祿，不但還來？
昏微[14]遵跡，有狄不寧。
何繁鳥萃棘，負子肆情？
眩弟並淫，危害厥兄。
何變化以作詐，後嗣而逢長[15]？
（以上問殷之王亥、王恆。）
成湯東巡，有莘爰極。
何乞彼小臣，而吉妃是得？
水濱之木，得彼小子。
夫何惡之，媵有莘之婦？
湯出重泉，夫何辠尤？
不[16]勝心伐帝，夫誰使挑之？
（以上再問伊尹佐湯伐桀。）
會鼂爭盟，何踐吾期？

---

擊床之時若非先出，他的性命何得保住？
王恆也是秉承季德，焉能復得亥的服牛？
何以能夠營求班祿，卻不能夠全身而回？
微遵行先人之遺命，征伐有狄為之不寧。
在鴞鳥棲止之棘下，何以竟與婦人淫佚？
昏眩弟弟同樣淫佚，還危害到他的長兄。
為何如此變態虛假，後代也還是能久長？
（以上問殷之王亥、王恆。）
成湯親臨東境巡狩，到了有莘之國宿止。
何以乞得小臣伊尹，而又獲娶吉善妃子？
伊尹生於水濱之木，有莘之人拾而得之；
為什麼又厭惡伊尹，而將他送給有莘婦？
湯脫困離開了重泉，他到底犯了什麼錯？
不是湯任性討伐桀，誰又讓桀先行挑釁？
（以上再問伊尹佐湯伐桀。）
清晨會合爭為盟主，為何定要實踐期約？

蒼鳥群飛，孰使萃之？
到擊紂躬，叔旦不嘉，
何親揆發，足周之命以咨嗟？
授殷天下，其位安施？
反成乃亡，其罪伊何？
爭遣伐器，何以行之？
並驅擊翼，何以將之？
（以上問周公佐武王伐紂。）
昭后成遊，南土爰底，
厥利惟何，逢彼白雉？
（以上問周昭王南征。）
穆王巧梅，夫何為周流？
環理天下，夫何索求？
（以上問周穆王周遊天下。）
妖夫曳衒，何號于市？
周幽誰誅？焉得夫褒姒？

將士有如蒼鷹群飛，誰能夠使他們萃集？
八百諸侯齊擊商紂，周公旦並不以為喜；
何以親自揆度還師，周之天命廣受讚美？
上天既已授殷天下，其王位是如何布施？
紂部眾既倒戈而亡，他的罪狀又是怎樣？
爭先遣送攻伐之器，如何激勵士卒勇氣？
並肩驅馳歡呼鼓翼，又是如何率領眾旅？
（以上問周公佐武王伐紂。）
昭王盛飾巡狩楚國，楚人沉之遂止南土；
其所圖的利益為何？豈真見到所獻白雉？
（以上問周昭王南征。）
周穆王巧言又貪婪，周遊夷狄目的為何？
繼而再度周旋天下，又有何企圖與索求？
（以上問周穆王周遊天下。）
怪異夫婦沿街叫賣，在市集中販售何物？
周幽王要誅殺何人？又怎麼會得到褒姒？

（以上問周幽王與褒姒。）
天命反側，何罰何佑？
齊桓九會，卒然身殺！
（以上問齊桓公。）
彼王紂之躬，孰使亂惑？
何惡輔弼，讒諂是服？
比干何逆，而抑沈之？
雷開阿[17]順，而賜封之？
何聖人之一德，卒其異方？
梅伯受醢，箕子詳狂！
（以上問商紂之信讒佞而殺忠良。）
稷維元子，帝何竺之？
投之於冰上，鳥何燠之？
何馮弓挾矢，殊能將之？
既驚帝切激，何逢長之？
（以上問后稷的誕生。）

---

（以上問周幽王與褒姒。）
天命無常反反覆覆，何者該罰何者該佑？
齊桓公能九合諸侯，終然遭到殺身之禍。
（以上問齊桓公。）
那商紂以王者之身，誰使他沉迷而淫亂？
商紂為何憎惡輔弼，卻重用讒佞與諂媚？
比干做了什麼忤逆，而遭到紂王的壓抑？
雷開又如何會阿諛，卻受到紂王的賜封？
何以聖人德業相同，結局竟如此的不同？
梅伯忠直而遭菹醢，箕子佯狂而能保身。
（以上問商紂之信讒佞而殺忠良。）
后稷是姜嫄的長子，父親帝嚳為何憎棄？
將他投置在冰雪上，鳥群為何將他覆翼？
何以稷能持弓挾矢，賦予他特殊的才能？
稷既讓嚳震驚激切，為何又呵護他成長？
（以上問后稷的誕生。）

伯昌[18]號衰，秉鞭作牧，
何令徹彼岐社，命有殷國？
遷藏就岐，何能依？
殷有惑婦，何所譏？
受賜茲醢，西伯上告，
何親就上帝，罰殷之命以不救？
師望在肆，昌何識？
鼓刀揚聲，后何喜？
武發殺殷，何所悒？
載屍集戰，何所急？
（以上文王之興與武王之伐紂。）
伯林雉經，維其何故？
何感天抑墜，夫誰畏懼？
（以上問晉申生自殺。）
皇天集命，惟何戒之？
受禮天下，又使至代之？

---

伯昌趁紂號召衰微，秉鞭持政為九州牧；
何以令壞邠岐之社，命武王以統治殷國？
昔年文王遷移來岐，又怎能讓百姓依附？
殷國有個惑婦妲己，對紂又能如何諫譏？
雖接受所賜之菹醢，西伯隨即告語上帝。
何以親自接近上帝，就能懲罰殷之滅亡？
師望太公在肆為屠，文王伯昌何能識之？
鼓動屠刀高唱歌曲，文王聽了為何歡喜？
武王發既已殺殷紂，為何內心有所悒鬱？
武王負載木主征戰，殺紂為何如此心急？
（以上文王之興與武王之伐紂。）
長君申生上吊自殺，究竟為了什麼緣故？
何以死得感天動地，誰該對此最為畏懼？
（以上問晉申生自殺。）
皇天既集祿命於帝，帝王為何有所戒懼？
既已受天命有天下，還是可以異姓代替。

（以上問朝代更迭之理，未有確指。）
初湯臣摯，後茲承輔；
何卒官湯，尊食宗緒？
（以上再問伊尹佐湯。）
勳闔夢生，少離散亡；
何壯武厲，能流厥嚴？
（以上問吳王闔廬）
彭鏗斟雉，帝何饗？
受壽永多，夫何久長？
（以上問彭祖長壽。）
中央共牧，后何怒？
蠭蛾微命，力何固？
（以上問諸國何以紛爭。）
驚女采薇，鹿何祐？
北至回水，萃何喜？
（以上問伯夷、叔齊。）

---

（以上問朝代更迭之理，未有確指。）
初始湯以伊摯為臣，後來竟得他的輔弼。
何以伊尹始終佐湯，伊尹得以廟食百世。
（以上再問伊尹佐湯。）
闔廬原是壽夢之孫，年少時遭離散之難；
又何能壯大其勇武，流傳遠播他的威望？
（以上問吳王闔廬）
彭鏗善於調理雉羹，帝堯何以讚美品嘗？
彭鏗的壽命八百多，怎會活得如此久長？
（以上問彭祖長壽。）
中央之大夷狄共爭，君上又為什麼震怒？
蜂蟻之命極其微薄，牠們力量何其堅固？
（以上問諸國何以紛爭。）
采薇之女驚動夷齊，何以天降麋鹿庇佑？
北至首陽山之回水，何所見而異樣驚喜？
（以上問伯夷、叔齊。）

兄有噬犬，弟何欲？
易之以百兩，卒無祿？
（以上問秦景公及其弟公子鍼。）

兄秦景公有隻噬犬，弟弟鍼為何也想要？
鍼以一百兩車交易，結果連俸祿也丟了。
（以上問秦景公及其弟公子鍼。）

（一）簡狄神話：此段中有「簡狄在臺，嚳何宜？玄鳥致貽，女何喜？」的詰問。見《史記．殷本紀》，大意是說：「殷契的母親叫簡狄，是有娀氏的女兒，也是帝嚳的次妃。有一次，簡狄等三人正在沐浴，看見玄鳥（燕子）遺忘了牠的卵，簡狄拿起來就吞下肚子，因而懷了孕，生下了契。」

（二）伊尹神話：此段中有「水濱之木，得彼小子。夫何惡之，媵有莘之婦？」的詰問。是指「伊尹」誕生神話，據《呂氏春秋．本味篇》大意是說：「有侁（莘）氏的女子出外採桑，在空桑之中得到一個嬰兒，就獻給了國君。國君就讓廚師養他。觀察他的一舉一動，說：『他的母親住在伊水之上，懷孕時，夢到有神告訴她：石臼出水就要往東方跑走，千萬不要回頭看。明天，果然看見石臼出水，告訴鄰居們，往東方走了十里，而回頭看自己的市鎮，已完全被水淹沒了。這一回頭看，自己的身軀就變成了空桑。』所以就命名為伊尹。這也就是伊尹生在空桑的緣故。長大後很賢能。湯聽說伊尹的事，就讓人向有侁氏要伊尹。有侁氏不肯。此時伊尹也有歸順湯的意思。湯於是請娶婦為婚。有侁氏高興的同意了，就把伊尹當陪嫁的禮物，送給了待嫁的女子。」

（三）褒姒神話：此段中有「妖夫曳衒，何號于市？周幽誰誅？焉得夫褒姒？」的詰問。是「褒姒」誕生的神話。據《史記．周本紀》大意是說：「周代的太史伯陽在讀完史書後，感慨的說：『周朝將亡國了。』從前，夏后氏衰敗時，有兩條神龍停留在夏朝的帝庭，竟然開口說：『我們是褒國的兩個君王。』夏朝的帝王占卜的結果是殺掉牠們或是放掉牠們、留下牠們都不吉利。卜者以為只有將龍漦氺收藏起來，才是吉利。於是陳設財寶等祭品並以書策祭告，龍就消失了，只留下龍漦，就用木櫝收藏起來。

夏朝亡國後，這個櫝器就傳到殷。殷亡國後，又傳此櫝器到周。經過三代，沒人敢打開。到了周厲王的末年，才打開來看，龍漦流到庭中，無法除去。厲王就讓婦人裸露著身體，大聲鼓譟。龍漦就變成黑黿（龜類，或以為蜥蜴），進到了厲王的後宮。後宮有個童妾才剛七、八歲的年紀，觸碰到了龍漦，當她十五歲時就懷孕了，沒嫁人就生了孩子，她害怕極了，就把孩子丟棄。

到了周宣王時，有個童女唱著歌謠說：『桑木的弓、箕草的箭袋呀！周朝就要亡囉！』後來周宣王正好也聽到，有一對夫婦叫賣這些器物，宣王就派人要把他們抓起來殺掉，他們就逃走了。在路上見到不久前被後宮童妾所丟棄的妖怪嬰兒，聽到這孩子在夜晚的哭聲，感動得把孩子收留下來，夫婦就逃亡到了褒國。後來褒國人有罪，就將童妾所丟棄的女孩子獻給周朝的國王以贖罪。因為丟棄的女孩子來自褒國，所以叫褒姒。

當周幽王三年，幽王到後宮，見到褒姒就愛上她，生了兒子叫伯服，幽王竟然廢了申后及太子，以褒姒為后，伯服為太子。所以太史伯陽說：『禍患已經造成了，誰也無可奈何了！』」

（四）后稷神話：此段中有「稷維元子，帝何竺之？投之於冰上，鳥何燠之？」的詰問。是指「后稷」誕生的神話。據《史記．周本紀》大意是說：「周后稷，名叫棄。他的母親是有邰氏的女兒，名叫姜原。姜原是帝嚳的首位妃子。有一次，姜原到郊外出遊，見到一個巨人的腳跡，心中一陣莫名的喜悅，很想踩它一下，踩下時身體有一種受孕的感覺。過了一年居然生了一個孩子，以為不祥，就把他丟棄在狹隘的巷子裡，馬牛經過時，都避開而不去踐踏；再丟棄到山林中，適逢山林中有很多人，只好再改地方；又把他丟棄到河渠冰凍的水上，飛鳥竟然用羽翼覆蓋他。姜原以為孩子是神，就收容而且培育他成長。原本想拋棄他，所以就取名叫棄。」

（五）伯夷、叔齊神話：此段中有「驚女采薇，鹿何祐？北至回水，萃何喜？」的詰問。是指「伯夷」、「叔齊」餓死首陽山的神話。據《繹史》卷二十引《古史考》大意是說：「伯夷和叔齊採薇草來裹腹，郊野有個婦人就對他們說：『兩位為了仁義而不吃周朝的粟米，這薇草也是周的草木呀！』於是兩人就餓死了。」又《列士傳》大意是說：「孤竹君駕崩了，長子伯夷應當繼位，他卻讓給弟弟，弟弟叔齊不肯接受，就讓給異母弟伯寮，伯夷和叔齊一起到了周。正遇上文王駕崩，武王興兵伐紂，伯夷、叔齊不同意，就跑去首陽山隱居，也不吃周的粟米，採薇草而食。當時王摩子就入山責難他們。說：『二位不吃周的粟米，卻隱居在周國的山上，吃著周的薇草，怎麼會這樣呢？』於是二人就不吃薇草。經過七天，上天就派遣白鹿餵他們鹿乳，這樣過了幾天，伯夷和叔齊動了私念，心想吃這鹿肉一定很美。鹿看穿了他們的心意，就不再來餵乳了，二人就餓死了。」

第六段，屈原的詰問，又回歸到楚國，感歎楚國國勢日衰，忠直已無補於事。文雖平淡，繾綣之情未減。此段文章較短，內容又是時代較接近屈原的史事，所以也就沒有神話的敘述。原文和語譯對照於下：

薄暮雷電，歸何憂？
厥嚴不奉，帝何求？
伏匿穴處，爰何云？
荊勳作師，夫何長？
悟過改更，我又何言？
吳光爭國，久余是勝！
何環穿自閭社丘陵，爰出子文？
吾告堵敖以不長！
何試上自予，忠名彌彰？

---

薄暮時氛雷電交加，不如歸去何來憂愁？
楚王的威嚴已日墜，又能向天帝何所求？
伏匿江濱岩居穴處，如此處境何話可說？
荊楚為功勳而動兵，又怎可能國祚久長？
悔悟過錯更改行為，我為逐臣又能何言？
吳王闔廬與楚相爭，他幾次都大勝我國。
何以繞路穿過閭社，直到丘陵而生子文？
我被放時告訴堵敖，楚國將衰不復久長；
何敢揣試君上心意，而自以為忠名昭彰？

---

1《昭明文選．魯靈光殿賦》：圖畫天地，品類群生。雜物奇怪，山神海靈。寫載其狀，託之丹青。千變萬化，事各繆形。隨色象類，曲得其情。上紀開闢，遂古之初。五龍比翼，人皇九頭。伏羲鱗身，女媧蛇軀。鴻荒朴略，厥狀睢盱。煥炳可觀，黃帝唐虞。軒冕以庸，衣裳有殊。下及三后，婬妃亂主。忠臣孝子，烈士貞女。賢愚成敗，靡不載敘。惡以誡世，善以示後。

2 隅隈：指天的角隅。

3 見《樂府詩集》三四卷。

4 見《太平御覽》卷四引。

5 見《初學記》卷二九引。

6 見《初學記》卷一引。

7 施：一作弛。

8 愎：一作腹。

9 亦見《列子．湯問》。

10 據臺靜農《楚辭天問新箋》說。

11 據丁晏《天問箋》。

12 見《太平御覽》卷七八引。

13 該：即王亥，殷先公王季之子。用王靜安《古史新證》說。

14 昏微：指昏庸之上甲微。

15 從「該秉季德」至「後嗣而逢長」一段，紀王亥、王恆及上甲微事。該即亥，季即冥。全段大意為：王季之二子，亥與恆為兄弟；亥秉王季之德，遂為其父所讚賞，卻弊於有扈，放牧牛羊。王亥以干戚之舞，挑動有扈之女，貌雖平脅曼膚，卻得女子為匹。時亥僅為有扈之牧豎，竟有緣與女子相逢。王亥遭擊床刺殺之時，若非已先出，恐已被殺。其弟王恆，同樣秉持季德，且復得亥所失之服牛，卻為了營求班祿，不得全身而回。王亥之子上甲微遵先人之命，征伐有狄，卻於繁鳥萃集之樹下，與女子肆情。其弟同樣淫逸，甚而為害其兄。所以屈原以如此變化作詐，竟能後嗣逢長為問。（參王國維《古史新證》、《殷卜辭中所見先公先王考》及姜亮夫《屈原賦校注》等。）

16 不：王引之以為衍文。

17 阿：一作何。

18 伯昌：謂周文王。

# 柒——遊仙思想的濫觴〈遠遊〉

## 一、〈遠遊〉作者的爭議

王逸《楚辭章句．遠遊序》肯定「遠遊是屈原的作品」，但民國以後的學者，像胡適、陳鐘凡、陸侃如、廖平、游國恩等都有過懷疑，但是理由都並不充足。而游國恩在他的《楚辭概論》和《屈原研究》兩書中還有不同的看法。這些否定屈原創作〈遠遊〉的證據，蘇雪林教授在〈屈原作品的否定論〉[1]一文中已有詳細的辨正。歸納正反的意見的幾個重點，大致如下：

（一）胡適和陳鐘凡以為〈遠遊〉的文句和句法，有一些與〈離騷〉與〈九章〉相近。蘇雪林則以為是屈原在行文上是把句子當作「詞彙」（Vocabulary）用，「詞彙」在文章裡本來是可以無限制地使用的。陳鐘凡以為與〈天問〉、〈九歌〉雷同，則是陳氏的誤記。

（二）蘇雪林教授以為陳鐘凡所謂〈遠遊〉和嚴忌〈哀時命〉相同的，也只是幾個仙境地名，你可用，我也可用。至於和司馬相如〈大人賦〉相同處。實際是〈大人賦〉抄〈遠遊〉的。

至於陸侃如以為〈遠遊〉中的「韓眾」即「韓終」，是乃秦始皇時方士，屈賦中居然有此人，足證此篇非屈作。蘇雪林教授則僅說：「韓眾實為仙人，非秦始皇時的方士。」一語帶過，我可以略作補充。按《史記．秦始皇本紀》大意說：

三十二年，秦始皇到了碣石，就派燕人盧生去尋求羡門（古仙人）、高誓（古仙人）。在碣石的城門上刻字。……於是就派韓終、侯公、石生求仙人不死之藥。

又提到秦始皇對這些方士的批評：

（三十五年）……如今，聽說韓眾（正義說：音終）去求仙藥也沒有回報，徐市（福）等人花費了金錢巨萬計，始終不能找到仙藥，只是每天都聽到他們說些欺騙牟利的話。盧生等人受我的賞賜甚厚，如今卻誹謗我，以加重我不仁德的不好形象。

就上引文字看，韓終、韓眾當為同一人，實為方士之得道而成仙者[2]。然就「韓終、侯公、石生求仙人不死之藥」三人的先後排序言，韓眾實最為年長。按秦始皇三十二年（前二一五年），韓眾若此時為八十老翁，則西元前二九五年，約當周赧王時仍健在，屈原約生於西元前三四三年，二人相差約四十餘年，則屈賦中未必不能引到韓眾。況且韓眾、韓終或韓仲是否即同一人？王逸注引《列仙傳》說：「齊人韓終，為王採藥，王不肯服。終自服之，遂得仙也。」則韓眾或為得道仙人之通稱？殊難論定。所以到目前為止，〈遠遊〉的著作權應該還是歸屬於屈原。

## 二、〈遠遊〉的創作動機

王逸認為屈原創作〈遠遊〉的動機是：

屈原走著正道，卻不為世俗所容，在朝廷上被讒佞所陷害，在朝廷下為俗人所困惑。徬徨在山澤之中，無所告訴。於是深深體悟到萬物本原的道理，修養恬淡的心性，想要以此種思想濟世。但是心中還是憤慨，文采依然秀美。於是抒發妙思，寄託於仙人，與仙人一同遊戲，周遊經歷天地，無所不到。但仍然懷念楚國，思念舊故，文章中流露出屈原忠信的篤實，仁義的厚重。所以君子之人皆珍重屈原的心志，並且讚美他的文辭。

王逸的說法，清楚的表達出屈原從儒家忠信仁義思想轉化到道家元一遊仙思想的過程。基本上，儒、道思想是士人處世態度的一體兩面。所以〈遠遊〉篇首二句說：「悲時俗之迫阨兮，願輕舉而遠遊。」王逸注：「高舉避世，求道真也。」朱熹〈遠遊序〉也說：「思欲制鍊形魂，排空御氣，浮游八極。」顯然二者都認為〈遠遊〉篇有道家出世的神仙思想。

《莊子》內篇中有〈逍遙遊〉，「逍遙」二字的釋義，據《莊子．讓王》篇中提到，舜要把天下讓給善卷，善卷說：「逍遙於天地之間而心意自得。」所以善卷沒有接受舜的讓位，而躲到深山之中。又〈天運篇〉也說：「逍遙，無為也。」而《楚辭》中的〈遠遊〉也有「心意自得」和「無為」的意思。我們再進一步比較二者的文義，不難發現哲理上也有許多相同之處。如〈遠遊〉說：

曰：道可受兮，不可傳，其小無內兮，其大無垠。無滑而魂兮，彼將自然。壹氣孔神兮，於中夜存，虛以待之兮，無為之先。

與《莊子．知北遊》所說：

無始曰：「道不可聞，聞而非也；道不可見，見而非也；道不可言，言而非也！知形形之不形乎！道不當名。」

同樣都在強調「道」是不可言傳的。又如〈遠遊〉說：「悲時俗之迫阨兮，願輕舉而遠遊。質菲薄而無因兮，焉託乘而上浮。」指出「遠遊」的必要條件是「無待」，然而人既有形體，則所待者飲食也，名利也。所以又必須做到「忘我」與「無為」的境界。故而〈遠遊〉又說：「神儵忽而不反兮，形枯槁而獨留。內惟省以端操兮，求正氣之所由。漠虛靜以恬愉兮，澹無為而自得。」又說：「形穆穆以浸遠兮，離人群而遁逸。因氣變而遂曾舉兮，忽神奔而鬼怪。」也正如〈逍遙遊〉所說：

> 夫列子御風而行，泠然善也，旬有五日而後反。彼於致福者，未數數然也。此雖免乎行，猶有所待者也。
>
> 若夫乘天地之正，而御六氣之辯，以遊無窮者，彼且惡乎待哉！故曰：至人無己，神人無功，聖人無名。

所以〈遠遊〉與〈逍遙遊〉在哲理上確實有相通之處，屈子之所謂「遠」者，以距離設喻，若以內心之感覺而言，遠者當莫遠於逍遙。按莊子（前三六九－二八六）之學盛於戰國時期之南方，與屈原之時代極為接近，雖至今無法證明二人之關係。但從〈遠遊〉之內容觀之，屈原當亦有道家的修為，對「外生死」的道理，自能了悟於心，然而最終仍選擇自沉汨羅以死，更凸顯屈原之忠貞，與人格之偉大。

## 三、〈遠遊〉的結構和文章之美

〈遠遊〉是一篇展現屈原在儒、道思想衝突掙扎後，漸入交融兼顧的人生哲理和態度。詩篇中將遠遊境界的追求，分成幾個層面。有現實的矛盾與掙扎、有形體的消逝到精神的淨化，更有與泰初（自然）為鄰的交會與融合。詩篇中描寫了不少神仙修煉的方法與過程，遂成為漢以後遊仙的濫觴。全篇共分五段，現分析如下：

第一段旨在說明，因時俗的脅迫與困阨，於是有遠遊之意。此所謂遠遊，不是形體的實質遠行，而是心性修養的洗滌。所以屈原強調自己之本質菲薄，又遭濁世的誹謗，要達成這種境界的遠遊殊非易事，但還是反覆陳訴自己極欲遠遊的心念。先看原文：

悲時俗之迫阨兮，願輕舉而遠遊。
質菲薄而無因兮，焉託乘而上浮。
遭沉濁而汙穢兮，獨鬱結其誰語！

夜耿耿而不寐兮，魂煢煢而至曙。
惟天地之無窮兮，哀人生之長勤。
往者余弗及兮，來者吾不聞。
步徙倚[3]而遙思兮，怊惝怳而乖懷。
意荒忽而流蕩兮，心愁悽而增悲。
神儵忽而不反兮，形枯槁而獨留。
內惟省以端操兮，求正氣之所由。

這段詩章經過語譯後，我們將更能掌握它的意義：

悲傷時俗竟是如此的脅迫和困阨，使我興起了輕身遠舉的念頭。
資質既菲薄又無所依恃，將託乘什麼才能上浮？
遭遇到沉濁世俗的污穢褻慢，孤單無助的鬱抑將向誰傾訴？
夜晚已耿耿不安難以成眠，魂魄更往來奔波到日曙。
天地之運行無窮無已，哀痛人生是永無止境的辛勤。
往昔的一切已無從企及，來日的種種更無能聽聞。

步履徬徨中默默的長思，惆悵失望的情緒縈繞在胸懷。
意志已恍惚而流竄，內心越愁悽而增悲。
精神已儵忽閒遠蕩，形體則枯槁而獨留。
內心只想著端正操守，這樣才能求到正氣的根由。

這時屈原的內心是極其矛盾與煎熬的，所以詩中有「夜耿耿而不寐兮，魂煢煢而至曙。惟天地之無窮兮，哀人生之長勤」的句子，文辭感情的張力絕佳，最能代表屈原此時的心境。

第二段，特別舉出得道成仙的赤松、傅說、韓眾等為例，以進一步說明輕舉遠遊的道理，主要在於自我的心性修養。我們先讀原文：

漠虛靜以恬愉兮，澹無為而自得。
聞赤松[4]之清塵兮，願承風乎遺則。
貴真人之休德兮，美往世之登仙。
與化去而不見兮，名聲著而日延。

奇傳說[5]之託辰星兮，羨韓眾[6]之得一，
形穆穆以浸遠兮，離人群而遁逸。
因氣變而遂曾舉兮，忽神奔而鬼怪。
時髣髴以遙見兮，精皎皎以往來。
絕氛埃而淑尤兮，終不反其故都。
免眾患而不懼兮，世莫知其所如。
恐天時之代序兮，耀靈曄而西征。
微霜降而下淪兮，悼芳草之先零。
聊仿佯而逍遙兮，永歷年而無成。
誰可與玩斯遺芳兮，晨向風而舒情。
高陽邈以遠兮，余將焉所程！

再將此段詩篇語譯如下：

漠然虛靜又恬淡愉悅的心境中，安閒無為的道自然獲得。
聽說赤松能清滌凡塵而成仙，我願承續他的風範和法則。

我尊敬得道真人的美德，我更羨慕往世的羽化而登仙，
形體皆化去而不見，名聲卻越昭著而日日彰顯。
驚異於傅說之能託乘辰星，也欽羨韓眾之能修道得一。
形體就能在不知不覺中漸遠，離開了人群而逃遁隱匿。
因循著氣流的變化而高舉，往來倏忽有如神的奔馳鬼的譎怪。
有時髣髴可以遙遠的看見，精魄則皎皎然不停往來。
超越了氛埃而達善美，再也不必返回到故都。
避開眾患不必再畏懼，世間已沒人知道我的居處。
惟恐天時不停的代謝，閃亮的太陽也會漸漸西征。
當些微的寒霜下淪，已警示芳草的即將凋零。
姑且徬徨而逍遙，經歷了多年卻一事無成。
不知有誰能與我把玩這些留下的芳草，只有向著風舒歎。
高陽已邈茫久遠，誰還能成為我的典範！

這時屈原本已逐漸融入道家神仙思想的逍遙境域之中，但突然「終不反其故都」的念頭，像青天的一聲霹靂，驚破了他的神仙之旅，現實世界中的憂患、恐懼，時間的壓迫感和

孤獨、寂寞一股湧上心頭。於是他在結尾時，仍吶喊著「高陽邈以遠兮，余將焉所程」！

第三段，以樂章「重曰」開場。「重曰」就像樂譜標示「D.S.」，有樂章重複再唱的意思。此段大意是說，在時光消逝中，既無法參與美政，則自必退而求輕身遠遊之要道。一樣先讀原文：

重曰：

春秋忽其不淹兮，奚久留此故居？
軒轅[7]不可攀援兮，吾將從王喬[8]而娛戲！
餐六氣[9]而飲沆瀣[10]兮，漱正陽[11]而含朝霞[12]。
保神明之清澄兮，精氣入而麤穢除。
順凱風以從遊兮，至南巢[13]而壹息。
見王子而宿之兮，審壹氣之和德。
曰：「道可受兮，不可傳；其小無內兮，
其大無垠；無滑[14]而魂兮，彼將自然；
壹氣孔神兮，於中夜存；

虛以待之兮，無為之先；
庶類以成兮，此德之門。」
聞至貴而遂徂兮，忽乎吾將行。
仍羽人於丹丘[15]兮，留不死之舊鄉。
朝濯髮於湯谷兮，夕晞余身兮九陽。
吸飛泉之微液兮，懷琬琰之華英。
玉色頩以脕顏兮，精醇粹而始壯。
質銷鑠以汋約兮，神要眇以淫放。
嘉南州之炎德兮，麗桂樹之冬榮。
山蕭條而無獸兮，野寂漠其無人。
載營魄而登霞兮，掩浮雲而上征。

將此段詩篇語譯如下：

再唱一遍：
春秋的流轉快速絕不可能淹滯，我又何必再久留故居？

軒轅黃帝已不可攀援，我將追隨王子喬去遊戲。
吃著六氣，喝著沆瀣，漱著正陽，含著朝霞；
保持著神明的清澄，精氣引進而麤穢排除。
順著凱風而恣意遊戲，到達南巢才稍事休息。
見到了王子喬而宿止，請教他壹氣交融的道理。
他說：
「道是可以領受，而不可言傳。
它小到沒有內在，大到沒有邊際。
不要亂了你的魂魄，它將自然降臨。
這壹氣太神奇了，半夜時它才會存在。
必須放空自己來等待，不要先有得到的念頭。
天地間的萬物靠它形成，這就是大道的入門。」
聽完這至貴的道理就該前往，很快的我就要啟航。
追隨羽人到丹丘，留在不死的舊鄉。
清晨沐髮在湯谷，傍晚曝身在九陽。
吸食著飛泉的美液，懷抱著琬琰的玉英。

玉色襯映著紅潤的容顏，精神純粹而開始茁壯。
形質消鑠而愈趨柔軟，精神抖擻而更加奔放。
嘉許南方州土的豔陽，讚美桂樹在冬天也茂榮。
山林蕭條而絕少禽獸，郊野寂寞而鮮聞人聲。
負載著魂魄登上彩霞，攀援著浮雲冉冉上升。

此時屈原對神仙思想有了更細密的分析，已經不再只是仙人的列舉，更進一步提到吐納引氣的修練法門。這段文字中道家的神仙思想最為濃厚。文中「道可受兮，不可傳；其小無內兮，其大無垠；無滑而魂兮，彼將自然；壹氣孔神兮，於中夜存；虛以待之兮，無為之先；庶類以成兮，此德之門」，幾乎與老子的《道德經》無異。

第四段，言既為天閽排拒，於是遍遊天界四方，召喚眾神為己御駕，熱烈非凡：

命天閽其開關兮，排閶闔而望予。
召豐隆使先導兮，問大微[16]之所居。
集重陽[17]入帝宮兮，造旬始[18]而觀清都[19]。

朝發軔於太儀[20]兮，夕始臨乎於微閭[21]。
屯余車之萬乘兮，紛溶與而並馳。
駕八龍之婉婉兮，載雲旗之逶蛇。
建雄虹之采旄兮，五色雜而炫燿。
服偃蹇以低昂兮，驂連蜷以驕驁。
騎膠葛以雜亂兮，斑漫衍而方行。
撰余轡而正策兮，吾將過乎句芒[22]。
歷太皓[23]以右轉兮，前飛廉以啟路。
陽杲杲其未光兮，凌天地以徑度。
風伯為余先驅兮，氛埃辟而清涼。
鳳皇翼其承旂兮，遇蓐收[24]乎西皇[25]。
攬彗星以為旍兮，舉斗柄以為麾。
叛陸離其上下兮，遊驚霧之流波。
旹曖曃其曭莽兮，召玄武[26]而奔屬。
後文昌[27]使掌行兮，選署眾神以並轂。
路曼曼其修遠兮，徐弭節而高厲。

左雨師使徑侍兮，右雷公以為衛。
欲度世以忘歸兮，意恣睢以担撟。
內欣欣而自美兮，聊媮娛以自樂。

再將此段詩篇語譯如下：

我命令天閽開啟門關，他卻排開大門而瞪我。
召來了豐隆在前引導，詢問大微的所居。
聚集在重陽又進入帝宮，造訪旬始再參觀清都。
早晨從太儀出發，傍晚已經來到於微閭。
屯聚我的車子千乘，紛然眾盛的並駕齊驅。
駕著八匹龍馬婉婉奔馳，插著雲旗隨風搖曳。
豎起雄虹般的彩旄，五色紛雜而炫耀。
夾轅服馬奔騰的忽低忽昂，驂駕的二馬舞動的意氣飛揚。
坐騎參差而雜亂，斑駁漫衍一片而正要啟航。
緊抓住我的轡韁，握穩了鞭策，我將要去拜訪句芒。

經過了太皓而右轉，前方有飛簾為我啟路。
趁著杲杲日出的陽光還沒太亮，超越了天地而直往。
風伯替我開道前驅，氛埃掃除後天氣格外清涼。
鳳凰翼翼的飛翔在旗幟的兩旁，遇見了蓐收在西皇。
拿起了彗星作為旗旌，高舉著斗柄作為麾棒。
紛紛的忽離忽合忽上忽下，遊戲在驚霧與流波之中。
日月已昏暗無光，召來了玄武奔屬後方。
後面還有文昌掌舵，選署了眾神使並轂。
路途是曼曼然長遠，徐行緩節以馳向高處。
左邊有雨師服侍，右邊是雷公保護。
一心想著超度凡世而不回，志意自得而放情高舉。
內心欣欣然而自覺完美，聊且忘記憂傷而自求歡娛。

此段屈原起筆就說：「命天閽其開關兮，排閶闔而望予。」讓我們有似曾相識的感覺。其實，屈原這時已經又回到了〈離騷〉的思維與框架之中。場面雖然熱鬧非凡，但已經不是神仙世界，而是神話世界；神與仙的最大不同，是仙可以從人修練而得，而神是永遠的高於人界之上。

第五段，言自己對故國的情感既深，仍然無法釋懷，但既已決定要遠遊，不得已只有壓抑心志，奮力超越耳目之娛，而至寂寥無聞之境，並與泰初為鄰：

涉青雲以汎濫游兮，忽臨睨夫舊鄉。
僕夫懷余心悲兮，邊馬顧而不行。
思舊故以想像兮，長太息而掩涕。
氾容與而遐舉兮，聊抑志而自弭。
指炎神[28]而直馳兮，吾將往乎南疑。
覽方外之荒忽兮，沛罔象而自浮。
祝融[29]戒而還衡兮，騰告鸞鳥迎宓妃。
張咸池奏承雲兮，二女御九韶歌。
使湘靈鼓瑟兮，令海若[30]舞馮夷[31]。
玄螭蟲象[32]並出進兮，形蟉虬而逶蛇。
雌蜺便娟以增撓兮，鸞鳥軒翥而翔飛。

音樂博衍無終極兮，焉乃逝以俳佪。
舒并節以馳騖兮，逴絕垠乎寒門[33]。
軼迅風於清源[34]兮，從顓頊[35]乎增冰。
歷玄冥[36]以邪徑兮，乘間維以反顧。
召黔嬴[37]而見之兮，為余先乎平路。
經營四荒兮，周流六漠。
上至列缺兮，降望大壑。
下崢嶸而無地兮，上寥廓而無天。
視儵忽而無見兮，聽惝怳而無聞。
超無為以至清兮，與泰初而為鄰。

再將此段詩篇語譯如下：

涉渡過青雲正要縱情遊戲，忽然低頭看到了故鄉。
僕夫懷思我心悲愴，連車邊的馬也回顧而不肯前行。
思想起故舊的臉龐，不禁長聲歎息而涕淚潺潺。

進退俯仰之後仍然立意遠舉，聊且按抑心志而踟躕。
指向炎帝的所在而直馳，我將前往南方的九疑。
看到域外是一片渺茫，急行在水天之際中任其飄蕩。
祝融告戒後已決定回程，我就騰告鸞鳥去迎接虙妃。
彈著堯樂咸池，奏起帝樂承雲，堯的二女侍御，舜的九韶伴奏。
使湘水的神靈鼓瑟，令海若起舞伴著馮夷。
玄螭和蟲象進進出出，舞態糾曲而搖曳。
雌蜺輕麗又層繞，鸞鳥高舉而翔飛。
樂音廣博繁衍而無休止，我就趁此遠逝而徘徊。
舒緩的節奏下馳驅，最遠的邊界就在北極寒門。
超越了迅風來到風穴清源，追隨顓頊到了增冰。
經過玄冥後再轉小徑，攀登上天的間維才回顧。
召喚黔嬴前來相見，替我在前引導平路。
經營往來四方，周遊天地六漠。
向上攀登到了天隙裂缺，降望則是深海大壑。
下面是深邃而不著地，上方是遼廓而不見天。

視覺已模糊而一無所見，聽覺也彷彿而毫無所聞。超越了無為而臻至清，已與天地之始的泰初為鄰。

此段屈原在構思和行文上，都是承接上段的思維而來，所以起筆句子「涉青雲以汎濫游兮，忽臨睨夫舊鄉。僕夫懷余心悲兮，邊馬顧而不行」，和〈離騷〉的文字也極為相似。但結尾的句子「經營四荒兮，周流六漠。上至列缺兮，降望大壑。下崢嶸而無地兮，上寥廓而無天。視儵忽而無見兮，聽惝怳而無聞。超無為以至清兮，與泰初而為鄰」數句，才將此詩篇的作意又拉回到道家思想的「遠遊」之上。

1 見《慶祝毛子水先生、包明叔先生、齊鐵恨先生、丁治磐先生八秩華誕文集》頁五七，民國六十年一月，臺灣：正中書局，程發軔等撰。

2 又，明代曹學佺《蜀中記》卷七一：「秦韓仲為祖龍採藥使者，既而入蜀，煉丹于德陽，之秦中觀遇京兆劉根，授以神方五道，乃服九節菖蒲，十二年，體生白毫，以端午日騎白鹿上仙。」

3 徙倚：猶低佪，徘徊。

4 赤松：赤松子，神農時雨師，服水玉。教神農能入火自燒。至崑山上，常止西王母石室，隨風雨上下。

5 傅說：武丁之相。死後其精著於房星之尾。

6 韓眾：齊人，為王採藥，王不肯服。終自服之，遂得仙。

7 軒轅：黃帝號也。

8 王喬：周靈王太子晉也，道士浮丘公接上嵩高山，後得道成仙。

9 六氣：陰、陽、晦、明、風、雨之氣。

10 沆瀣：夜半之氣。

11 正陽：日中之氣。

12 朝霞：朝旦之氣。

13 南巢：南方鳳凰之巢。

14 滑：亂。

15 丹丘：晝夜常明之地。

16 大微：天帝南宮。

17 重陽：指天。

18 旬始：皇天名，或星名。

19 清都：帝之所居。

20 太儀：天帝之庭。

21 於微閭：東方之玉山。

22 句芒：東方木神。

23 太皓：東方之帝。

24 蓐收：西方之神。

25 西皇即少皓。

26 玄武：北方之神。

27 文昌：星名。此指神名。

28 炎神：南方之神。

29 祝融：南方火神。

30 海若：海神。

31 馮夷：水神。

32 蟲象：蟲，長蟲。象，罔象。皆水中怪物。

33 寒門：北極之門。

34 清源：八風之藏府。

35 顓頊：北方之帝。

36 玄冥：北方之神。

37 黔嬴：造化之神。

# 捌——何去何從的徬徨與抉擇〈卜居〉

# 一、〈卜居〉的作者

王逸《楚辭章句・卜居敘》肯定「卜居是屈原的作品」，而且從來也沒有異議。然而民國五四運動以後，疑古之風盛，懷疑〈卜居〉和〈漁父〉非屈原所的學者也漸多。如胡適以為〈卜居〉和〈漁父〉是有主名的著作，見解和技術都代表一個楚辭進步已高的時期[1]。陸侃如、游國恩更認為〈卜居〉和〈漁父〉兩篇的開口便說「屈原既放」，顯然是旁人的記載[2]。游氏更以為古人自稱多以名而不用字。而〈卜居〉和〈漁父〉通篇都稱屈原（名平字原），顯然係後人習見屈原之名而如此寫作。而筆者於《楚辭古韻考釋》一書中也從歸納韻腳發現，〈卜居〉和〈漁父〉的押韻自成一類，與其他屈原的作品並不一致；我也嘗一度懷疑，此兩篇非屈原所作。但現在檢討起來，這些懷疑說法皆缺乏直接的證據。所以本書中仍收錄此兩篇，也留給後人一些努力與討論的空間！

## 二、〈卜居〉的寫作動機

「卜居」一詞之所以訓釋為「擇居所也」[3]，其最早的出處，就是〈卜居〉一文。「居」不一定是「居所」，也是一個人處世的原則與態度。在人的一生中，難免會遇到挫折，遇到與自己初衷或理想不盡相同的遭遇，自然就會產生「何去何從」的徬徨與抉擇。我們讀〈卜居〉，不是要重蹈屈原感情困頓的泥淖，而是應該藉屈原的經驗，化為自己衝破難關的力量。推敲屈原寫作〈卜居〉的動機，據王逸《楚辭章句．卜居敘》的大意是說：

屈原個性忠貞，卻被嫉妒，想到讒佞的臣子，都是承順君王的錯誤，卻得到富貴。自己執著於忠貞，卻身遭放逐。心內迷惑，不知如何是好，就到了太卜的家，請問神明，借重蓍龜，占卜自己的處世態度，如何才適宜，希望能得到好的卜兆，以決定自己的嫌疑，所以叫曰卜居。

似已確定屈原之創作〈卜居〉是在心胸極度不平、苦悶下的抒發情緒之作。朱熹《楚辭集注》則以為：

> 屈原悲憫當世的人習於安逸、邪佞，違背正直，所以表面假裝不知道二者的是非，而將借重蓍龜以定奪。於是創作此篇文章，揭露出取捨的道理，以警惕世俗。

如朱熹所說，〈卜居〉就是一篇諷喻賦。其實，在〈離騷〉中，屈原對這種心境，已經有過暗示。他在向姊姊女嬃求助，向重華陳詞後，仍不得解惑，才在走投無路之下，不得不求助於卜筮；他說：「索藑茅以筳篿兮，命靈氛為余占之。」找到了藑茅和占卜用的小折竹，請靈氛為他筮卜。而為他占卜的靈氛先說：「兩美其必合兮，孰信脩而慕之？思九州之博大兮，豈唯是其有女？」兩個美善的人必能相處，那有真誠者不被仰慕？試想九州是如此博大，豈止是此地才有同志？再說：「勉遠逝而無狐疑兮，孰求美而釋女？何所獨無芳草兮，爾何懷乎故宇？」勸力遠去而不要再狐疑，那有求賢者會捨棄你？天涯何處無芳草，你何必老懷念著舊居？但靈氛的解說太過抽象，而屈原在寫作〈離騷〉時，可能對故國還存著一絲眷念。所以他說：「欲從靈氛之吉占兮，心猶豫而狐疑。」表示本想聽從靈氛吉利的占卜，內心卻又猶豫且狐疑。到創作〈卜居〉時，寫作的文體是散文賦，就不必那麼含蓄了。由此可見，屈原的內心狀態，雖然作品不同，心意是可以互通的。

## 三、〈卜居〉的結構和文辭之美

〈卜居〉是一篇散文賦，用屈原和太卜鄭詹尹的對話方式表達作意。未必真有其事，有寓言的效用。如果確定為屈原的作品，那麼，〈卜居〉和〈漁父〉兩篇，正是散文賦的開山之祖，漢代以後的散文賦皆以此為濫觴。本文文辭淺近，結構清楚。共分三段，現分述於下。

第一段，敘述屈原被放逐已經三年，仍未被赦罪而召回郢都，心煩慮亂，於是請太卜鄭詹尹為他決疑：

屈原既放三年，不得復見；竭知盡忠，而蔽鄣於讒，心煩慮亂，不知所從。乃往見太卜鄭詹尹[4]。曰：「余有所疑，願因先生決之。」詹尹乃端策拂龜曰：「君將何以教之？」

將此段文字語譯如下：

屈原被放逐已經三年，尚未被赦免召還；竭盡心智以盡忠國家，卻被讒佞小人所掩蔽阻擋。心情煩悶，思慮混亂，不知何去何從？於是往見太卜鄭詹尹。說：「我有所疑惑，願請先生做個定奪。」鄭詹尹很慎重的拿正了蓍草，擦淨了龜殼，說：「您將有何指教？」

其實，屈原何嘗不知道，求神問卜，已經是一生潦倒中的窮途末路。這種虛設式的寓言筆法，顯然是意在凸顯問題，屈原借此成為大多數被委屈者的代言人而已。

〈卜居〉的第二段，以屈原為主，假設了八個難以抉擇的問題。用反詰的語氣請教太卜鄭詹尹：

屈原曰：

「吾寧悃悃款款朴以忠乎？將送往勞來，斯無窮乎？

寧誅鋤草茅，以力耕乎？將遊大人，以成名乎？

寧正言不諱，以危身乎？將從俗富貴，以媮生乎？

寧超然高舉，以保真乎？將哫訾粟斯[5]，喔咿儒兒[6]，以事婦人[7]乎？

寧廉潔正直，以自清乎？將突梯滑稽[8]，如脂如韋，以潔楹[9]乎？
寧昂昂若千里之駒乎？將氾氾若水中之鳧（乎），與波上下，偷以全吾軀乎？
寧與騏驥亢軛[10]乎？將隨駑馬之跡乎？
寧與黃鵠比翼乎？將與雞鶩爭食乎？
此孰吉孰凶？何去何從？
世溷濁而不清：蟬翼為重，千鈞為輕；黃鐘[11]毀棄，瓦釜雷鳴；
讒人高張，賢士無名。吁嗟默默兮，誰知吾之廉貞！」

再看語譯：

屈原說：
「我寧可誠實勤謹，一無所求的為國盡忠呢？
還是送往勞來隨俗周旋而如此無盡無終呢？
寧可誅鋤茅草以努力於田耕呢？
還是陪著大人物嬉遊以成名呢？
寧可直諫不諱以危害己身呢？

還是隨俗富貴以苟且偷生呢？
寧可超然高舉以保持本真呢？
還是言辭諛媚、噤聲，強顏笑謔，以侍奉婦人呢？
寧可廉潔正直以修潔自清呢？
還是行為圓滑、虛浮，如脂如韋，以潤滑楹柱呢？
寧可志行高昂，像千里之駒呢？
還是浮浮氾氾，像水中之鳧，與波上下，偷生以全軀呢？
寧可與騏驥並駕抗軛呢？
還是跟隨駑馬的足跡呢？
寧可與黃鵠比翼呢？
還是跟雞鶩爭食呢？
凡此抉擇，孰吉孰凶？何去何從？
世俗已然溷濁不清；視蟬翼為重，視千鈞為輕；黃鐘被毀棄，瓦釜在雷鳴，讒人氣勢高張，賢士沒沒無聞。歎息世人的冷漠，又有誰會知道我的廉貞？」

以屈原口氣提出的八個詰問，其實，稍有良知的人，取捨抉擇都並不困難。如忠誠與逢迎、力耕與嬉遊、直言與婾生、本真與諂媚、直行與圓滑、高亢與逐流、騏驥與駑馬、黃鵠與雞鶩；雖然語意上有直抒和引喻的不同，但價值的判斷，良窳立現。孰吉孰凶，何勞鄭詹尹？所以這八問，其立意主要在凸顯君子與小人之別而已。

〈卜居〉來到第三段，是為鄭詹尹的回答。短短數語，卻道盡了神明的無奈：

詹尹乃譯策而謝曰：「夫尺有所短，寸有所長；物有所不足，智有所不明；數有所不逮，神有所不通。用君之心，行君之意。龜策誠不能知事。」

再看語譯如下：

詹尹於是放下了蓍草而辭謝說：「唉！尺有時嫌短，寸有時嫌長；物類有所不足，智慧有所不明；天數有所不逮，神明有所不通。用你的心去行你的意吧！龜策實在無從決斷天下事！」

起筆，鄭詹尹放下龜策時，可以想見，他的表情必然是失落且沮喪的。於是他答非所答的說：尺有所短、寸有所長、物有所不足、數有所不逮、神有所不通。充滿無奈。讓我們得到的教訓是，當社會上黑白不分、道德淪喪時，一己的堅持才最重要。

1 見《胡適文存·讀楚辭》。
2 見《屈原》和《楚辭概論》二書。
3 見《中文大辭典》。
4 太卜：周代官名，掌占卜之事。鄭詹尹：太卜之名。
5 呢訾：言語求媚貌。粟斯：噤口不語貌。
6 喔咿、儒兒：強笑貌。
7 婦人：指君之寵婦，鄭袖之屬。
8 突梯、滑稽：皆圓轉貌。
9 楹：屋柱。
10 軛：轅端橫木，駕馬領者。亢軛：有並駕齊驅之意。
11 黃鐘：十二律之一。其聲最為閎大。

# 玖——遊於江潭，行吟澤畔〈漁父〉

## 一、〈漁父〉的寫作動機

王逸《楚辭章句・漁父敘》以為，屈原被放逐到江、湘一帶時，遇見了一位避世隱身的漁父，彼此之間有些應答和對話。但是〈漁父〉篇的流傳，則是楚人為了思念屈原，才敘述其文辭而相傳於世的，所以文章未必出於屈原之手。到了宋代洪興祖《楚辭補注》，就說得更加明白：

〈卜居〉、〈漁父〉都是假設問答以寄意而已。而太史公的《屈原傳》，劉向的《新序》，嵇康的《高士傳》，或採《楚辭》、《莊子》中漁父的話語，以為實錄，這是不對的。

洪氏一則在釐清王逸以為漁父實有其人是不對的，再者，認為太史公、劉向及嵇康竟將〈漁父〉篇視為實錄，而收入史傳之中，也是一種誤解。如果從《莊子》的〈漁父〉篇觀察，「漁父」確實有隱逸之風，但也不能肯定絕無其人，或只是姑隱其名罷了。所以成玄英注《莊子．漁父》篇才會說漁父是「越相范蠡」，當然這也是臆測。總之，要推翻〈漁父〉篇非屈原所作的證據，一如〈卜居〉。本書還是認為〈漁父〉是屈原的作品。

在熟讀《楚辭》後，總覺得「漁父」若係隱者，他對屈原的問話顯然也太傷人了。所謂「三閭大夫」是負責楚國宗室「屈、景、昭」三姓的祭祀；原則上「奉祀官」是不該長期離開宗廟之所在地郢都的。漁父的「子非閭大夫歟？何故至於斯？」這一問，有如是在屈原的「傷口上撒鹽」，對屈原不但不是安慰，反而是一種致命的刺激呢！所以文章中設定「漁父」這個角色；也顯示出屈原一味忠君愛國的思想與行為，在戰國時代，某些遁世隱居者的眼中是不表贊同的。

## 二、〈漁父〉的語譯和文章分析

〈漁父〉是一篇設問體的短賦，也象徵儒（屈原）、道（漁父）思想的對話。儒家的主張不僅要獨善其身，更要兼善天下。但是屈原連獨善其身也不可得，所以他要說：「舉世皆濁我獨清，眾人皆醉我獨醒，是以見放。」然而漁父所謂的「聖人」則是道家的「聖人」。儒家所謂的聖人「是以治天下為事者也」[1]。而道家所謂的聖人，則是「不去批評是非，而加以調和，用無彼此之分的本然，去平息是非的爭論。也就是所謂『兩行』」[2]，所以漁父的回答是：「聖人不凝滯於物，而能與世推移。」顯然二人的對話是沒有結論的。所以〈漁父〉篇的創作目的，主要在表現多元性的不同處世態度而已。為了更清楚了解內容，原文和語譯引錄於下：

屈原既放，遊於江潭，行吟澤畔，顏色憔悴，形容枯槁。

漁父見而問之曰：「子非三閭大夫歟？何故至於斯？」

屈原曰：「舉世皆濁我獨清，眾人皆醉我獨醒，是以見放。」

漁父曰：「聖人不凝滯於物，而能與世推移。世人皆濁，何不淈[3]其泥而揚其波？眾人皆醉，何不餔其糟而歠其釃[4]？何故深思高舉，自令放為？」

屈原曰：「吾聞之，新沐者必彈冠，新浴者必振衣，安能以身之察察[5]，受物之汶汶[6]者乎！寧赴湘流，葬於江魚之腹中，安能以皓皓[7]之白，而蒙世俗之塵埃乎！」

漁父莞爾[8]而笑，鼓枻[9]而去。歌曰：「滄浪之水清兮，可以濯吾纓，滄浪之水濁兮，可以濯吾足。」遂去，不復與言。

屈原既被放逐，遊走在江潭，行吟在澤畔；臉色憔悴，形體容貌都顯得枯槁癯瘦。漁父看見屈原，就問他說：「您不就是三閭大夫嗎？怎麼會落難到此呢！」

屈原說：「整個世界都污濁了，只有我清淨；眾人都喝醉了，只有我清醒。所以我被流放。」

漁父說：「聖人不該被外物所凝滯，而能與世推移，隨俗改變。既然世人都污濁了，何不也用泥土抹黑自己，而隨波浮沉？眾人都喝醉了，何不也跟著吃酒糟，喝酒滓？為什麼要想那麼多，自視那麼高，讓自己被流放呢？」

屈原說：「我聞道於聖人；剛洗過頭髮，一定要拍拍帽子，剛洗過澡，一定要抖抖衣服。怎麼能讓乾淨的身體，受到塵垢的外物玷辱呢！寧可投進湘水激流，葬身江魚的腹中，又怎能讓皓皓的貞潔，蒙受世俗的塵埃呢？」

漁父莞爾而笑，節奏的輕叩著船舷而離去……

蒼茫中傳來歌聲：滄浪之水清啊！可以洗滌我的冠纓；滄浪之水濁啊！可以洗滌我的髒腳。

就這樣悄悄的遠逝，沒有再留下一句話。

1 見《墨子・兼愛》。

2 見《莊子・齊物論》：「聖人和之以是非而休乎天鈞，是謂之兩行。」

3 涃：污也。

4 歠：飲。釃：以筐漉酒。

5 察察：潔白貌。

6 汶汶：玷辱。

7 皓皓：潔白貌。

8 莞爾：微笑貌。

9 枻：船舷（邊）。

# 拾

# 魂兮歸來哀江南〈招魂〉

# 一、重現「招魂」的儀式

「招魂」是人類面對死亡時的一種民俗儀式，遍布於世界各地。它是人類原始的心理活動，並不因科學的發達而滅絕。《楚辭》中的〈招魂〉與〈大招〉兩篇是保存楚地古老招魂儀式的詩篇，也是最完整的資料。宋代朱熹《楚辭集注．招魂敘》大意是說：

古時人死了，就讓家人拿死者的上衣，爬上屋頂，站得很高，望著北面而呼號著說：「喔！某人回來吧！」繼而用他的衣服招三次，再爬下來把衣服覆蓋在往生者身上。此種禮就是所謂「復」，而解釋禮的人以為這叫招魂復魄，以為這麼做是盡到了敬愛往生者的道理，又有禱祀的心意。原意還是希望往生者能活過來。像這樣行過「復」禮以後，還是活不過來，恐怕就不會活了。於是才執行喪葬之事，這是制禮的主要意義。而荊楚的習俗可能也用來招活人的魂……。

朱熹的說法，本諸《禮記．檀弓》。這種風俗後世猶存，並且也施之於生人。范成大

《桂海虞衡志》（見《文獻通考》卷三三〇引）大意是說：

經半年後才回家的人，或出遠門而歸鄉的人，必須停留在三十里外。家人遣送巫覡，提著竹籃去迎接，脫下歸鄉人的貼身衣服貯在竹籃中，以前導還家。傳說這是為遠行的人收回魂魄。

又如宋沈存中《夢溪筆談》卷三也提到：「現今夔峽、湖湘，及南北江獠人，凡禁呪語的句尾都用稱『些』字。這也是楚人的舊俗，也即梵語薩嚩訶，三字合言之就是些字。」更可證招魂為楚俗。

〈招魂〉與〈大招〉兩篇，或稱〈二招〉，或稱「大、小招」；兩相比較，不難發現，楚國招魂儀式，似有一定格局。即先言東、南、西、北的不可去。再鋪敘楚國物質之美以及生活之歡愉，以招致靈魂的歸來。所以〈二招〉合起來看，是探討楚俗與楚文化的絕佳材料。

## 二、〈招魂〉的作者和所招之人

漢代王逸《楚辭章句．招魂敘》大意說：

招魂是宋玉所作。……宋玉哀憐屈原的忠貞反而被斥逐，愁悶徬徨在山澤之中，魂魄離散，生命即將隕落，所以作招魂，想要恢復屈原的精神，延長屈原的年壽；所以篇章中，外陳四方的險惡，內崇楚國的盛美，藉以諷喻懷王，希望懷王能覺悟而招回屈原。

王逸這番話，引起了兩個可以討論的問題。其一、作者是否宋玉？其二、招何人之魂？清代林雲銘《楚辭燈》已明白指出，〈招魂〉為屈原所作，是自招之詞。今歸納此種說法的重要論證如下：

（一）司馬遷《史記．屈原列傳》說：「余讀〈離騷〉、〈天問〉、〈招魂〉、〈哀郢〉，悲其志。適長沙，觀屈原所自沉淵，未嘗不垂涕，想見其為人。」明白的把〈招魂〉和屈原的其他作品；〈離騷〉、〈天問〉、〔哀郢〕等並列，顯然早於王逸的司馬遷已肯定〈招魂〉為屈原所作。

（二）〈招魂〉篇文本中，前面的一段文章與篇末的「亂曰」，都是以「兮」字為句末語氣詞，與本文之用「些」字為句末語氣詞的不同，若參較〈大招〉篇，是沒有這兩段文字的。所以這兩段文字有可能它與「招魂」的內文書寫，不在同一時間。在前段文字中書寫被招者的身分說：「朕幼清以廉潔兮，身服義而未沬。」在「亂曰」中又提到被招魂者，曾經「與王趨夢兮，課後先，君王親發兮，憚青兕」，則被招者既「幼清以廉潔」，又能「與王趨夢，課後先」，顯然在可能的選項中，應非屈原莫屬。

（三）古人招魂之禮雖為死者而設，但亦有施之生人的。林雲銘以為，古人為文滑稽，無所不可，有生而自祭者。並引用杜甫〈彭衙行〉「煖湯濯我足，剪紙招我魂」為例，以為道路勞苦之餘，用此禮以袚除慰安，何嘗不可以自招呢！

## 三、〈招魂〉的結構和楚文化

〈招魂〉篇共分十五段，其中首段和末段的句末語氣詞用「兮」字，而其餘各段則是用「些」字。若與〈大招〉作個比較，〈大招〉是沒有首尾兩段的，顯然，〈大招〉是比較樸拙而更接近於招魂儀式的原型結構。現將各段大意及表現的楚文化意義，分析於下：

〈招魂〉第一段原文與語譯如下：

朕幼清以廉潔兮，身服義而未沬。
主此盛德兮，牽於俗而蕪穢。
上無所考此盛德兮，長離殃而愁苦。
帝告巫陽曰：
「有人在下，我欲輔之。魂魄離散，汝筮予之！」
巫陽對曰：

「掌寱[1]！上帝其命難從。若必筮予之，恐後之謝，不能復用。」

巫陽焉乃下招曰：

我自幼清心寡慾又廉潔；服行仁義從未間斷。
堅守此盛美德行，卻被世俗所牽連以致蕪穢。
君上從不考察此盛德，使我長期的委屈而愁苦。
於是上帝告示巫陽說：
「有人淪落下界，我要幫助他。魂魄雖已離散，你找來還他！」
巫陽對答：
「掌寱的職責呀！上帝的命令很難遵從；如果找來還他，恐怕　時間上已經晚了，魂魄不能再生。」
巫陽只得不待卜筮，就下招說：

此段在說明所以要進行招魂儀式的原因。被招魂者是一位「自幼清心寡慾又廉潔；服行仁義從未間斷，堅守此種盛美德行，卻被世俗牽連以致蕪穢。然而君上卻從不考察他的盛德，使他長期的委屈而愁苦」的人。此段詩章，透露出兩個訊息：其一、從被招魂者的遭遇上看，極可能就是屈原。其二、楚俗的招魂儀式十分慎重，必須經由上帝的同意，才能執行，而執行招魂的職責者則是掌夢。

〈招魂〉第二段原文與語譯如下：

魂兮歸來！去君之恆幹，何為四方些？
舍君之樂處，而離彼不祥些！
魂兮歸來！東方不可以託些。
長人千仞，惟魂是索些。
十日代出，流金鑠石些。
彼皆習之，魂往必釋些。
歸來兮！不可以託些。

靈魂啊！歸來吧！離開了軀幹，為了什麼而飄泊四方呢？
捨棄了安樂居處，而遭到那麼多的不祥呢！
靈魂啊！歸來吧！東方是不可以寄託呀！

有千仞高的長人，專門等著牽魂呀！
十個太陽輪番上陣，連金屬和岩石也銷鎔呀！
牠們都已習慣了，靈魂到此一定消逝呀！
歸來吧！那兒是不能寄託的呀！

此段說明招魂儀式中，首先必須嚇阻靈魂的遊蕩。在楚俗中，東方最可怕的是：唯魂是索的千仞長人和輪番上陣，銷鎔金石的太陽。與后羿射日，十日並出的神話，顯然不是同一系列。

〈招魂〉第三段原文與語譯如下：

魂兮歸來！南方不可以止些。
雕題黑齒，得人肉以祀，以其骨為醢些。
蝮蛇蓁蓁，封狐千里些。
雄虺九首，往來儵忽，吞人以益其心些。
歸來兮！不可以久淫些。

靈魂啊！歸來吧！南方是不可以棲止的呀！
雕繪的額角、黑色的牙齒；拿人肉祭祀，把骨頭做成醢醬呀！
蝮蛇四處盤聚；大狐綿延千里呀！
雄虺九個頭，往來流竄，吞噬行人以增益牠的心臟呀！
歸來吧！那兒是不能久留的呀！

此段在繼續嚇阻靈魂的前往南方，南方有雕繪額角、滿嘴黑牙，拿人肉祭祀的怪物，四處蝮蛇、大狐，還有九個頭專吃人心的雄虺。大致上多為蟲獸類，與南方的地域環境有很大的關係。

〈招魂〉第四段原文與語譯如下：

魂兮歸來！西方之害，流沙[2]千里些。
旋入雷淵，爢散而不可止些。
幸而得脫，其外曠宇些。

赤螘若象，玄蠭若壺些。
五穀不生，藂菅是食些。
其土爛人，求水無所得些。
彷徉無所倚，廣大無所極些。
歸來兮！恐自遺賊些。

靈魂啊！歸來吧！西方的災害是流沙千里呀！
捲入雷澤深淵，靡爛潰散而不可休止呀！
僥倖而能逃脫，外界是一片曠野呀！
赤色的螞蟻如象；黑色的黃蜂像瓢壺呀！
五穀不生，叢生的菅草是唯一食物呀！
這裡的泥土會使皮膚潰爛，想找滴水也難呀！
茫茫然無所倚，廣大到沒有終極呀！
歸來吧！在這裡恐怕會遭到傷害的呀！

此段則嚇阻靈魂前往西方，西方的災害是千里的沙漠，以及漩入潰爛的雷淵，野外又有像大象般身軀的紅螞蟻，像瓢壺般的黑色蜜蜂；五穀不生，泥土爛人。這一段是對南方自然環境真實的描述和若干誇大的想像組合而成。

〈招魂〉第五段原文與語譯如下：

魂兮歸來！北方不以止些。
增冰峨峨，飛雪千里些。
歸來兮！不可以久些。

靈魂啊！歸來吧！北方是不可以停止的呀！
重重的積冰高聳巍峨，飛雪籠罩千里呀！
歸來吧！在這裡是不可以久留的呀！

此段繼續嚇阻靈魂的前往北方，北方唯一令人畏懼的只有積冰飛雪。從四方的描寫比較，顯然作者對北方的地理知識和民俗信仰都較為貧乏。由此可見，此篇招魂極可能是南方人的儀式紀錄。

〈招魂〉第六段原文與語譯如下：

魂兮歸來！君無上天些。
虎豹九關，啄害下人些。
一夫九首，拔木九千些。
豺狼從目，往來侁侁[3]些；
懸人以娭，投之深淵些。
致命於帝，然後得瞑些。
歸來！往恐危身些。

靈魂啊！歸來吧！你也不要想登天呀！
虎豹把守著九道關卡，啄殺下界的凡人呀！
一人有九個頭，一天拔樹九千株呀！
長著直眼的豺狼，往來咆哮馳逐呀！
把人倒懸著嬉戲，然後投進深淵呀！
必須向上帝報告後，才能睡眠呀！

歸來吧！到那裡恐怕會危害自身呀！

此段繼續嚇阻靈魂的前往天上，天上最可怕的有；虎豹看守，啄殺凡人的九道關卡，一個九個頭、一天拔樹九千株的怪人和長著直豎的眼睛，把人倒懸嬉戲的豺狼。神話中除了有九首的開明獸為崑崙山把關看守，有些類似外，其餘的描寫應該都是楚地民俗的獨特信仰。

〈招魂〉第七段原文與語譯如下：

魂兮歸來！君無下此幽都些。
土伯九約，其角觺觺些。
敦脄血拇，逐人駓駓些。
參目虎首，其身若牛些。
此皆甘人，歸來！恐自遺災些。

靈魂啊！歸來吧！你也不要想下幽都呀！
土伯有九條尾巴，頭上的角尖銳無比呀！

厚厚的背沾血的拇指，追起人來動作輕快呢！
三隻眼睛老虎頭，牠的體形像一頭牛呀！
牠們都把人當甜點，歸來吧！在那兒恐怕會遭殃呀！

此段繼續嚇阻靈魂的前往幽都，幽都是冥間的世界，在佛教的地獄觀還沒傳入中國之前，這是典籍中存在的最早地獄。在這裡最可怕的是土伯，祂是冥間主宰，有點像閻王。祂有九條尾巴，頭上長尖銳的角，厚厚的背，沾血的拇指，三隻眼睛，老虎頭，牠的體型像一頭牛。面貌雖然猙獰恐怖，可以看出楚民俗想像力的豐富。招魂儀式到此，已經嚇阻了東、南、西、北、上天、下地，所有靈魂可以遊蕩的去處，目地的當然是希望靈魂能回到楚國。

〈招魂〉第八段原文與語譯如下：

魂兮歸來！入修門些。
工祝招君，背行先些。
秦篝齊縷，鄭綿絡些。
招具該備，永嘯呼些。

魂兮歸來！反故居些。

靈魂啊！歸來吧！趕快進入楚國的修門吧！
專業的巫祝招您，在前方牽引呀！
秦地的篝；齊地的縷，鄭地的綿絡呀！
招具都已備妥，長聲的呼喚你呀！
靈魂呀！回到舊有的家園吧！

此段開始暢談楚國之美。首先描述招魂的方式和道具；專業的巫祝在前牽引，道具有秦地的篝；齊地的縷和鄭地的綿絡，幾乎將各地最珍貴的招具都準備了，也顯現對往生者的尊重。招魂既然是招生魂，當然跟楚地傳聞中的「湘西趕屍」不同。對魂魄的尊重，所以請巫祝以導引；對因貧窮不得將棺木運回家鄉的屍身，則用驅趕。

〈招魂〉第九段原文與語譯如下：

天地四方，多賊姦些。

像設君室，靜閒安些。
高堂邃宇，檻層軒些。
層臺累榭，臨高山些。
網戶朱綴，刻方連些。
冬有突廈，夏室寒些。
川谷徑復，流潺湲些。
光風轉蕙，氾崇蘭些。
經堂入奧，朱塵筵些。
砥室翠翹，挂曲瓊些。
翡翠珠被，爛齊光些。
蒻阿拂壁，羅幬張些。
纂組綺縞，結琦璜些。

天地四方，有太多的賊姦呀！
遺像已經布置在廳室，肅靜、寬敞又安適呀！
挑高的殿堂，深邃的屋宇，欄干高高的呀！

層層樓臺、重重水榭，面臨著高山呀！
網狀的窗櫺，丹紅的綴飾，更有刻鏤方形相連的門戶呀！
冬天有複壁的大廈，夏天則室內清涼呀！
園中川谷往復，流水潺潺呀！
蕙草在風中閃爍搖曳，也吹起叢叢蘭花的綠浪呀！
經過廳堂來到內房，頂上是朱紅色防塵的簟筵呀！
磨石子的壁磚，鑲嵌上翠翹，還掛著玉鉤以承衣裳呀！
翡翠和珍珠裝飾的褥被，齊發出燦爛的光采呀！
牆角貼上蒻席的壁衣，張開羅綢的帷幔呀！
綺羅縞素的組綬，結繫上玉石琦璜呀！

此段繼續誇飾楚國的居處之美。其中房舍裝潢的精緻考究，建築與自然環境的生態搭配，諸如引水灌溉，空氣調節，採光照明以及裝潢建材的環保觀念，與現代的建築比較毫不遜色。也不禁讓我們驚歎楚國的進步與文明。

## 〈招魂〉第十段原文與語譯如下：

室中之觀，多珍怪些。
蘭膏明燭，華容備些。
二八侍宿，射遞代些。
九侯淑女，多迅眾些。
盛鬋不同制，實滿宮些。
容態好比，順彌代些。
弱顏固植，謇其有意些。
姱容修態，絙洞房些。
蛾眉曼睩，目騰光些。
靡顏膩理，遺視矊些。
離榭修幕，侍君之閒些。

室中的觀賞，多為珍奇稀世之寶呀！
蘭香的膏油、明亮的蠟燭，花容美女齊聚一堂呀！

十六位美女陪侍，看膩了就可更替呀！
九服之侯的淑女，既迅速又眾多呀！
盛美的秀髮，不同的型式，充滿後宮寢室呀！
不僅容貌體態無與倫比，個性柔順更是世上少有呀！
纖弱的外貌，堅定的心意，謇謇然發言中禮呀！
姣好的容顏，修美的體態，充滿在內室洞房呀！
蛾般的秀眉，含情的眼神，雙眸中閃爍著亮光呀！
美麗的容顏，細膩的膚理，目視的餘光多情睇長呀！
別墅的修長簾幕中，服侍你的休閒呀！

此段誇飾楚國的室中珍玩和陪侍的美女，以吸引靈魂的歸來。對女子的讚美，內在品德與外貌體態兼顧；在容貌上尤其著重在秀髮、皮膚、眉毛以及眼神的描寫。與現代設計師的審美觀點也十分接近。

〈招魂〉第十一段原文與語譯如下：

翡帷翠帳，飾高堂些。
紅壁沙版，玄玉梁些。
仰觀刻桷，畫龍蛇些。
坐堂伏檻，臨曲池些。
芙蓉始發，雜芰荷些。
紫莖屏風，文緣波些。
文異豹飾，侍陂陁些。
軒輬既低，步騎羅些。
蘭薄戶樹，瓊木籬些。
魂兮歸來！何遠為些？

翡羽裝飾的帷幕，翠翅點綴的羅帳，布置在高堂之上呀！
紅漆的牆壁，朱砂的樓版，還有玄玉的棟樑呀！
仰觀刻鏤的方桷，圖畫著龍蛇呀！
坐在高堂，伏著欄干，可以臨視彎彎的水塘呀！
蓮花初始綻放，還雜錯著芰菱荷花呀！

紫莖的屏風草，在水中緣波蕩漾呀！
文豹般奇異服飾的武士，侍衛在長陛之旁呀！
軒轅輕車既已待發，步騎羅列成行呀！
蘭花叢叢栽植在門旁，還有瓊木的藩籬呀！
靈魂呀！回來吧！何必要飄散遠方呀！

此段誇飾楚國的廳堂與庭苑之間的景象襯托和調和。特殊的是，陛階上還描寫了侍衛的武士、軒轅輕車以及步騎的羅列。以這種場景觀察，此篇招魂的對象必為貴族，甚或侯王。

〈招魂〉第十二段原文與語譯如下：

室家遂宗，食多方些。
稻粢穱麥，挐黃粱些。
大苦醎酸，辛甘行些。
肥牛之腱，臑若芳些。
和酸若苦，陳吳羹些。

胹鼈炮羔，有柘漿些。
鵠酸臇鳧，煎鴻鶬些。
露雞臛蠵，厲而不爽些。
粔籹蜜餌，有餦餭些。
瑤漿蜜勺，實羽觴些。
挫糟凍飲，酎清涼些。
華酌既陳，有瓊漿些。
歸來反故室，敬而無妨些。

室家既受尊崇，飲食更是種類繁多呀！
稻米、粢稷、早熟的穱麥，還雜揉著黃粱呀！
豆豉、鹹鹽和酸醋，加上辛辣、甘甜，百味傳香呀！
肥碩的牛腱，熟爛而芳香呀！
調和得又酸又苦才剛端出的吳羹呀！
煮透的鱉，炮熟的羊；還有甜飲柘漿呀！
酸味的鵠，少汁的鳧，還有煎熟的鴻與鶬呀！

放山雞和清燉蠵龜，味道濃烈而口齒留香呀！
甜點是秬粔和蜜餌，還有乾飴餳餭呀！
瑤漿、蜜酌，斟滿了羽飾的酒觴呀！
壓挫的酒滓，冰凍著喝，酒味甘醇又清涼呀！
華麗的酒酌既已陳設，更有瓊玉的酒漿呀！
歸來吧！重回到故居吧！對你尊敬而無傷呀！

此段鋪張楚國的飲食之美。多樣的食材與烹飪的技巧，以顯現楚國生活富裕之外，更可值得注意的是進食中主食與飲料、甜點的搭配，已經展現了飲食文明中高度的藝術。

〈招魂〉第十三段原文與語譯如下：

肴羞未通，女樂羅些。
陳鐘按鼓，造新歌些。
涉江采菱，發揚荷些。
美人既醉，朱顏酡些。

娭光眇視，目曾波些。
被文服纖，麗而不奇些。
長髮曼鬋，豔陸離些。
二八齊容，起鄭舞些。
衽若交竿，撫案[4]下些。
竽瑟狂會，搷[5]鳴鼓些。
宮庭震驚，發激楚些。
吳歈蔡謳，奏大呂些。

魚肉佳餚還未用畢，女樂俳優已經羅列呀！
陳列著鐘，按擊著鼓，譜出一首首新歌呀！
涉江、采菱的楚曲以外，伴奏的是楚舞陽荷呀！
美人都已酒醉，朱顏泛著赭紅呀！
用嬉笑的目光微睇，眼神有如層層的水波傳遞呀！
秀肩上披著文綺，身上穿著纖羅，美麗而又新穎呀！
長長的秀髮，曼妙的鬢角，豔光四射呀！

十六位舞者，容貌一致，跳起了鄭國的舞蹈呀！
彩袖有如交錯的竹竿；撫案的身段低下柔軟呀！
竽瑟激烈地合奏，夾雜著爆發的鼓聲呀！
宮庭為之震撼驚動，發聲的正是激楚的樂章呀！
吳地的歈歌、蔡地的謳曲，還演奏著大呂呀！

此段鋪張楚國宴飲中的音樂之美，以吸引靈魂的歸來。從宴飲音樂中當然不能窺見楚國音樂的全貌，它的作用主要在助興，讓場面顯得更熱鬧，所以描寫中也加入了舞蹈。但仍可以看出其中最動聽的還是楚樂、楚舞，將楚國生活的奢侈程度已經鋪張到極致。

〈招魂〉第十四段原文與語譯如下：

士女雜坐，亂而不分些。
放敶組纓，班其相紛些。
鄭衛妖玩，來雜陳些。
激楚之結，獨秀先些。

崑蔽象棊，有六簙些。
分曹並進，遒相迫些。
成梟而牟，呼五白些。
晉制犀比，費白日些。
鏗鍾搖簴，揳梓瑟些。
娛酒不廢，沉日夜些。
蘭膏明燭，華鐙錯些。
結撰至思，蘭芳假些。
人有所極，同心賦些。
酎飲盡歡，樂先故些。
魂兮歸來！反故居些。

男士女子比肩雜坐，恣意調戲亂而不分呀！
放置零亂的組綬帽纓，班然相雜紛亂不堪呀！
鄭衛的妖好珍玩，皆拿來間次陳列呀！
激楚之曲的結尾，比先前所有的音樂更為秀美呀！

賭具菎蔽、博弈象棋，還有投箸行棊的六博呀！
分開兩隊相互進行，轉而激烈相搏呀！
完成梟首就贏雙倍賭資，還高呼著出現五白呀！
晉國製作的賭具犀比，最是浪費時日呀！
撞擊著鐘搖動著虡，還撫奏著琴瑟呀！
歡娛暢飲，久久不停，沉醉的日復繼夜呀！
蘭芳的膏油、明亮的蠟燭，以及華麗的燈都已點亮呀！
結繫上至深的思念，就像蘭花的芳香並至呀！
人有所思念時，就書寫下同心的詩篇呀！
暢飲醇酒，賓主盡歡，連先人也感極樂安康呀！
靈魂呀！回來吧！快回到故居呀！

此段鋪張楚國飲宴後的餘興節目，賭博之盛，以吸引靈魂的歸來。當然在飲宴的享樂上，賭博的餘興已經登場，正表示狂歡近乎尾聲。從各段中對楚國物質文明的種種鋪張描述，確實是讓我們驚歎不已，想不到二千餘年前，楚國已經有這麼高度的文明成就。或許有人會說〈招魂〉只是一種儀式，對被招者的靈魂總要提出最優惠的待遇，以誘引其回到故鄉。但從楚民族對重淫祀、祭鬼神的篤信程度上看，這應該是部分貴族生活的真實反映。

〈招魂〉第十五段，也是尾聲，原文與語譯如下：

亂曰：

獻歲發春兮，汩吾南征，
菉蘋齊葉兮，白芷生。
路貫廬江兮，左長薄[6]，
倚沼畦瀛兮，遙望博。
青驪結駟兮，齊千乘，
懸火延起兮，玄顏烝。
步及驟處兮，誘騁先，
抑鶩若通兮，引車右還。
與王趨夢兮，課後先。
君王親發兮，憚青兕，
朱明承夜兮，時不可以淹。

皋蘭被徑兮，斯路漸。
湛湛江水兮，上有楓，
目極千里兮，傷春心。
魂兮歸來哀江南！

尾聲：
一年的歲首，初春的時分啊！我匆忙的前往南方。
菉草和水蘋的新葉齊萌生啊！白芷也透露出新芽。
路過廬江啊！左邊是一片綿延的水草叢聚。
倚立在沼澤和瀛池的旁邊啊！遙望前方的空曠平野。
乘著青驪的駟馬啊！齊聚了何止千乘。
熊熊的火把綿延不絕啊！連天的顏色也燻黑。
狩獵者有步行、有騎馬啊！而我獨馳騁為君王先導。
控制狂奔的駿馬順習獵事啊！隨時會引車右旋。
和君王直驅雲夢大澤啊！還要一決先後勝負。
君王親自發出箭矢啊！嚇得青兕亂竄。

白日承續著黑夜啊！時光的消逝是永不停止。
山皋上的蘭花已披蓋小徑啊！這裡的路已漸漸不見。
湛湛的江水啊！岸上依然有楓；
目光所及迢迢千里啊！卻引起我更複雜的傷春之心。
靈魂啊！回來吧！哀悼這一樣的江南春景。

此段「亂曰」，除了是音樂上的尾聲之外。從它與首段呼應的密切程度看，也透露了被招魂者的身分，他曾經與懷王並駕齊驅在雲夢大澤上狩獵。最後更以描寫舊地重遊時的傷感作結，所以屈原就是被招魂者的身分已隱然若現。蔣驥就直指，此篇是屈原再放江南時繼〈懷沙〉之後而作。

---

1 掌夢：古時掌理夢與魂魄之職者。
2 流沙即沙漠。
3 侁侁：往來的聲音。
4 案：托盤，以案為舞具，是為案舞。

5 摃：擊也。
6 舊注以長薄為地名。

拾壹——

# 魂兮歸來尚三王〈大招〉

# 一、〈大招〉的作者與所招之人

我之所以把〈大招〉也列入屈原的作品加以介紹，是王逸《楚辭章句》中已經有這種想法。他說：「大招是屈原所作，有人懷疑是景差，已不能完全清楚辨明。」不過洪興祖《補注》已經懷疑非屈原作品，朱熹《楚辭集注》則以為是景差，林雲銘《楚辭燈》又以為是屈原。及至游國恩《楚辭概論》，他將〈大招〉與〈招魂〉二篇的音樂、飲食作一比較，以為〈大招〉的作者當非楚國人；並以「青色直眉」，訓「青」為「黑」，乃秦以後用語。所以游氏又定〈大招〉為西漢初年無名氏的作品。說法竟是如此的紛紜而莫衷一是。

至於〈大招〉所招者為何人之魂？王逸的說法，大意是：

> 屈原放逐九年，憂思煩亂，精神與形體分散，恐怕生命將終，有許多事沒法完成。所以憤然大招其魂；盛稱楚國的安樂，推崇懷、襄的德政，以比配三王的能用賢舉才，應該輔佐國家完成治國大業。屈原以此諷諫，藉以達成未完成的心志。

文中，「其」字究竟指誰？語義模稜兩可，若為屈原所作，「其」字文義屬上，則顯為自招，則是招生魂；若文義屬下，則所招者當為懷、襄二王，一死一生，應該無法同時招生魂死魄。又若為景差所作，則是否為招屈原之魂，內容又與屈原身分差異太大。所以王逸的說法，可疑之處甚多。

從〈大招〉與〈招魂〉二篇的結構上看，除了〈招魂〉有「序（首段）」和「亂」之外，正文中的招魂儀式是極為相似的。所以朱熹《楚辭集注．大招敘》就直呼〈招魂〉為「小招」。一般以為稱〈招魂〉為「小招」只是和〈大招〉作區別。而筆者以為，以「大、小」區別，也與兩篇書寫的內容與氣勢有關；〈大招〉末段所描寫的被招魂者，顯然具有帝王的榮銜。文中提到的部眾有「三圭重侯，聽類神只」和「三公穆穆，登降堂只。諸侯畢集，立九卿只」；提到的疆域，則是「北至幽陵，南交阯只。西薄羊腸，東窮海只」，這種雍容氣象、浩大場面，既言國家的疆域，又敘百官朝聖的盛況，與〈招魂〉的內容相較，〈招魂〉自然相形見拙，不得不目之為「小招」。而被招魂者就絕非屈原之身分可以承受得了。

# 二、〈大招〉的語譯和結構分析

〈大招〉篇共分二十五段，每段的文字都十分精簡，段末都也以「魂魄歸來！」一句作結語。末尾的語氣詞則用「只」字，和〈招魂〉的用「些」字不同。全文中除了「南有炎火千里」一句為六字句，「無南無北只」、「溺水浟浟只」、「上下悠悠只」、「湯谷寂寥只」、「代水不可涉」、「深不可測只」、「樂不可言只」等七句為五言句外，其餘都是四字句，與《詩經》體是比較接近的，而且文詞古樸，朗讀的聲因和節奏也比較莊嚴肅穆。

現分段語譯及分析於下：

第一段，說明招魂儀式的舉行是在冬末初春之時，也正是生意萌發，陰氣未消，對靈魂是充滿傷害的，所以警告靈魂千萬不可遠遙。

青春受謝，白日昭只。
春氣奮發，萬物遽只。

春天的青葱籠罩大地，陽光明朗無比呀！
春天的氣息奮發洋溢，萬物競生不已呀！

冥凌浹行，魂無逃只。
魂魄歸來！無遠遙只。

玄溟的凌厲依然周行，靈魂還是無所逃逸呀！
靈魂啊！回來吧！千萬不要遠遙它地呀！

第二段則警告靈魂不可以前往東方，東方有溺人的大海，並遊的魑龍，都不足為奇，但東方有一片冰凍的景象，以楚國的疆域而言，則較為少見。由此觀之，〈大招〉或許不是楚人的作品。

魂乎歸來！
無東無西，無南無北只。
東有大海，溺水浟浟只。
螭龍並流，上下悠悠只。
霧雨淫淫，白皓膠只。
魂乎無東！湯谷寂寥只。

靈魂啊！回來吧！
不要往東，不要往西，不要往南，也不要往北呀！
東有大海，溺人的惡水湍急呀！
魑龍並遊，忽上忽下隨波爭逐呀！
又霧又雨，長年不斷，大地是一片皓白的膠凍呀！
靈魂啊！不要往東方，湯谷是寂寞死城呀！

第三段，警告靈魂不可以前往南方，對南方的描寫，除了以炎火千里以形容酷熱外，其他都是野獸和蟲蛇。

魂乎無南！
南有炎火千里，蝮蛇蜒只。
山林險隘，虎豹蜿只。
鰅鱅短狐，王虺騫只。
魂乎無南！蜮傷躬只。

靈魂啊！不要往南方！
南方是火燄千里，蝮蛇蔓延呀！
山林險隘，虎豹匍匐徘徊呀！
遍野是鰅、鱅和短尾狐，還有昂首喫人的王虺呀！
靈魂啊！不要往南方！還有含沙射影的蜮要傷害你呀！

第四段，警告靈魂不可以前往西方，西方有廣大的沙漠和豬頭、縱目、長爪、鋸牙的怪獸。

魂乎無西！
西方流沙，漭洋洋只。
豕首縱目，被髮鬤只。
長爪踞牙，誒笑狂只。
魂乎無西！多害傷只。

靈魂啊！不要往西方！
西方有流動的沙漠，廣大茫洋呀！
豬頭縱目的怪獸，披著頭髮蓬亂無常呀！
長長的爪子，鋼鋸般的銳牙，嬉笑發狂呀！
靈魂啊！不要往西方！有太多傷人的禍患呀！

第五段，警告靈魂不可以前往北方，北方有赤色燭龍盤據的寒山，不可涉渡的代水以及皓皓的白雪。

魂乎無北！
北有寒山，逴龍赩只。
代水不可涉，深不可測只。
天白顥顥，寒凝凝只。
魂乎無往！盈北極只。

靈魂啊！不要往北方！
北方有寒山，是赤色燭龍的地盤呀！
代水大到無法涉渡，深得無從檢測呀！
天色是皓皓的白，氣候是寒冷得凝固呀！
靈魂啊！不要往北方！何必去充填北方極地呀！

第六段開始鋪敘楚國之美，首敘心靈的閒安愉悅，是長壽之鄉，以吸引靈魂能回到楚國。

魂魄歸來！閒以靜只。
自恣荊楚，安以定只。
逞志究欲，心意安只。
窮身永樂，年壽延只。
魂乎歸徠！樂不可言只。

靈魂啊！回來吧！楚國是閒適又清靜呀！
自由自在的荊楚，到處是安全又穩定呀！
滿足心志、達成欲望，心滿意安呀！
終身永樂，年壽綿長呀！
靈魂啊！回來吧！此地的樂趣是不可言傳呀！

第七段，鋪敘楚國的飲食之美，以吸引靈魂歸來。其中較特殊的一道野味是豺肉做的羹湯。

五穀六仞，設菰粱只。
鼎臑盈望，和致芳只。
內鶬鴿鵠，味豺羹只。
魂乎歸徠！恣所嘗只。

五穀堆積盈倉，還陳設了菰米和高粱呀！
鼎鑊中煮熟的食物滿滿，調和的香氣芬芳呀！
肥美的鶬、鴿、大鵠，以及調味的豺肉羹湯呀！
靈魂啊！回來吧！任你恣意品嘗呀！

第八段，繼續鋪敘楚國的飲食之美，以吸引靈魂歸來。可以看出調味料的使用已十分多樣而精緻。

鮮蠵甘雞，和楚酪只。
醢豚苦狗，膾苴蓴只。
吳酸蒿蔞，不沾薄只。
魂兮歸徠！恣所擇只。

鮮嫩的龜肉、甘甜的土雞，調和著楚國的乳酪呀！
豬肉醬、苦味的狗肉，還有細碎膾炙的苴蓴呀！
吳地醋酸味的蒿蔞，不會多汁也不覺味薄呀！
靈魂啊！回來吧！任你恣意選擇呀！

第九段，承上繼續鋪敘楚國的飲食之美，以吸引靈魂歸來。著重的是炙、煮、蒸、煎、炸等各種烹飪的技術。

炙鴰烝鳧，煔鶉陳只。
火炙的麋鴰、蒸煮的野鴨，還陳設著油煎鵪鶉呀！

煎鰿臛雀，遽爽存只。
煎炸的鯽魚、水煮的黃雀，一道道快速送到面前呀！

魂乎歸徠！麗以先只。
靈魂啊！回來吧！美味的食物總是以你為先呀！

第十段，承上繼續鋪敘楚國的飲食之美，以吸引靈魂歸來。著重在各式的酒類。

四酎並孰，不澀嗌只。
四道蒸餾的醇酒都已熟釀，不會苦澀也絕不沾喉呀！

清馨凍飲，不歠役只。
清香的酒冷凍著喝，更是不肯輟口呀！

吳醴白櫱，和楚瀝只。
吳國的醴和白麴，再調和上楚國的瀝酒呀！

魂乎歸徠！不遽惕只。
靈魂啊！回來吧！在此地永遠也勿須戒惕呀！

第十一段，鋪敘楚國的音樂之美，以吸引靈魂歸來。而代、秦、鄭、衛、楚、趙各國的名曲都已湊集。

代秦鄭衛，鳴竽張只。
代秦鄭衛的樂工齊聚，響亮的竽音為開張呀！

伏戲駕辯，楚勞商只。
謳和揚阿，趙簫倡只。
魂乎歸徠！定空桑只。

演奏著伏羲的駕辯，還有楚國的勞商呀！
徒歌則是陽阿，趙國的簫聲導引先唱呀！
靈魂啊！回來吧！等你來釐定名瑟空桑呀！

第十二段，鋪敘楚國的舞蹈和音樂之美，以吸引靈魂歸來。舞蹈和音樂的齊奏，場面熱鬧而不雜亂。

二八接舞，投詩賦只。
叩鍾調磬，娛人亂只。
四上競氣，極聲變只。
魂乎歸徠！聽歌譔只。

十六人接續起舞，節奏都附合著詩賦雅樂呀！
叩擊著鐘，調弄著磬，最娛人的當屬曲中之亂呀！
四種樂聲競相引氣，極盡了聲調之變化呀！
靈魂啊！回來吧！好聽的歌曲都已齊具呀！

第十三段，鋪敘楚國的女子之美，以吸引靈魂歸來。描寫以唇、齒及體態為主，兼及品德。

朱唇皓齒，嫭以姱只。
比德好閒，習以都只。

朱紅的嘴唇，皓白的牙齒，姿儀俏美又嬌柔呀！
德行並比，又好閒靜，都把展現美態成了常儀呀！

豐肉微骨，調以娛只。
魂乎歸徠！安以舒只。

豐滿的胴體，纖小的骨架，懂得調笑歡娛呀！
靈魂啊！回來吧！此處是安閒又舒適呀！

第十四段，繼續鋪敘楚國的女子之美，以吸引靈魂歸來。描寫以雙眸、眉毛、朱顏及儀態為主。

嫮目宜笑，娥眉曼只。
容則秀雅，穉朱顏只。
魂乎歸徠！靜以安只。

明亮的雙眸，嬌巧的笑顏，還有長長的眉毛呀！
容貌儀態都十分秀雅，還有稚嫩朱紅的顏面呀！
靈魂啊！回來吧！此處是寧靜而安閒呀！

第十五段，繼續鋪敘楚國的女子之美，以吸引靈魂歸來。描寫以體態修長、豐頰、倚耳、曲眉、小腰、秀頸為審美標準。其中「鮮卑」是指衰帶的頭部，既用此名，與胡服應有關係。

姱修滂浩，麗以佳只。
曾頰倚耳，曲眉規只。
滂心綽態，姣麗施只。

窈窕修長，雍容大方，真是麗質又婉順呀！
豐潤的面頰，伏貼的雙耳，還有彎彎的眉毛像半規呀！
寬厚的心地，綽約的態度，姣美都展現無遺呀！

小腰秀頸，若鮮卑只。
魂乎歸徠！思怨移只。

細小的腰肢，秀長的脖子，看起來像袞帶鮮卑呀！
靈魂啊！回來吧！把一切的思念和恩怨移開呀！

第十六段，繼續鋪敘楚國的女子之美，以吸引靈魂歸來。描寫以女子的平易近人，心思巧慧，善於殷勤待客為主。

易中利心，以動作只。
粉白黛黑，施芳澤只。
長袂拂面，善留客只。
魂乎歸徠！以娛昔只。

平易近人，心思巧慧，都表現在言行上呀！
粉白的臉頰，黛黑的規眉，又抹了芳香的膏澤呀！
長袂半掩羞面，又善於殷勤待客呀！
靈魂啊！回來吧！此處可以長夜娛戲呀！

第十七段，繼續鋪敘楚國的女子之美，以吸引靈魂歸來。描寫以女子的眉、目、面頰、貝齒兼及胴體和骨架為主。

青色直[1]眉，美目媔只。
靨輔奇牙，宜笑嗎只。
豐肉微骨，體便娟只。

青黛畫在眉上，眼神更顯得黠慧呀！
臉上有對酒窩，編貝似的牙齒，笑顏更顯得美麗呀！
豐滿的肌膚，看不見顴骨，胴體婀娜多姿呀！

魂乎歸徠！恣所便[2]只。

靈魂啊！回來吧！此處可以任你行事便宜呀！

第十八段，鋪敘楚國的建築及庭園之美，以吸引靈魂歸來。描寫除房舍廳堂外，更兼及春天畋獵的樂趣。

夏屋廣大，沙堂秀只。
南房小壇，觀絕霤[3]只。
曲屋步壛，宜擾畜只。
騰駕步游，獵春囿只。
瓊轂錯衡，英華假只。
茝蘭桂樹，郁彌路只。
魂乎歸徠！恣志慮只。

廈屋又寬廣又高大，丹砂塗飾的廳堂更是秀麗呀！
朝南的內房，小巧的中壇，可以觀賞承雨水的絕霤呀！
曲折的周閣，步行的長廊，最適宜六畜的馴養呀！
可乘車，可步遊，狩獵在春天的苑囿呀！
瓊玉飾車轂，黃金崁車衡，英武華美到了極致呀！
茝蘭和桂樹，濃郁瀰漫在衢路呀！
靈魂啊！回來吧！此處能讓你志慮任意翱翔呀！

第十九段，繼續鋪敘楚國庭園中的珍禽之美，以吸引靈魂歸來。各種珍禽並畜，最後並以象徵仁德的鳳凰作結，以展現被招魂者的身分不凡。

孔雀盈園，畜鸞皇只！
鵾鴻群晨，雜鶖鶬只。
鴻鵠代游，曼鷫鸘只。
魂乎歸徠！鳳凰翔只。

孔雀棲滿了庭園，還畜養了鸞鳥和鳳凰呀！
群群的鵾、鴻在晨間齊鳴，還夾雜了鶖、鶬呀！
鴻、鵠往來遊戲，鷫、鸘漫天飛舞呀！
靈魂啊！回來吧！象徵仁德的鳳凰正在翱翔呀！

第二十段，盛讚被招魂者的血氣仍盛，本該歸來故國，永保壽命，以享爵祿。

曼澤怡面，血氣盛只。
永宜厥身，保壽命只。
室家盈廷，爵祿盛只。
魂乎歸徠！居室定只。

曼麗的光澤，愉悅的顏面，正顯示出血氣旺盛呀！
永遠維繫著你的健康，保證壽命綿長呀！
室家盈滿於朝廷為官，爵祿繁昌呀！
靈魂啊！回來吧！家室已經穩定了呀！

第二十一段，盛讚被招魂者的身分地位以及明察民瘼的政績。

接徑千里，出若雲只。
三圭重侯，聽類神只。

接壤的土地遼闊千里，出巡時人多如浮雲呀！
三圭、重侯，聽審善惡就像神呀！

察篤夭隱，孤寡存只。
魂兮歸徠！正始昆只。

明察民瘼、病痛和隱情，使孤兒寡婦都得到了存問呀！
靈魂啊！回來吧！你已樹立了光耀祖先扶正後嗣的典範呀！

第二十二段，繼續盛讚被招魂者的身分地位以及推行政教的賞罰嚴明。

田邑千畛，人阜昌只。
美冒眾流，德澤章只。
先威後文，善美明只。
魂乎歸徠！賞罰當只。

農村、城邑的道路成千上萬，人口更是繁昌呀！
美政普施百姓眾多，德澤更是明顯著彰呀！
先嚴厲執法，後推行文教，善美分明呀！
靈魂啊！回來吧！這裡的賞罰精當呀！

第二十三段，盛讚被招魂者的德政令譽如日中天，疆域之中萬民景從。本該留在故國接受尊崇。

名聲若日，照四海只。
德譽配天，萬民理只。
北至幽陵，南交趾只。

你的名聲如日中天，照耀著五湖四海呀！
德政的令譽可比上天，統御萬民有條有理呀！
北到幽陵，南界交趾呀！

西薄羊腸，東窮海只。
魂乎歸徠！尚賢士只。

西近羊腸，東窮大海呀！
靈魂啊！回來吧！此處是最崇尚賢士的地方呀！

第二十四段，盛讚被招魂者的德政：禁苛暴而舉用賢才，被招魂者本該留在故國，好好為國家效力。

發政獻行，禁苛暴只。
舉傑壓陛，誅譏罷只。
直贏在位，近禹麾只。
豪傑執政，流澤施只。
魂乎歸徠！國家為只。

推行政令之始，首在禁止苛稅暴虐呀！
舉拔傑出人才為政，誅罰譏切的刑法自然罷止呀！
剛正直言者在位，就能接近夏禹的勤政標幟呀！
豪傑執政，就能讓惠澤像甘霖般普施天下呀！
靈魂啊！回來吧！好好為國家效力呀！

最終，第二十五段，則盛讚被招魂者的身分地位，朝廷之上，文武百官畢集，是一個重視揖讓之禮的泱泱大國。整篇文章從「鳳凰翔只」的描寫開始，就像剝筍式的層層往帝王的豐功偉業的形象上刻劃。

雄雄赫赫，天德明只。
三公穆穆，登降堂只。
諸侯畢極，立九卿只。
昭質[4]既設，大侯[5]張只。
執弓挾矢，揖辭讓只。
魂乎徠歸！尚三王只。

雄雄赫赫的國威，是應證了天德的聖明呀！
三公輔政嚴謹肅穆，登降上下忙碌在議事堂呀！
諸侯都到齊了，兩旁還站立著九卿呀！
顯明的標的已經陳設，大大的射布也已張開呀！
執弓挾矢，雁行有序，相互作揖又辭讓呀！
靈魂啊！來歸吧！此處是崇尚三王的地方呀！

1 直：值也。當也。
2 便：音ㄆㄧㄢˊ。
3 絕霤：屋簷上承雨水者。
4 質：謂射侯時所畫之地。如白質、赤質。
5 侯是射布，上畫虎、豹之形，稱虎侯、豹侯。

國家圖書館出版品預行編目資料

經典。屈原　楚辭 / 傅錫壬著.-- 初版. -- 臺北市 : 麥田出版 : 家庭傳媒城邦分公司發行, 2012.12
面；　公分. -- (人與經典 ; 2)

ISBN 978-986-173-834-5(平裝)

1.楚辭　2.研究考訂

832.18　　101021279

人與經典 002

# 經典。屈原　楚辭

編　　著　傅錫壬
總 召 集　王德威
總 策 劃　柯慶明
責任編輯　賴雯琪　吳淑芳

副總編輯　林秀梅
編輯總監　劉麗真
總 經 理　陳逸瑛
發 行 人　凃玉雲

出　　版　麥田出版
城邦文化事業股份有限公司
104台北市中山區民生東路二段141號5樓
電話：（886）2-2500-7696　傳真：（886）2-2500-1966、2500-1967
麥田部落格：http://blog.pixnet.net/ryefield
發　　行　英屬蓋曼群島商家庭傳媒股份有限公司城邦分公司
104台北市中山區民生東路二段141號11樓
書虫客服服務專線：(886)2-2500-7718；2500-7719
24小時傳真服務：(886)2-2500-1990；2500-1991
服務時間：週一至週五09:30-12:00；13:30-17:00
郵撥帳號：19863813　戶名：書虫股份有限公司
讀者服務信箱E-mail：service@readingclub.com.tw
歡迎光臨城邦讀書花園　網址：www.cite.com.tw

香港發行所　城邦（香港）出版集團有限公司
香港灣仔駱克道193號東超商業中心1樓
電話：(852)2508-6231　傳真：(852)2578-9337
E-mail：hkcite@biznetvigator.com

馬新發行所　馬新發行所 城邦(馬新)出版集團【Cite(M)Sdn. Bhd】
41, Jalan Radin Anum, Bandar Baru Sri Petaling,
57000 Kuala Lumpur, Malaysia.
電話：(603)9057-8800　傳真：(603)9057-6622
E-mail:cite@cite.com.my

設　　計　封面設計／王志弘　版型設計／江孟達　年表設計／蔡南昇　插圖／戴敦邦
年表編輯　洪禎璐　任天豪
印　　刷　前進彩藝有限公司

初版一刷　2012年12月1日

定價／360元
ISBN：978-986-173-834-5